Christine Rigler



# *Ich* und die Medien

Christine Rigler

# *Ich* und die Medien

## Neue Literatur von Frauen

StudienVerlag
Innsbruck
Wien
Bozen

e-mail: order@studienverlag.at
Internet: www.studienverlag.at

Gedruckt mit Unterstützung durch das Bundesministerium für Bildung, Wissenschaft und Kultur in Wien und durch die Kulturabteilung der Stadt Graz.

Buchgestaltung nach Entwürfen von Kurt Höretzeder
Satz und Umschlag: StudienVerlag/Christine Petschauer
Umschlagbild: Veronika Dirnhofer: Waiting room, 2000. Acryl auf Molino, 200x150 cm

Gedruckt auf umweltfreundlichem, chlor- und säurefrei gebleichtem Papier.

Bibliografische Information Der Deutschen Bibliothek
Die Deutsche Bibliothek verzeichnet diese Publikation in der Deutschen Nationalbibliografie; detaillierte bibliografische Daten sind im Internet über <http://dnb.ddb.de> abrufbar.

ISBN 3-7065-1959-3

# Inhalt

**Verzeichnis der Abkürzungen** *7*

**Boom, Pop und Frauen**
**„Junge Literatur" in den 90er Jahren** 9
Medienauftritte 14
*Diese Locken!* Was die neue Literatur von Frauen verspricht 23
Literatur und Pop, Literatur als Pop, Popliteratur 30

**Erzählperspektive: Ich** 41
Literatur in der Medienkonkurrenz 41
Ich-Form als Ausweg? 44

**Coming of Age**
**Ich-Erzählerinnen zwischen Blues und Entwicklungsroman** 51
Karen Duve 57
Silvia Szymanski 60
Alexa Hennig von Lange 63
Sarah Khan 66
Lena Kugler 69
Zoë Jenny 72
Julia Franck 78

**Tagebuch, Briefroman**
**Vergessene Genres leben wieder auf** 83
Else Buschheuer 87
Carmen von Samson 89
Bettina Galvagni 91
Ildikó von Kürthy 93
Bettina Balàka 96

**Alltag in den Städten**
**Ich-Ensembles im Episodenroman** **99**
Sibylle Berg 99
Tanja Dückers 105
Antje Rávic Strubel 107
Elke Naters 109
Anke Stelling / Robby Dannenberg 115

**Feminismus oder Feminisierung** **119**
Barbie for President - Neue Frauenbilder 125
Gender-Blending 132
„Töchter Evas" - Feministische Ansätze
in der Literatur junger Autorinnen 134

***Ich* und die Medien:**
**Pop und Lifestyle, Film und Fernsehen**
**hinterlassen ihre Spuren** **139**
Handlung und Inhalt 139
Ästhetik der Vermarktung 144
Erzählstrategien 146
Wirklichkeit als Fiktion 153

**Anmerkungen** **157**

**Namenregister** **167**

# Verzeichnis der Abkürzungen

A = Amerika (Sibylle Berg)
AS = Agnes Sobierajski (Silvia Szymanski)
Bz = Das Blütenstaubzimmer (Zoë Jenny)
ChR = Chemische Reinigung (Silvia Szymanski)
DI = Der Indianer (Karen Duve)
DS = Die Schattenboxerin (Inka Parei)
EpL = Ein paar Leute suchen das Glück und lachen sich tot (Sibylle Berg)
Fg = Festgefahren (Silvia Szymanski)
G = Gisela (Robby Dannenberg/Anke Stelling)
GA = Generation Ally (Katja Kullmann)
GG = Gogo Girl (Sarah Khan)
IvF = Eine Invasion von Frauen (Carmen von Samson)
Iw = Ich wünschte, er hätte nie geredet davon, daß man nur eine lieben kann (Jagoda Marinić)
K = Königinnen (Elke Naters)
KA = Keine Ahnung (Karen Duve)
L = Lügen (Elke Naters)
LA = Der langangehaltene Atem (Bettina Balàka)
LuS = Lügen und Schweigen (Kathrin Dorn)
M = Melancholia (Bettina Galvagni)
Mai = Mai 3D (Alexa Hennig von Lange/Daniel Haaksmann/ Till Müller-Klug)
Mt = Mondscheintarif (Ildikó von Kürthy)
RdM = Der Ruf des Muschelhorns (Zoë Jenny)
Re = Relax (Alexa Hennig von Lange)
Rr = Regenroman (Karen Duve)
Sb = Strandbad (Julia Franck)
Sex = Sex II (Sibylle Berg)
Sp = Spielzone (Tanja Dückers)
VLN = Von Liebe, Neugier, Prozac und Zweifeln (Lucía Etxebarría)
Wvh = Weit von hier (Susanna Grann)
WvZ = Wie viele Züge (Lena Kugler)
89/90 = 89/90 (Karen Duve)

# Boom, Pop und Frauen
# „Junge“ Literatur in den 90er Jahren

Ein Boom! In der deutschen Literatur! Die Nachricht kam für viele überraschend. Eine Riege jüngerer Autoren (so zwischen 15 und 35) soll das ungenierte Erzählen wieder für sich entdeckt haben und den Amerikanern, die bisher das Genre des Unterhaltungsromans anführten, Konkurrenz machen. Zum Dank würden ihre Lesungen vom jungen Publikum regelrecht gestürmt. Auflagenzahlen schnellen in die Höhe, gigantische Vorschüsse werden ausbezahlt, Filmrechte verkauft. Erstaunen, Jubel, Skepsis oder deutlicher Abwehr beschreiben nur einen Teil der Reaktionen in den Medien, im Literaturbetrieb. Mit leichter Irritation wird vor allem die Möglichkeit zur Kenntnis genommen, dass die Generation der Fernseh- und Computerkids diese Bücher womöglich auch *liest*.

Allen voran berichtete das deutsche Wochenmagazin *Der Spiegel*, erst im März 1999 und ein paar Monate später noch einmal mit einem satten Aufmacher zur Frankfurter Buchmesse (da war eine Auswahl der „Enkel“ von Grass und Co sogar mit Blechtrommeln am Titelblatt abgebildet).[1] „Die deutsche Literatur ist wieder im Gespräch und im Geschäft: Neue Autoren und vor allem Autorinnen fabulieren ohne Skrupel. Sie haben Spaß an guten Geschichten – und keine Angst vor Klischees und großen Gefühlen“,[2] schrieb der Kritiker Volker Hage euphorisch. Leichte Themen, flott erzählt, ohne Selbstzwang zu politischen Stellungnahmen oder kritischer Reflexion des eigenen Mediums – dafür würden die zum Teil blutjungen Newcomer mit ungewöhnlicher Popularität belohnt. Die Begeisterung des *Spiegel*-Kritikers gründete sich nämlich nicht unwesentlich auf hohe Verkaufszahlen.

In diesem Artikel über neue literarische Trends im März '99 erfand Hage außerdem das „literarische Fräuleinwunder“ und prägte damit einen fragwürdigen, aber nicht unwirksamen Begriff, auf den seither sowohl von Kritikern wie auch von Verlagen immer wieder Bezug genommen wird. Sollte es zu diesem Zeitpunkt tatsächlich ein plötzlich vermehrtes Auftreten begabter Schriftstellerinnen gegeben haben, so wird dies zumindest in diesem Artikel nicht plausibel belegt. Denn dass, erstens, mehr Frauen als Männer genannt sind, muss nicht mit den tatsächlichen Verhältnissen im Literaturbetrieb übereinstimmen. Zweitens gibt Hage zwar vor, zwischen literarischem „Anspruch" und literarischer „Unbedarftheit" zu unterscheiden, lässt bei der Zuordnung zur ersten Kategorie aber äußerste Milde walten: Triviale Unterhaltungsliteratur steigt in die höhere Liga auf und verändert dort das Bild vom Erfolg und der Verkaufbarkeit der Literatur. Zu den Anspruchsvollen rechnet Hage Karen Duve, Judith Hermann, Zoë Jenny, Christa Hein, Sibylle Mulot, Birgit Vanderbeke, Tanja Langer, Susanna Grann oder Nadine Barth. Bei den „Unbedarften" begnügt er sich mit zwei Extremfällen: Hera Lind und Gaby Hauptmann. Gerade aber das Buch, von dem Hage den Titel seines Artikels ableitet, Nadine Barths Romans *Abgedreht*, ist in seiner literarischen Anspruchslosigkeit kaum mehr zu unterbieten.

Gleich wenige Tage nach der Ausrufung des *Fräuleinwunders* durch Volker Hage folgte die erste Antwort im Konkurrenzmagazin *Die Zeit*. Richard Herzinger äußert sich dort eingehend zum Boom in der Literatur, lässt aber kein gutes Haar an Hages Autorinnenhype und unterstellt dem Kollegen ziemlich unverblümt das Motiv der Altersgeilheit. Im Oktober '99 nimmt sich das Frauenmagazin *Emma* in einem aufwendig gestalteten Siebenseiter des Themas an und findet naturgemäß einige Ansätze zur Kritik. Fotos von Autorinnen werden mit kategorisierenden Bildunterschriften versehen, um auf die Plumpheit der männerlastigen Medien aufmerksam zu machen: *Die femme fatale* (Judith Hermann), *Die Kindfrau* (Zoë Jenny), *Die Domina* (Karen Duve), *Die Szenefrau* (Tanja Dückers), *Die Knabenhafte* (Felicitas Hoppe), *Die Coole* (Terézia Mora) und last but not least *Die Kecke* (Julia Franck).[3] Die Verfasserin des Artikels (Tanja Rauch) stößt sich an der klischeehaften Vermarktung der schreibenden Frauen, vermutet in so mancher Kritik eine „Selbstentlarvung verklemmter Voyeure" und empfiehlt ihren Leserinnen die allerorten zum Ausdruck gebrachte Begeisterung mit Vorsicht zu genießen, denn: „solange Frauen jung und attraktiv sein müssen, um als Schriftstellerinnen erfolgreich zu sein, kann von Fortschritt keine Rede sein“.[4]

Noch Jahre später wird in Buchbesprechungen auf das *Fräuleinwunder* eingegangen, wobei sich hier die Auffassung durchsetzt, dieses Phänomen beträfe primär Deutschlands Hauptstadt Berlin. Da führt zum Beispiel Ursula März in der *Frankfurter Rundschau* die ganze Angelegenheit auf einen „einfachen Effekt der Sozialgeschichte“ zurück: Nachdem Frauen nicht mehr wie früher von familiären Verpflichtungen vereinnahmt würden, könnten sie schon zwischen 20 und 30 ihre ersten beruflichen Erfolge einfahren.[5] Michael Schweizer zweifelt in der *Berliner Zeitung* die Existenz eines Fräuleinwunders rückblickend zwar an, sieht es aber in all seiner Vagheit bestimmt durch die Parameter Thema, Milieu und Handlung und erstellt noch einen kleinen Merkmalkatalog für etwaige Kandidatinnen: Diese sollten „28 Jahre alt sein oder wenigstens noch einigermaßen 30; sich gerne fotografieren lassen, auch auf Motorrädern; ihre Werke mit Menschen bevölkern, die in den Bars und Clubs von Berlin-Mitte, Friedrichshain und Prenzlauer Berg leben; offen und vergnügt über Sex schreiben; frei von Ideologie sein, unter welchem Begriff jede Ahnung verstanden wird, dass die Welt nicht immer so war und sein muss wie jetzt“.[6]

Das ungeliebte „Fräuleinwunder“ hält sich im Feuilleton eigentlich recht hartnäckig und vor allem als negativer Bezugspunkt: um den Frauenboom für nicht existent zu erklären oder darin einen Beweis für den Niedergang der Literaturkritik zu sehen und vielleicht das Buch einer bestimmten Autorin als leuchtendes Gegenbeispiel empor zu halten. In diese Kerbe schlägt auch die Schriftstellerin und Kritikerin Dorothea Dieckmann in einem Kommentar für *Die Zeit*. Sie plädiert für eine Wiedereinführung von Qualitätskriterien, nach denen Kunst und Trivialliteratur endlich wieder sauber zu trennen wären und im Buchhandel auch wieder entsprechend angeboten würden. Sie wünscht sich ein Ende des Fassadenschwindels herbei, der „Tabubrüche“, die den Rahmen des Erlaubten in Wahrheit gar nicht überschreiten, für revolutionär erklärt. Das „Kunstgewerbe der ‚Fräuleinwunder‘“ gehört für sie zur sprachlich minderwertigen, von „ästhetischer Schamlosigkeit“ gezeichneten Literaturproduktion, erkennbar an, zum Beispiel, folgenden Merkmalen: „Abgesunkene Metaphern, vernutzte Wortgesten, gespreizte Feuilletonwendungen, Sentimentalitäten, Jugendlichkeitsattitüden, lakonisches Imponiergehabe, coole Manierismen, sensibles Betroffenheitsgetue, bluttriefendes Pathos, hohler Zynismus", dem Gesetz von „Effekt, Trend, Serie, Pose kurz Trivialität" gehorchend. Dorothea Dieckmann stellt zwar ein gewisses Ausmaß von Toleranz gegenüber Jugend und Trashkultur zur Schau, nennt dann aber eine Reihe von „guten" Künstlern, unter denen sich ausschließlich ältere und großteils höchst anerkannte Schriftsteller befinden (Reinhard Jirgl, Elfriede Jelinek, Wolfgang Hilbig, Peter Handke, W.G. Sebald, Brigitte Kronauer).[7] Dieckmanns Analyse der Trendliteratur ist in einzelnen Punkten durchaus zutreffend. Die aus ihrer Namensliste ersichtliche Schlussfolgerung, dass es keine literarisch ernstzunehmenden *jungen* Autoren (oder Musiker oder Schauspieler ...) gäbe, die es mit den Alten aufnehmen können, ist hier so wie in jedem anderem Kontext höchst fragwürdig.

Mit der Ausrufung und folglich Ankurbelung des deutschen Literaturbooms durch den *Spiegel* und andere Magazine kam auch der Mythos von den enormen, materiellen Erfolgen einerseits und der morallosen Gier der jungen AutorInnen andererseits. Es werden astronomische Vorschusssummen für junge und teilweise noch unerprobte Nachwuchsstars kolportiert und dementsprechende Profile der neuen Produktträger erstellt. Jung, schick, heiter, abgeklärt-illusionslos, medienkompetent und trendbewusst sei der neue Typus des Schriftstellers, der den Literaturbetrieb gerade in eine Sparte der Lifestyle-Industrie verwandle, schreibt Richard Herzinger in der *Zeit*.[8] Dieses Bild wird von einer Frankfurter Verlegerin, die der *Spiegel* zitiert, noch etwas präzisiert: Besonders Erfolg versprechend sei die Kombination von Jugend (möglichst unter 18), Schönheit, Eloquenz und Fernsehtauglichkeit, denn ein sympathischer Auftritt bei den Talkmastern Biolek oder Beckmann treibe die Auflage gleich um 10 000 Stück hoch.[9] Buchautoren fänden sich in einer Zweiklassengesellschaft wieder, in der letztlich das Alter entscheidend wäre: „Die einen kassieren riesige Spekulationssummen auf ihren Erfolg, die anderen müssen froh sein, wenn sie überhaupt gedruckt werden."[10] Dass es dabei manchmal auch zu gehörigen Fehlspekulationen kommt, bleibt in diesem Beitrag nicht unerwähnt.

Dass Literatur nur über die Medienkonformität ihres Themas und die Person ihres Autors verkauft werden soll, das Schicksal eines Romans sich dadurch entscheidet, wie das Make Up und die Pointen im TV-Studio sitzen, ist eine abschreckende Vorstellung, wenn man die Tendenz zur Vereinfachung in den Massenmedien bedenkt. Diese Form der Literaturvermarktung oder -rezeption besteht aber nicht nur im Bereich der Massenmedien. Denn aller Medienkompetenz zum Trotz, bei allem Wissen über die Konstruiertheit von Romanen oder Filmen gibt es auch beim ernsthaft an Literatur interessierten Lesepublikum zum Beispiel diesen Wunsch nach Authentizität, diese prickelnde Unterstellung, dass literarische Figuren oder Handlungen etwas über den Autor als Privatperson verraten. Anspruchsvolle Autoren wünschen sich aufgeklärte Leser, die Literarizität zu erkennen vermögen, und wehren sich üblicherweise gegen solche Vereinnahmungen – die jedoch den Reiz des Lesens auch steigern können. Ein sanktioniertes Modell für die schamlose Durchleuchtung realer Dichterleben liefert die Literaturwissenschaft mit ihrem Zweig der biografischen Forschung in gewisser Weise auch selbst.

Auf seine Rolle als Anwalt der „seriösen" – also autorunabhängigen – Rezeption von Literatur besinnt sich auch Volker Hage: Zum Beispiel wenn er in Zusammenhang mit den Frauen beanstandet, dass die „fotogenen Jungautorinnen oft wichtiger scheinen als ihre Literatur" oder dass, unmäßig wie die Medien nun einmal sind, etwa im Fall Zoë Jenny ein bescheidener Erstling mit übertrieben hoher Aufmerksamkeit belohnt wird. Das große Interesse an deutscher Literatur, das sich darin zeigt, findet er aber wieder gut. Und einige solcher Autorinnen-Fotos verschönern schließlich auch Hages eigenen Artikel. Das kann man ihm allerdings schwer vorwerfen, wenn man bedenkt, dass zum Beispiel die als seriös geltende Grazer Literaturzeitschrift *Manuskripte* in der Nummer 134/1996 die damals zwanzigjährige und zerbrechlich schöne Schriftstellerin Bettina Galvagni mit einem halbseitigen Portraitfoto vorstellte, obwohl in dieser Zeitschrift sonst nie Fotos von Autoren enthalten sind und es ihrem Konzept geradezu widerspricht, Autoren anders als durch ihre Texte zu präsentieren.[11]

## Medienauftritte

Auf eines dieser Autorinnen-Fotos bezieht sich auch der deutsche Autor und Publizist Jan Koneffke in einem Essay (erschienen in *Wespennest* 115/1999), der sich – wie viele andere – kritisch mit Hages unverhohlener Begeisterung für die „Wiederkehr" leicht konsumierbarer Erzählliteratur und deren merkantilen Aspekt auseinandersetzt. Ein abschätziger Unterton ist nicht zu übersehen, wenn er Karen Duve beschreibt, wie sie sich „in Bademantel und rosa Hausschuhen, mit verruchtem Blick und zwischen verstreuten Kleidern" auf dem Sofa räkelt, „freilich auch vor einer Bücherwand, damit nicht ganz in Vergessenheit gerät, daß es sich um Schriftstellerinnen handelt",[12]. In diesem Foto sieht er bestätigt, was seiner Ansicht nach die anspruchsvolle Literatur bedroht, wenn sie zum Konsumartikel wird. Wenn das Buch sich den Gesetzten des Marktes, sprich der Medien zu unterwerfen hat, befürchtet Koneffke nämlich, dann verschwinden „Differenzen von Text und Autor in einem personalisierten Betrieb, der seinerseits von fiktiven Personen lebt". Das Publikum frage dann nicht mehr nach dem glaubhaften Text, sondern nach dem glaubhaften Autor, findet Koneffke. Das „nicht mehr" in diesem Satz suggeriert etwas, das von anderen jüngeren Autoren wieder zu Recht heftig bezweifelt wird: dass nämlich ein solcher Idealzustand des richtigen Fragens auf dem freien *oder* subventionierten Markt jemals bestanden hat.

Jan Koneffke bemängelt, ohne es direkt auszusprechen, Karen Duves fehlende Ernsthaftigkeit als Autorin, weil sie, indem sie sich im Schlafrock auf der Couch fotografieren lässt, mit einem Medienbetrieb paktiert, der nicht an Literatur interessiert ist, sondern nur an damit verbundenen Events und Personen. Den Willen, sich den Zwängen eines Marktes zu unterwerfen, erkennt Koneffke am Foto von Karen Duve, nicht aber, zum Beispiel, am Foto ihres Kollegen Christoph Peters, obwohl man dieses genauso als Inszenierung betrachten kann – eine Inszenierung der Medienverweigerung: undefinierbarer, leicht unscharfer, karger Hintergrund, ernster, nach innen gerichteter Blick, das auffälligste an der Kleidung ist ein Schal. Das Arrangement vermittelt die klassische Version eines seriösen Autoren-Images: der Schriftsteller arbeitet scheinbar unbeeindruckt vom Lärm des Tages und will nicht durch

Bilder der realen Welt von der fiktiven seines Werks ablenken. Ein anderes, von den Instanzen der Kanonbildung sanktioniertes Modell des kompromisslosen Künstlertums wäre die Selbstentblößung gegenüber den Medien, wie sie etwa Elfriede Jelinek zeitweise betrieb. Zu Büchern befragt, in denen Sex eine wichtige Rolle spielt, gab sie freizügig Auskunft über private Vorlieben oder ließ sich ans Bett gefesselt fotografieren. Der Werbeeffekt solcher Auftritte wurde aber durch die Annahme von Authentizität in Verbindung mit den Attitüden weiblicher Avantgarde („den/mit dem Körper schreiben") verschleiert. Elfriede Jelinek bekannte öffentlich, das Skandalöse in ihren Büchern gäbe es auch in ihrem eigenen Leben und erregte damit bestimmt mehr Aufmerksamkeit, als wenn sie sich einfach auf die literarische Fiktion berufen hätte. Indem sie sich dann aber wieder zum Opfer ihrer Unbeherrschtheit und Unterlegenheit in Interviewsituationen stilisiert, entzieht sie sich dem Vorwurf, mit solchen Geständnissen berechnend oder in irgendeiner Weise marktorientiert zu handeln.[13]

Im Vergleich mit Peters oder Jelinek wäre Karen Duve, deren Inszenierung auf der Couch keine inhaltlichen Zusammenhänge zum damals gerade erschienenen *Regenroman* aufdrängte, also höchstens unseriös, weil sie entweder nicht so posiert als wollte sie hinter ihrem Werk verschwinden oder aber zu wenig Intimes preisgibt, um mit moralischer Entgrenzung zu provozieren, insgesamt also eine wohl kalkulierte, kühle Werbeintention durchblicken lässt. Werbung wird hier nicht nur als Nebeneffekt eines höheren – künstlerischen oder gesellschaftspolitischen – Zwecks quasi in Kauf genommen, sondern offen als solche betrieben. Werbung meint hier außerdem, dass der Einsatz der Autorin oder des Autors nicht mit konventionellen Verlagsfotos, Interviews, Lesungen und Signierstunden abgetan sein muss. Dass Medienkampagnen meist nicht übermäßig differenzierte Einteilungen vornehmen, scheint Karen Duve nicht zu beunruhigen. Über ihr Image als „Junge Wilde" sagt sie: „Ist vielleicht nicht gerade das Markenzeichen, das ich mir selbst ausgesucht hätte. Aber Markenzeichen an sich ist schon mal gut".[14] Ähnliche Töne sind auch von Sibylle Berg zu vernehmen: „Also, ich finde Vermarktung etwas Wundervolles. Das müssen doch 50 Milliarden lesen. Schließlich hast du das Beste gegeben, und das soll jeder erfahren. Ich bin für Kinowerbung."[15]

Die Unterschiedlichkeit der literarischen Ansätze entfaltet sich klarerweise vor allem in den Texten selbst. Duves *Regenroman* lässt ohne weiteres durchblicken, dass die Autorin der Bequemlichkeit ihrer Leser mittels erprobter Erzählweisen und Inhalte entgegenkommen will. Elfriede Jelinek am experimentellen Ende des Spektrums verweigert oder demontiert gerade jene Mechanismen und Strukturen, die den Leser manipulativ, also irgendwie auch entmündigend, in den Bann ziehen (z.B. Spannung, Illusion, Identifikation). Literatur, die unter solchen Bedingungen entsteht, kann faszinierend und aufschlussreich sein; der Verzicht auf eine Sogwirkung in dem Sinn, dass man wissen will, wie es weitergeht und was aus den Figuren wird, führt aber wahrscheinlich seltener zu einer Änderung von Lesergewohnheiten als zum Abbruch der Lektüre. Eine Garantie für das Zu-Ende-Lesen gibt es freilich auch bei konventionellen Romanen nicht, die den Leser mit wieder erkennbaren Mustern umwerben und so klischeehaft erscheinen, dass sich ein Weiterlesen erübrigt.

Der rebellische Aktionismus der 68er, das zeigte sich in den letzten Jahren mehr als deutlich, ist unter jüngeren Schriftstellern der 90er keine besonders anerkannte Praxis mehr und Versuche, solche Verhaltensweisen wenigstens als Reaktion zu erzwingen, laufen oft ins Leere. Diese Erfahrung musste auch der Schriftsteller Maxim Biller machen. Im Frühling 2000 organisierte er eine Tagung der Evangelischen Akademie in Tutzing am Starnberger See und lud dazu die männliche Speerspitze der neuen Popliteratur, darunter Rainald Goetz, Joachim Bessing, Christian Kracht, Thomas Meinecke u. a. In seinem Einleitungsreferat feuerte er heftige Salven gegen das neue unverbindliche Erzählen, gegen die Widerspruchslosigkeit einer schlaffen Generation. Was seiner Ansicht nach fehlt, ist die Moral, denn ohne moralische Wut, Gegnerschaft, Standpunkte, Darstellungen bis über die Schmerzgrenzen einer Gesellschaft hinaus, gibt es für Biller keine Kunst. Die Vertreter der „Schlappschwanzliteratur" ließen, den Presseberichten zufolge, die Aufforderung zur Kontroverse mit unverhohlenem Desinteresse an sich abprallen und verzichteten auf trotzige Verteidigungsreden oder Gegenangriffe.[16]

Gerade am Beispiel Biller, der mit seinem wütenden Plädoyer im Zentrum einer Medienkontroverse stand, sieht man, dass auch die Moral nicht frei ist von Selbstzweck. Schließlich verkaufen auch Schriftsteller, die mit Statements zu öffentlichen Angelegenheiten Aufmerksamkeit erlangen, dadurch vielleicht das eine oder andere Buch. Im Zeichen von Moral, Gesellschaft oder Kunst zu handeln kann auch eine Pose sein, die als verinnerlichtes Ausdrucksrepertoire vor allem älterer Generationen einen solchen Werbeeffekt rechtfertigt. So ganz ohne höheren Zweck kommt aber auch der prototypische moderne Jungautor Benjamin von Stuckrad-Barre nicht aus, der sich gemeinsam mit Christian Kracht für die Bekleidungsfirma Peek & Cloppenburg als Model verdingte, um in erster Linie seine Produkte und sich selbst zu bewerben, durch eine Steigerung ihrer Poularität aber auch der Literatur allgemein zu dienen meint:

„Da sich unsere Verlage weigern, Bauzäune mit uns zu plakatieren, und sie auch keine Werbespots im Kino oder Fernsehen buchen, in denen Topmodels mit unseren Büchern posieren, müssen wir zu anderen Mitteln greifen, um dem Leser zu übermitteln: Es darf wieder gekauft werden. Es wäre ja töricht, sich auf die Literaturkritik zu verlassen. (...) So viele Menschen wie möglich sollen unsere Bücher kaufen und lesen – darum geht es. Beschlusslage in Deutschland ist aber ja: Literatur ist nichts für die so genannte Masse. Literatur hat in kleinen miefigen Literaturhäusern stattzufinden, wird subventioniert, geduldet, ertragen. Sich dann innerhalb dieser Nische allerdings so laut wie möglich zu verhalten und tatsächlich eine schnöde Buchveröffentlichung als Ereignis zu stilisieren ist unser Ziel, denn nur so ist Berichterstattung, und somit Werbung, gewährleistet“.[17]

Gerade die Clique um Stuckrad-Barre, Kracht, Nickel, Bessing, Hennig von Lange, Berg, Naters, die im öffentlichen Bewusstsein als Prototypen der neuen deutschen Literaten wahrgenommen werden, führt im übrigen sehr erfolgreich die Selbstvermarktung einer Szene vor. In unterschiedlichen Paarungen treten sie in Internetprojekten, Anthologien, Kolumnen oder bei öffentlichen Ereignissen in Erscheinung, erwähnen sich gegenseitig in ihren Büchern oder Zeitungsartikeln und nützten als effizientes Netzwerk ihre guten Kontakte zu den Medien, wo einige von ihnen auch hauptberuflich arbeiteten oder arbeiten. Und wie immer, wenn Freundschaft oder Verwandtschaft so sichtbar eine

Rolle spielen, wird dies brüsk dementiert. In diesem Sinn verteidigt Kracht einen solchen Gruppenauftritt für die von ihm herausgegebenen Anthologie *Mesopotamia*: „Dieser ‚Brat-Pack'-Vorwurf ist mir zu liberal. In der Anthologie schreiben Menschen, weil sie ausgezeichnet schreiben können. Es sind die besten jungen Schreiber Deutschlands".[18]

Dass die Generation der (damals) 20 bis 35jährigen sich nicht wie die 68er auf dem Feld der Politik, sondern auf dem Gebiet der kulturellen Praxis definiert, deswegen aber nicht nur aus Defiziten besteht, hat der Politikwissenschaftler Claus Leggewie schon 1995 in seinem Portrait der *89er* ausgeführt.[19] Auch die meisten Schriftsteller dieser Generation sehen ihre gesellschaftliche Funktion in der Mehrzahl nicht darin, als moralische Instanzen aufzutreten. Wenige von ihnen äußern sich in der Öffentlichkeit zu politischen Angelegenheiten. Einige von ihnen legen dagegen sehr gerne und kompetent leidenschaftliche Bekenntnisse zu Lifestyle-Fragen ab – in Tageszeitungen, Magazinen und den eigenen Büchern.

Die Forderung nach einer Repolitisierung, nach Darstellung größerer gesellschaftlicher Zusammenhänge kann da beinahe als Einschränkung der persönlichen Freiheit aufgefasst werden. „Das ist furchtbar. Man kann solche Themen nicht einfordern. Man kann nicht fordern, dass ein Roman, oder eine Literatur politisch zu sein habe" entgegnet Elke Naters ihrem Interviewer von *Jungle-World*, der seine Sehnsucht nach einer Literatur artikuliert, die mehr bieten möge als die Befindlichkeit eines Ich-Erzählers.[20] Trotzdem scheint die Autorin ein Bedürfnis nach Rechtfertigung zu verspüren und behauptet eine gesellschaftspolitische Relevanz ihrer Literatur: Die Popliteratur – vom Interviewer zuvor als „Wohlfühlliteratur" bezeichnet – sei doch *soziologisch*. „Es geht um die Wahrnehmung einer mediatisierten Welt. Um ein mehr oder weniger immer kränkeres Zusammenleben und das Alleingelassensein, Auseinandergerissensein".[21] Popliteratur beschreibe Wirklichkeit, schreibe sie aber nicht vor, sondern beschränke sich darauf, dass sie „so ein Denken und Möglichkeiten anbietet, die beim Leser liegen".[22] Nicht unähnlich argumentiert auch eine österreichische Schriftstellerin, die sich von den Kollegen aus der „MTV-Generation" bewusst distanziert, Bettina Balàka: „Ich äußere mich in meinen Büchern sehr wohl politisch, und zwar gesellschaftskritisch in einem weiten Sinn".[23] Alexa Hennig von Lange zeigt sich verwundert über feministische Einwände gegen ihre kraftlosen, wenig emanzipierten Mädchengestalten, die ihren chauvinistischen Freunden nichts entgegensetzen: „Diese Kritik habe ich nicht verstanden. Ich zeige doch gerade, wie schrecklich so was ist".[24] Auch Benjamin von Stuckrad-Barre positioniert sich auf dieser Linie: „Es geht mir ganz klassisch beim Schreiben immer um Gesellschaftskritik. Dass das Wort heutzutage so blöd klingt, dafür kann es nichts. (...) Man geht hier raus und sieht, dass alles falsch ist, alle den falschen Text reden, alle kranke Kacke im Kopf haben und Aktien kaufen und Kickboard fahren".[25]

Der Leser kann entscheiden, ob er die unterhaltsam dargebotene Beschreibung alltäglicher Belanglosigkeiten affirmativ oder kritisch liest, die Autoren enthalten sich eindeutiger Stellungnahmen im Text. Das ist an sich ein völlig legitimes Verfahren für Romanautoren, die auf plumpe Formen der Verkündigung verzichten möchten. Die Frage ist dann aber, ob die Rezipienten und allen voran die Kritiker gewillt sind, aus der bloßen Darstellung von etwas, das irgendwie auch negativ empfunden werden kann, einen kritischen Impetus der Autorin oder des Autors abzulesen. Diese Frage stellt sich in Zusammenhang mit Popkultur besonders, weil hier faszinierende und anrührende Produkte neben Auswüchsen extremer Schablonenhaftigkeit bestehen, und die Meinungen darüber, wo das eine beginnt und das andere endet, ziemlich durcheinander gehen; manche Menschen sehe diese Grenze gerne zeitlich definiert, nach dem Motto, früher hatten Rock und Pop noch Kunst und Seele, heute wird nur mehr am Computer herumgebastelt. Was das Erkennen von Gesellschaftskritik zweifellos erschwert, ist, dass viele Popautoren geradezu programmatisch der Gegenwart huldigen, Analyse aber eher ablehnen und mögliche Ursachen oder historische Aspekte dessen, was sie beschreiben, kaum in ihrem Blickfeld dulden.

Fest steht, dass ein gesellschaftskritischer Impuls in der öffentlichen Wahrnehmung neuerer Erzählliteratur nicht im Vordergrund steht, was noch kein Beweis für seine Abwesenheit ist. Dieser gesellschaftskritische Impuls ist aber vielleicht auch nicht so selbstverständlich, wie ihn die zitierten Autoren, nachdem ihnen ein derartiger Mangel vorgeworfen wurde, nachträglich in den Raum stellen.

Den Ruf nach „Marktwirtschaft statt Subventionen“ halten viele Literaturschaffende für eine Bedrohung der Literatur, wenn nicht überhaupt für einen bereits eingetretenen Zustand. Verlage rechnen und entscheiden nach Umsätzen, selbst arrivierte Hausautoren können dabei aus dem Programm fallen. Als ein politisches Statement zu werten, das oft als Beweis für den Konformismus der jungen Generation angeführt wird, ist zweifellos auch die Zur-Schau-Stellung von Unternehmergeist, verbunden mit der Forderung nach Deregulierung im Kunstbetrieb. Diese Haltung mag für den bislang einigermaßen geschützten Bereich der Literatur revolutionär erscheinen, entspricht aber einem generellen Trend. Bevor die New Economy als der altbekannte Kapitalismus entlarvt war, galten Jungunternehmer schließlich als die Helden des Tages. Aussagen und Auftritte in diese Richtung hört und sieht man nicht nur von materiell gut versorgten Erben und Aristokraten. Ein Dichter oder ein Künstler habe nicht mehr Recht auf staatliche Förderung seiner Arbeit als etwa ein Automechaniker, findet beispielsweise der Krimiautor Jürgen Benvenuti.[26] Benjamin von Stuckrad-Barre verfällt als Gesprächspartner des „popkulturellen Quintetts“, publiziert unter dem Titel *Tristesse Royale*, bei der Diskussion dieser Frage in geradezu altväterliches Rechtschaffenheitsgerede: „Ich habe noch nie etwas zur Förderung eingereicht und bin stolz, von dem leben zu können, was ich erarbeite. (...) Die Kunst muß vielleicht ganz streng kapitalistischen Prinzipien unterworfen werden. Genauso wie die Wurstbude vor dem Hotel streng kapitalistisch funktioniert. Es gibt kein Argument dafür, warum der Künstler für seine Arbeit Subventionen bekommen sollte. Es gibt dafür kein Argument.“[27]

Eine Gruppe junger Autoren im Umkreis des Grazer Feuilletonmagazins *Schreibkraft* und des Forum Stadtpark näherte sich der Thematik spielerisch und abgesichert durch die öffentliche Hand. Für den *steirischen herbst* 2001 betrieb sie ein Literaturbörsenspiel im Internet. Mit einem virtuellen Startkapital von 10.000 Euro konnten beliebige Mitspieler als Anleger einsteigen und mit Anteilen an literarischen Texten handeln.[28]

Wenn der literarische Nachwuchs „Marktwirtschaft statt Subventionen“ fordert, ist das auch als ästhetisches Statement zu verstehen. Denn was die Literaturförderung als Kanon erzeugt, wird von manchen jungen Autoren pauschal für langweilig, altmodisch, hermetisch, privatistisch, belanglos oder unzeitgemäß erklärt. Beanstandet werden immer noch gängige Vorurteile, zum Beispiel, dass Bücher, die sich nicht verkaufen, automatisch große Kunst und die verkaufbaren automatisch anspruchslos sein sollen. Nachdem auch Juroren ganz bestimmte und auch kalkulierbare Vorstellungen von Kunst haben, schützen Subventionen keineswegs vor dem Verfall der künstlerischen Vision, findet Daniel Kehlmann.[29] Warum denn besonders die geförderte Kunst „immer das unangenehme Aroma des Unleserlichen, Ephebenhaften und Schleierigen" habe, fragt sich Eckhart Nickel.[30] Nonchalant hingeschleuderte Forderungen nach Abschaffung von Subventionen sind demnach auch als Ablehnung einer gealterten Avantgarde, deren Verfechter mit moralischen und ästhetischen Monopolansprüchen den Literaturbetrieb und nicht zuletzt die finanziellen Ressourcen kontrollieren. Kehlmann spricht von „Pseudoavantgardismus", von einer Literatur, die „sich als etwas ungemein Neues und Avantgardistisches gibt und in Wirklichkeit etwas ungemein Wiederholtes, Epigonales und Altmodisches" und im Prinzip nichts anderes als Kitsch ist.[31] Die im deutschen Sprachraum verbreitete Geringschätzung von Schreibweisen, die sich am Leser und am Stoff orientieren, ist eine Folge dieser Hegemonie. „Auf der ganzen Welt ist Erzählen möglich, nur bei uns war in den letzten 40 Jahren das Erzählen verboten",[32] zeigt sich der österreichische Romanautor Thomas Glavinic erbost.

Bei der Aufbruchspose der gegenwärtig jungen Autoren geht es letztlich also wieder einmal um die Entweihung von Literatur und den Versuch, sie zu modernisieren. Gerade dafür gibt es neben vielen schlechten und oft geradezu höhnischen Kritiken auch Sympathien und Anerkennung im Feuilleton.[33] „Der Nichtangriffspakt, den die junge Nichteinmischungs- und Entspannungsliteratur mit der Welt geschlossen hat, ist eine Provokation", schreibt Iris Radisch in der *Zeit* und zieht doch positive Schlüsse daraus: Dieser Nichtangriffspakt mit der Welt sei die Voraussetzung, „sie so kalt zu beschreiben, wie sie vermutlich ist. Die schnöde, respekt- bis mitleidslose Weise, in der sie sich dieser Aufgabe entledigen, ist partisanenhaft und überdies kulturkritischer als die amtliche Kulturkritik sich träumen läßt".[34]

Dass sich das Selbstverständnis von Literatur hin und wieder grundlegend ändern darf, findet auch Richard Herzinger. Zwar stößt ihn die „triumphale Genugtuung“ ab, mit der die leichte Konsumierbarkeit der neuen Erzähler zum Beispiel von Volker Hage bejubelt wird, die Pose der Gewinnorientierheit interpretiert er jedoch als einen „notwendigen Versuch einer Entlastung vom gesellschaftlichen Erwartungsdruck, die Literatur möge politischen, ethischen oder ästhetischen Sinn stiften“ und warnt aber zugleich vor einer Instrumentalisierung dieser Entwicklungen für einen nationalen Auftrag.[35]

Die begeisterte Umarmung einer Literaturszene, die nicht künstlerische Selbstverwirklichung um jeden Preis in den Vordergrund stellt, sondern mit einem Unterhaltungsanspruch ans Werk geht, könnte nämlich auch mit einem europäisch-amerikanischen Wirtschaftskrieg zu tun haben. Nachdem die Lizenzen für amerikanische Bestseller in extreme Höhen getrieben wurden, kam den deutschen Verlagen die erzählfreudige deutsche Literatur gerade recht, um als geeigneter (und anfänglich noch erschwinglicher) Ersatz hochstilisiert zu werden, mit dem Versprechen: sie sei genauso spannend zu lesen und dazu eben auch noch von hier. Nach dem deutschen Pop und Techno soll es nun endlich auch eine deutsche Literatur auf der Höhe internationaler Trends geben.

Das Erfolgsrezept der amerikanischen Massenkultur, schreibt Claus Leggewie in seinem Buch *Amerikas Welt*, ist ihre Inklusivität. Sie durchdringt andere Kulturen so erfolgreich, weil sie auch aufnahmebereit ist. Die Amerikanisierung der Welt schließlich, erfolgt nicht nur durch Androhung von Gewalt, sondern durch Verführung und Überzeugung. Ob die deutsche Literatur nach amerikanischen Mustern sich dazu eignet, die deutsche Identität zu stärken, ist daher eine interessante Frage. Zum Teil liefert sie nämlich deutsche Nachdichtungen englischsprachiger Erfolgsbücher, etwa von Nick Hornby (Stuckrad-Barre), Helden Fielding (Ildiko von Kürthy) oder Bret Easton Ellis (Sibylle Berg). Denn ihre Autorinnen und Autoren gehören großteils jenen Generationen an, die mit amerikanisch geprägter Popkultur, der amerikanischen Film- und Fernsehindustrie von frühester Jugend an bombardiert wurden und sich in diesem fiktionalen, trans-kulturellen

Raum zu Hause fühlen. Wie vor allem die Frauen unter ihnen diesen Kosmos amerikanisch geprägter Fiktion mit der europäischen Lebensrealität und Erzähltradition verbinden, soll im letzten Kapitel dieses Buchs etwas näher beleuchtet werden.

## *Diese Locken!* Was die neue Literatur von Frauen verspricht

Was man von jungen Autorinnen nach dem Artikel von Volker Hage erwartet, ist ein frisches, erfolgsorientiertes weibliches Selbstbewusstsein, das Offenheit in Bezug auf Sex und die Intention zu unterhalten einschließt. Lobend wird mitunter auch die Distanz zum „aufgesetzten Power-Frohsinn der schrecklichen ‚Frauenliteratur'" erwähnt.[36] „Ob Fräuleinwunder oder coole Lady – die jungen Autorinnen dieser Anthologie erzählen selbstbewußt und frappierend unbeschwert, als sei ihnen die Urangst aller Diven, das Risiko zu scheitern, gänzlich unbekannt", konnte man in der *Vogue* anlässlich des Erscheinens eines Sammelbands mit dem Titel „West-östliche Diven" lesen.[37]

Es war in den letzten Jahren nicht zu übersehen, dass Verlage aufgrund des medialen Trommelwirbels in Prosabüchern von jungen Frauen ein verkaufsträchtiges Produkt witterten und die Kulturredaktionen diesen über einen längeren Zeitraum ein erhöhtes Maß an Aufmerksamkeit zuteil werden ließen. Fast jeder größere Verlag brachte sein Fräulein heraus. Manche dieser Bücher erwecken den Eindruck, dass ihre Autorinnen überhaupt erst durch den Medienrummel um Literaturboom und junge Schriftstellerinnen auf die Idee kamen zu schreiben. In den Berichten über attraktive und modemäßig gestylte Autorinnen auf den Kulturseiten von Tageszeitungen und Lifestyle-Magazinen (und mit dem Aufkommen der Popliteratur) entwickelte sich zugleich ein eigener Stil der Literaturberichterstattung, der immer mehr Äußerlichkeiten oder Außerliterarisches im Hinblick auf die Autorinnen zulässt und andererseits von persönlichen Erfahrungen der Rezensenten und Redakteure gefärbt ist. In ihrem *Emma*-Artikel bringt Tanja Rauch diesen Trend mit Begriffen wir *Pin-up-Girl* und *Alther-*

*renphantasien* kritisch auf den Punkt, übersieht aber dabei, dass sich auch die Rezensionen von Frauen nicht dezidiert davon abheben.[38]

Bei sehr jungen Schriftstellerinnen ist da natürlich der Lolita-Effekt, der ältere Herren ins Schwärmen geraten lässt. Ein Pionier in dieser Hinsicht ist der Autor Joachim Lottmann mit seinem *Zeit*-Bericht über die damals 24jährige Alexa Hennig von Lange, nach ihrem Debüt *Relax*. Der Roman eröffnete Einblicke in das Innenleben zweier junger Menschen, deren Gedanken vor allem um Sex, Drogen und die Vermeidung von Langeweile kreisen. Lottmann interviewt die Jungautorin in ihrer Berliner Wohnung und fragt sich einleitend mit gespielter Koketterie, wie man als älterer Herr (Jahrgang 1956) über so ein Mädchen schreiben solle. Um diese Aufgabe zu bewältigen, spaltet er seine Persönlichkeit und lässt den Kritiker zugunsten des schwärmerischen Mannes in den Hintergrund treten. Dieser Prosa von Alexa Hennig von Lange, die ihm so sensationell „wahr" und „echt" erscheint, weil darin Wörter wie „Pinkeln, Pissen, Puschern, Schwanzwaschen, Rattern, Fusseln" vorkommen, begegnet er mit eigenem Bekenntnisdrang: „Diese Locken! Dieses Marlene-Gesicht. Ihr Unterarm streift die Wange. (...) Sie erhebt sich, geht zwei Schritte. Sie ist so schlank und muß nur die Hüfte lässig ausstellen – aber egal. Zurück zum Thema. (...) Sie ist: perfekt. Und sie ist: frech. Der ungewöhnliche Wunsch, eine lebende deutsche Autorin mit den eigenen Händen anzufassen, den leichten Babyspeck rund um ihren schönen Bauchnabel zu berühren – er könnte einem weniger sittlich gefestigten Berichterstatter durchaus kommen.(...)" Dass er das Buch in den höchsten Tönen preist, überrascht angesichts dieses überwältigenden Eindrucks nicht mehr wirklich. Superlative werden angeheizt, literarhistorische Vergleiche auf höchster Ebene gezogen. „Hocherotisch", „rasend schnell", „brüllend komisch", die Sprache habe „den Drive und die Kraft und die Durchgängigkeit eines Hemingway" befindet Lottmann.[39] Mit *diesen Locken* von Alex Hennig von Lange bewirbt der Verlag Rogner & Bernhard im Übrigen dann auch die folgenden Bücher der Autorin. Ihr Lockenkopf ist von den Covers ihrer Romane mittlerweile kaum mehr wegzudenken.

*Authentizität*, der direkte Draht zur Wirklichkeit jüngerer Menschen, wird besonders den Erstlingswerken attestiert. Hajo Steinert sieht bei Jennys *Blütenstaubzimmer* drei „klassische Merkmale" von

Buchdebüts bestätigt, die damit in Zusammenhang stehen: „Mitteilungsdrang, literarische Naivität und Verfallenheit an die gegenwärtige Zeit".[40] Vor allem bei sehr jungen Autorinnen werden Romane gerne im Hinblick auf ihren autobiografischen Gehalt, aber auch als Sinnbild einer ganzen Generation gelesen. Kritiker oder Wissenschaftler sehen in diesen Büchern häufig ihre kulturpessimistischen Befürchtungen bestätigt: zum einen weil sie eine kulturkritische Intention zu erkennen meinen, zum anderen weil sie in der Absenz einer solchen Intention einen Beweis für die Medienverdorbenheit und geistige Verarmung einer Generation sehen. Beispiel Zoë Jenny: Über ihren Roman *Das Blütenstaubzimmer* schreibt Michael Braun in der *Basler Zeitung*, das Schicksal ihrer Heldin hätte so bewegt, weil „ihr Leiden an einer Familientragödie als exemplarische, generationentypische Biographie lesbar wurde".[41] Als „Dokument einer Zeit, in der es keine Geschichten mehr zu erzählen gibt, weil die Gesellschaft zu zerfallen ist in Einzelmenschen", lobte *Der Spiegel* das Buch. Als „Zeugnis einer skeptischen Generation, für die Aufwachsen die Gewöhnung an die Einsamkeit bedeutet" wurde es mit dem „aspekte"-Literaturpreis ausgezeichnet. Und Elke Heidenreich verbindet sowohl die autobiografische wie die exemplarische Lesart voller Emphase: „Wir glauben, Zoë Jenny in diesem verlassenen, Anfang der 70er Jahre geborenen Kind zu erkennen", spekuliert die Kritikerin, um dann noch darauf hinzuweisen, dass es sich um jene Generation handle, „die sich mit Technomusik und Ecstasypillen betäubt, um die Schmerzen in der Seele nicht mehr zu fühlen".[42]

Selbst wenn Romanhandlungen stark konstruiert und fiktiv erscheinen, wie bei Karen Duve und Julia Franck, also nicht mit der selben Leichtigkeit als Selbstmitteilung gedeutet werden können, kommt die Annahme der Authentizität über Umwege ins Spiel. Duves Geschichten seien zwar glücklicherweise nicht autobiografisch, betont eine Rezensentin vom Deutsche Welle Radio, „aber es stecken immer eigene Erfahrungen darin: Reeperbahn-Erlebnisse aus ihrer Taxizeit, Mobbing-Szenarien aus dem Hamburger Finanzamt, auch die Rückenschmerzen des Anti-Helden Leon sind am eigenen Leib durchlitten worden".[43] Mit ihrer Kollegin Sibylle Berg teilt Duve ein gewisses Draufgänger-Image, das aus biografischen Details abgeleitet wird (und durch deren Bekanntgabe von den Verlagen und Autorinnen auch gefördert wird).

Der Sammelbegriff *Gelegenheitsjobs* bürgt allgemein für den Realitätssinn von Schriftstellern; bei Frauen gewinnt die Verbindung von geistiger Tätigkeit und Mitten-im-Leben-Stehen noch zusätzliches Kontrastpotential, wenn sie sich in typischen Männerberufen herumtreiben. Karen Duve wird in Interviews häufig nach ihren Erfahrungen als Taxifahrerin befragt, die körperlich zerbrechlich wirkende Sibylle Berg als „ehemalige Kraftfahrerin“ (Lastwagen!) tituliert.[44] Die Hervorhebung solcher Details dient natürlich auch der Vereinheitlichung von Autorin und Werk im Hinblick auf ein emanzipatorisches Klischee: das kühne Beschreiten von Männerdomänen – zum Beispiel in Form brutaler Actionszenen – gilt ja auch als Markenzeichen der Literatur beider Autorinnen. Im Autorinnenbild von Duve ergibt sich eine nicht unbeträchtliche Spannung aus der Tatsache, dass sie „in sehr robust ausschauenden Hosen und zudem noch in Hemden mit Schulterklappen auftritt“,[45] dabei noch rhetorisch schlagfertig ist oder einfach wild dreinschaut und so eigentlich gar nicht im Trend der kapriziösen Literatur-Diva liegt. Sibylle Berg wiederum entspricht diesem Bild kultivierter Weiblichkeit sehr wohl, schreibt aber so unermesslich brutale Geschichten und sprengt konventionell geprägte Erwartungshaltungen auf diese Weise.

Ähnlich wie bei den deklarierten Büchermenschen Zoë Jenny oder Bettina Galvagni, verknüpft sich auch bei Julia Franck die Biografie mit der Schriftstellerei auf einer abstrakten Ebene, indem die Autorin selbst den inneren Drang zum Erzählen oder die Fähigkeit der Beobachtung auf ihre ungewöhnliche Jugend zurückführt. (Zoë Jenny beschreibt, damit vergleichbar, ihre Erfahrung des Lesens als Überlebenstechnik in einer feindseligen Umwelt). Julia Franck wurde als Kind aus der DDR in den Westen transferiert und lebte dort ab einem Alter von 13 Jahren bei Freunden ihrer Mutter. Gleichaltrigen erschienen ihre Lebensumstände so unglaubwürdig, dass sie schon damals an ihrer Biografie herum zu dichten begann und daraus folgende Lehre zog: Die erfundenen Geschichten sind glaubhafter als die tatsächlich erlebten.[46] Auch Kritikerinnen (die es als Frauen eigentlich besser wissen sollten) halten bei Julia Franck den Umstand für hervorhebenswert, dass eine so freundlich aussehende junge Frau über menschliche Abgründe schreiben kann: „‚Mir machen dabei am meisten die Charaktere Spaß, die ausleben, was ich im wirklichen Leben nicht kann, die bösartig sind, missgünstig oder faul', sagt sie und sieht dabei so nett und freundlich aus, wie sie auf dem blauen Rattansofa an ihrem Tee nippt, dass ihr drastisches Schreiben über solche Auswüchse tatsächlich kathartische Wirkung im Leben zu zeigen scheint".[47] In einer Rezension zu Francks Erzählband *Bauchlandung* (Hergen Kicker in der *Berliner Morgenpost*) findet sich ein Beispiel für die Hemmungslosigkeit und Oberflächlichkeit, mit der Kritiker die Person der Autorin manchmal in die Deutung der Texte einschließen: „Ihr Name führt in die Irre; lässt er doch eher auf die Hauptfigur einer Ärzteserie schließen als auf eine Schriftstellerin". Hätte sich die Autorin vielleicht ein Pseudonym zulegen sollen, weil sie zufällig gleich heißt wie ein populärer Fernseharzt? Mit dem Kommentar zu Francks Styling und Benehmen verlagert der Rezensent seine Assoziationsfreude in Bereiche, die zwar schon eher in ihrem unmittelbaren Einflussbereich liegen, aber noch immer nichts über ihre literarische Arbeit aussagen: „Auch die dezent blau geschminkten Augenlider und die kleine Perle im Ohr assoziiert man eher mit Schwarzwaldklinik, als mit schwarzen Geschichten, die voll abgründiger Erotik stecken. Zudem ist Julia Franck ausnehmend freundlich. Und so zuvorkommend. Was verbirgt sich also hinter Julia Franck".[48]

Die Beschreibung des äußerlichen Erscheinungsbildes hat in der Berichterstattung über junge Schriftstellerinnen einen hohen Stellenwert. Weibliche Attribute, die von manchen Autorinnen zum Zweck der Selbstinszenierung sehr gezielt eingesetzt werden, bei anderen vielleicht nur einen zwanglosen Umgang mit solchen Zeichen widerspiegeln, werden von weiblichen wie von männlichen Literaturkritikern mit einem auffallenden Hang zum Detail zur Kenntnis genommen. So kommt es, dass Sibylle Berg in Anspielung auf ihre Schminktechnik als „die Rotblonde mit dem gewalttätigsten Lidstrich Deutschlands" charakterisiert wird oder Silvia Szymanski als „Alt-Girlie". Über 19 Zeilen kann sich eine ausführliche Beschreibung des Sommeroutfits von

Tanja Dückers erstrecken, die an die Moderation einer Modenschau erinnert. An Zoë Jenny lobt man die klassische Schönheit ihres Gesichts mit den großen scheuen Augen, als läge darin ein Beweis für die Kunstsinnigkeit ihrer ebenso klassischen Prosa.[49] Solche Typisierungen und Schilderungen von Personen, die als Literaturexperten gelten, transportieren Vorstellungen von Literatur, die in manchen Fällen wirklich naiv sind oder aber besseres Wissen aus Berechnung über Bord werfen.

Um Autobiografie und den Wirklichkeitsgehalt der literarischen Texte geht es in den Features, Porträts und Rezensionen über junge Schriftstellerinnen immer in irgendeiner Weise. In Interviews wird danach gefragt, es werden Spekulationen darüber angestellt, es wird mit Verwunderung das Fehlen einer Ähnlichkeit zwischen Autorin und Roman konstatiert oder diese einfach als gegeben vorausgesetzt. Das Schreiben über sich selbst oder das Verkörpern der literarischen Figuren wird als ihre größte Kompetenz betrachtet. Direkt darauf angesprochen, weisen die Autorinnen selbst derart simple Übertragungen zwar meist nachdrücklich zurück – fördern sie oft aber zugleich durch Andeutungen oder Zugeständnisse.

Die Gleichsetzung von Autorin und Romanfigur kann auch eine abschreckende Erfahrung sein, über die zum Beispiel Alexa Hennig von Lange berichtet. Über ihr erstes Buch *Relax* sagte sie 1997 noch freimütig: „Der Roman ist schon autobiographisch, es ist die Geschichte von mir und meinem Ex-Freund. Aber sehr überzeichnet“. Drei Jahre später zeigt sie sich erstaunt darüber, wie sie in der Öffentlichkeit wahrgenommen wird und erklärt, warum sie in ihrem zweiten Buch auf eine weibliche Perspektive verzichtete: „Ich wollte nicht wieder mit der Erzählerfigur identifiziert werden. Das war mir nach „Relax“ zu weit gegangen, wenn Leute fragten, wie das mit dem Vibrator gewesen wäre“.[50] Zoë Jenny, die ebenfalls zur Sprecherin ihrer Generation auserkoren wurde, stellt im Umgang mit diesem Problem Gelassenheit zur Schau. Sie habe oft darauf hingewiesen, dass *Das Blütenstaubzimmer* „keine Autobiographie ist, sondern ein Roman, aber es hat keinen Sinn, die Leute machen, was sie wollen. Und das ist auch okay, damit muß ich mich abfinden“.[51]

Wenn die Literaturrezeption von der Begeisterung für das authentische Lesen dominiert ist, muss auch die Kombination von *Wohnen in* und *Schreiben über* Berlin eine Erfolg versprechende sein. Manche Kulturpublizisten sehen das Phänomen „Fräuleinwunder" überhaupt auf diese Stadt beschränkt, nicht wenige erhoffen sich für das Genre *Berlin-Roman* einiges aus diesem Autorensegment oder sehen ihre Erwartungen sogar schon bestätigt.

Die Erstlingswerke von Inka Parei, Tanja Dückers oder Judith Hermann, um nur einige zu nennen, wurden als Berlin-Literatur populär gemacht. Der *KulturSpiegel* porträtierte mit einer Auswahl von jungen Schriftstellerinnen und Schriftstellern die junge Berliner Bohèmeszene.[52] „Die Großstadtbummlerin kommt zu spät, dafür auf einem klapprigen Holländerrad mit Verve um die Ecke der Kastanienallee gekurvt", beginnt Gabriela Walde ihr Porträt von Tanja Dückers. Bei Inka Parei, die mit ihrem Comic-Roman über eine Kampfsport erprobte Außenseiterin die Hinterhof-Romantik des *hässlichen* Berlin beschwört, wird mit dem Pathos alter Großstadtmythen in expressiven Vergleichen geschwelgt: Berlin ist einmal „Wildnis ohne Deckung (...) das übel riechende Endprodukt zweier Systeme, ein Planet des Untergangs", einmal „Wasserloch in der Wüste", einmal „Trash-Moloch"; und selbst eine Rezensentin, die selbstreflexiv feststellt, dass Berlin als Thema der Literatur ein hohes Maß an Aufmerksamkeit garantiert, kann sich einer personalisierenden Aussage über die Stadt nicht entziehen: „Wer ein sogenanntes Berlin-Buch schreibt, muss sich schon sehr ungeschickt anstellen, um kein Gehör zu finden. Die Stadt ist gierig nach Selbstbeschreibungen und jeder, der sich semantisch um sie bemüht, wird erhört."[53] Diese Gier nach Selbstbeschreibung macht es wohl auch leichter möglich, dass eine zugewanderte Österreicherin Gehör im deutschen Feuilleton findet. Kathrin Röggla protokolliert in ihrer Prosa Berlin-Erfahrungen mit einem sprach- und popreflexiven Ansatz.

Über die Kompetenz „Berlinbewohnerin" verfügen auch Elke Naters, Julia Franck, Alexa Hennig von Lange oder Katrin Dorn und machen die Stadt trotzdem nicht so auffällig zur Protagonistin. Mit solchem Understatement, das ebenfalls seine Befürworter findet, kommt die eigentlich raffiniertere Form des Berlin-Romans zustande: das Interesse wird erweckt, auch wenn das Berlin-Thema im Hintergrund bleibt, und im Zweifelsfall können immer andere Aspekte der Geschichte vorgeschoben werden. Ihr erster Roman *Königinnen* sollte ein Buch über Großstadtfrauen sein, wird zum Beispiel Elke Naters von Gerrit Bartels in der *taz* zitiert, die dann erfreut feststellt, „daß in einem Buch das Berlin als Schauplatz hat, von Berlin nur am Rande die Rede ist".[54] Ein anderer Rezensent betont dann aber gerade das Authentische an diesem Roman, „vom Ambiente der ‚angesagten' Lokalitäten bis zu den Anleihen bei einem aktuellen Jargon".[55]

Bei Katrin Dorn, die mit dem Image der Lifestyle-Queen nichts am Hut hat, fällt der Trendfaktor einem soliden Realismus zum Opfer. „Der Schauplatz Berlin vermittelt hier nicht mehr Weltgefühl als Gießen oder Bielefeld, und Dorns Figuren sind derart glanzlos, dass sie manche Leser nicht interessieren werden". Ein aktuelles Berlin-Thema enthält ihr Buch *Lügen und Schweigen* dennoch. In der darin zentralen Beziehung zwischen einer jungen Floristin mit DDR-Kindheit und einem Psychologiestudenten aus dem Westen spiegelt sich die Problematik des wiedervereinigten Deutschland.

## Literatur und Pop, Literatur als Pop, Popliteratur

Neue Autorinnen tauchten Ende der 90er Jahre häufig auch im Kontext literarischer Szenen auf, die sich den Zeitgeist auf die Fahnen schreiben und nicht nur aufgrund ihrer Bezüge zur Musik mit der Bezeichnung *Popliteratur* bedacht wurden. Vom Standpunkt des Fräuleinwunders aus betrachtet, besteht eine teilweise Verschränkung mit diesem Phänomen *Popliteratur* ganz zweifellos: Alexa Hennig von Langes Erstling *Relax*, zum Beispiel, wurde zeitweilig als Paradigma der neuen aufstrebenden Literatengeneration gepriesen. In den Historisierungsprozessen der Popliteratur wird auf eine verstärkte Präsenz von Autorinnen hingegen kaum hingewiesen. Auch wenn nämlich dieses literarische Genre mittlerweile wieder totgesagt wurde, so hat es vor seinem vermeintlichen Absterben zumindest noch einen Theorieschub erzeugt.

Literatur, die sich mit Pop beschäftigt oder dessen Verfahren imitiert, gab es seit den 50er, 60er Jahren mit wechselnder Kontinuität. Eine intensivere theoretische Auseinandersetzung damit ist neu, jedenfalls im deutschen Sprachraum. Weniger neu, aber immer wieder erstaunlich, ist die Konsequenz, mit der in dieser theoretischen Auseinandersetzung der Frauenanteil unterschlagen wird. Die kurze Euphorie in den Medien hatte ganz offensichtlich einen kontraproduktiven Effekt: Das Lob für die neue Schriftstellerinnen entzündete sich anhand eines derart unzulänglichen Begriffs, dass mit den verständlichen Bemühungen zur raschen Versenkung dieses „Fräuleinwunders" auch die daran unschuldigen Autorinnen aus dem Kanon wieder gelöscht werden: Frauen kommen in der Literaturgeschichtsschreibung über Popliteratur seit den 90er Jahren nur am Rand vor.

Der Begriff *Popliteratur* existiert vorwiegend im deutschen Sprachraum und kann Verschiedenes bedeuten: Er wird vor allem seit den 90er Jahren als Synonym für *junge Literatur* verwendet, die das Leben junger Menschen am Puls der Zeit beschreibt, deren Konsumgewohnheiten und Geschmack in Musik, Mode und anderen Formen der Alltagskultur dabei ins Zentrum setzt; der Ausdruck Popliteratur wird zugleich im Hinblick auf eine rebellische Tradition verwendet, die mit den Beatniks in den 50er Jahren als gesellschaftskritische Bewegung begann, aber auch Vorläufer in den historischen Avantgardebewegungen der 20er und 30er Jahre hat.

Ein zentrales Kriterium für Popliteratur ist die Verwendung von Themen, Stoffen und Darstellungsmustern aus Massenmedien und Popkultur, oft mit dem Ziel, bestehende Grenzen zwischen bestimmten kulturellen oder sozialen Bereichen (z.B. zwischen Hochkultur und Unterhaltung, Literatur und anderen Kunstdisziplinen oder unterschiedlichen Bildungsschichten) zu verwischen. Wesentlich ist außerdem ein gewisses Ausmaß an ehrlicher Hingabe zumindest für ein bestimmtes Set an popkulturellen Erscheinungsformen, das in all seiner Banalität als bewegende Angelegenheit dargestellt wird und oft mit einer geringen Toleranz für andere solche Sets verbunden ist. Popautoren demonstrieren Jugendlichkeit, Gegenwärtigkeit und Zugehörigkeit zu bestimmten Szenen. Sie verzichten meist auf eine Ironie, die Pop ausstellt, nur um ihn bloßzustellen, was jedoch – und hier liegt ein Grund für die oft wirklich widersprüchlichen Interpretationen von Popliteratur – kritische Impulse nicht ausschließen muss. So beschreibt der Poptheoretiker Diedrich Diederichsen den Pop der 60er Jahre als „radikale Gesellschaftskritik“ verbunden mit „formaler Affirmation des Gesichts der Verhältnisse und der von ihnen produzierten Waren“ – „Die Revolte ergibt sich aus einem großen Ja (zu Leben, Welt, Moderner Welt), nicht aus einem Nein und einem Ja zu Utopie“.[56]

40 Jahre später hat Pop als musikdominierte kulturelle Matrix nahezu alle Bereiche des Lebens in den westlichen Gesellschaften durchdrungen und ist selbst ein schwammiger Begriff geworden, der am einen Ende des Spektrums Identifikation mit Subkulturen ermöglicht und im Mainstreambereich den Ausdruck Kitsch weitgehend ersetzt und den Kitsch selbst aufwertet. Alles, was fröhlich, bunt und grell daher kommt, ist fast schon automatisch *Pop* – Musik, Menschen, Gegenstände, Kleidung, bestimmte Stoffmuster und Verhaltensweisen oder eben Bücher. Pop ist nicht mehr gleichzusetzen mit Gegenkultur, aber auch nicht auf den Aspekt der Wohlfühl-Konsum-Beruhigungs-und-Ablenkungsindustrie reduzierbar.

Wenn man sich den gigantischen Komplex der Popkultur vor Augen hält, wie er sich die entlegensten Winkel der Erde erobert, dann erscheinen darin das Medium Buch und der geschriebene Text in einer untergeordneten Rolle – bildgestützte und elektronische Medien wirken hier wesentlich effizienter – und sind oft an marktwirtschaftliche Interessen und kollektive Produktionsprozesse gebunden, dienen also nicht der Selbstverwirklichung des individuellen Autors. Trotzdem machen literarische Ausdrucksweisen, wie Song-, Raptexte (Form der Lyrik) oder Filmdialoge (Form des Dramas) und das über Jahrhunderte hinweg von der Literatur besetzte Prinzip der Narration einen Teil des Erfolgs von Popkultur aus. Geschichten werden überall erzählt, wo Massen bewegt werden sollen, weil sie sich für manipulative Zwecke so sensationell gut eignen: für Politik, Religion, Werbung, in den Nachrichten, klarerweise in Filmen, Fernsehserien und Musik.

Mitte der 90er Jahre erregte die Popliteratur im deutschsprachigen Raum nach einer längeren Pause mit spärlichen Lebenszeichen wieder Aufmerksamkeit. Für den Literaturbetrieb amtlich wurde die Wiederauferstehung mit zwei Rowohlt-Anthologien im Jahr 1996: *Poetry! Slam! Texte der Pop-Fraktion* (Hg. Andreas Neumeister und Marcel Hartges) und *Pop Technik Poesie. Die nächste Generation* (Hg. Marcel Hartges, Martin Lüdke, Delf Schmidt). Die Bände präsentierten Autorinnen und Autoren, von denen die meisten gerade zwischen 20 und 30 Jahre alt waren und bis dahin noch nicht oder nur sehr wenig publiziert hatten. Viele von ihnen betätigen sich auch als Musiker, Djs, Publizisten, Schauspieler, Künstler, Lokalmanager, Werbetexter und in weiteren Branchen – begreifen sich also nicht ausschließlich als Schriftsteller. Die „Slam-Tauglichkeit" galt den Herausgebern Neumeister und Hartges als Kriterium für die Auswahl der Texte, ihr „neues Verständnis von Literatur" umreißen sie mit den Stichwörtern „Spontaneität, Alltagsnähe, Gegenwartsbezug, Sprachwitz, Lustprinzip und Unmittelbarkeit".[57]

Für Spontaneität und Unmittelbarkeit sorgt die Praxis des Slams mit Sicherheit, der pointenreiche – auf Lacherfolge zielende – Stil der Popliteraten ist zum Teil vermutlich darauf zurückzuführen. Was zählt ist die Performance. Slams bieten somit einiges von dem, was der Literatur mit Kunst- und Bildungsanspruch ein Gräuel ist: die Tagesverfassung des vorlesenden Autors, die Stimmung im Saal, ein Zeitraum von wenigen Minuten und eine Publikumsjury entscheiden über die Qualität eines literarischen Textes, der Preis für den Sieger hat im Unterschied zum Sport meist nur Symbolcharakter. Das alles spielte sich anfangs noch im Dunst der Subkultur, etwa im Umkreis des „Social Beat" in Berlin, mehr oder weniger unter Eingeweihten ab, mittlerweile werden Slams auch groß organisiert und die Szene hat bereits einige Stars auch für den Mainstream hervorgebracht.

Slam brachte die Literatur über die Songtext- und Rap-Ebene hinaus mit der Jugend-Clubkultur der 90er Jahre zusammen, machte sie kollektiv erlebbar und unterwarf sie mit der Performance-Situation einem rigorosen Unterhaltungsanspruch. Hadayatullah Hübsch, einer der Sixties-Veteranen in der deutschen Popliteratur-Szene, der in den 90ern wieder Anschluss an junge Kollegen und Mitstreiter suchte und das Gegenkulturfestival Social Beat mitinitiierte, zeigt sich in diesem Punkt ein wenig enttäuscht: Die Slam-Szene entwickle sich „zunehmend in den Literatur-Comedy-Bereich. Der Trend geht eindeutig hin zur Theatralik beim Vortrag, das kommt an, das Publikum will Fun Fun Fun – abklatschen oder jemanden zur Sau machen".[58]

Im Geist des politischen Protests waren Slams Ende der 80er Jahre in den USA entstanden, ursprünglich als literarische Gegenkultur im Gefolge der Rap Music. Gesellschaftlich benachteiligte Bevölkerungsgruppen wie Afroamerikaner, Latinos, Asiaten, Schwule und Lesben, Arbeitslose, Obdachlose und nicht zuletzt Frauen formierten sich als *Spoken Word Poets* und eroberten die Literatur für sich als Ausdrucksmittel. „Begabt und politisch engagiert artikulierten sie die überall fühlbare Unzufriedenheit mit der amerikanischen Gesellschaft und Kultur, die sich 1990 allgegenwärtig zu Wut steigerte. In Lesungen im ganzen Land (...) zerreißen die Stimmen der neuen Poesie den tödlichen Schleier aus Angst und Schweigen, der sich über Amerika gelegt hatte",[59] schrieb 1992 der Sprecher der Performance Poets in San Francisco, Alan Kaufmann.

Auch Reclam Leipzig folgte 1997 mit einer Anthologie trendiger junger Literatur: *Trash-Piloten. Texte für die 90er*, der Titel ist aus einem Gedicht des deutschen Pop-Ahnherrn Rolf Dieter Brinkmann abgeleitet. In einer ausführlichen Einleitung versucht der Herausgeber Heiner Link die heterogenen Ansätze seiner Auswahl etwas vage im Begriff einer Trash-Literatur zusammenzuführen, die sich der Wahrnehmung und Darstellung des Banalen, Trivialen, Alltäglichen verschreibt. Betont wird vor allem die vollkommene Unabhängigkeit der Autorinnen und Autoren von jeder nur erdenklichen Norm, die eine lebendige Literatur behindern könnte – Normen, für dessen Exekution der Literaturbetrieb als restriktiv empfunden wird: ästhetische Vorschreibungen, Kunstansprüche, Verbreitungsmechanismen, schriftstellerische Rollenbilder usw. Als Hindernis gilt hier noch der „Buchmarktautomatismus, der auf eine uniforme Autorenriege, letztlich den Autor als Warenlieferanten abzielt",[60] dem sich kurze Zeit später wieder andere Popautoren unbeschränkt ausliefern wollen. Und auch Link propagiert den flexiblen und vielfach tätigen Nebenerwerbsschriftsteller, der sich nicht auf seinen Autonomiestatus zurückzieht: „Vielseitigkeit ist nicht mehr als Zeichen mangelnder Professionalität verpönt, sondern ausdrücklich erwünscht. (...) Das Bild des vergeistigten Literaten jedenfalls, der in einem intergalaktischen Reflexionsnebel mit dem heiligen Geist um der Weisheit letzten Schluß pokert, bröckelt".[61]

Mit der theoretischen Auseinandersetzung und literaturwissenschaftlichen Kanonisierung der Popliteratur ging es erst nach der Jahrtausendwende richtig los. Den Anfang setzte Thomas Ernst, selbst auch als Schriftsteller tätig, mit einer kurzen Darstellung in der Sachbuchreihe *Rotbuch 3000*. Eine Absicht des Autors ist es, der gegenwärtigen Popliteratur-Debatte eine historische Dimension an die Seite zu stellen, was sicher berechtigt ist. Der Hype um die derzeit jüngste AutorInnen-Generation ließ die Tatsache, dass Popliteratur nicht mit dieser gerade erst begonnen hatte, weitgehend unbeachtet.

Nachdem es „die Popliteratur" nicht gibt, sondern nur Facetten davon, beschreibt Thomas Ernst das Phänomen, indem er unterschiedliche Traditionslinien und Komponenten aus Literatur, Kunst und Theorie zusammenbündelt: z. B. Dadaismus, amerikanische Beatliteratur, Postmoderne-Debatten in den USA und Frankreich, Poptheorie der 80er, Pop-Art, Situationisten, Wiener Gruppe, Neue Frankfurter Schule im Umkreis des Satiremagazins „Titanic", Prenzlauer Berg in der DDR und natürlich Ikonen wie Rolf Dieter Brinkmann.

Die Mischung erfolgt aus einer ganz bestimmten – eher konservativen – Perspektive: Popliteratur gilt hier als ein Projekt der Avantgarde, das sich in der linken Gegenkultur fortsetzt. Werke mit avantgardistischem oder gesellschaftskritischen Ansatz werden zu höherer Kunst geadelt, die Haltung vor allem der allerjüngsten Popautoren wird dagegen als verwerflicher Irrflug in die Unterhaltungsbranche abgeurteilt. In schönster bildungsbürgerlicher Tradition etabliert sich so genau jenes System von *High* und *Low* oder Kunst und Schund, das die Popliteraten mit ihrer Begeisterung für triviale Inhalte und Darstellungsmuster immer zum Kippen bringen wollten. „Gute" Popliteratur ist in dieser Einteilung (sprach)analytisch, sozialkritisch, subkulturell und vorwiegend in der Vergangenheit zu finden (z. B. Brinkmann oder „Titanic"), die „schlechte" ist affirmativ, unkritisch und Mainstream. Der Befund für die Gegenwart fällt eindeutig negativ aus: Sowohl die bekannten Autoren wie Benjamin von Stuckrad-Barre oder Alexa Hennig von Lange wie auch der

Underground (Social Beat, Poetry Slams) dienen, so Ernst, nur noch der Unterhaltung und hätten „den Zorn durch den Spaß ersetzt".

Das Kapitel über die jüngste Entwicklung, als Popliteratur in Deutschland mit einigem Aufruhr zum Ausdrucksmittel einer Generation erklärt und modisch wurde, ist mit dem Titel „Inflation und Niedergang des Popliteratur-Begriffs" überschrieben. Der Höhepunkt der medialen Aufmerksamkeit soll also – Logik der Gegenkultur – zugleich der Anfang vom Ende sein.

Was man einem Buch, in dem der Verlust an rebellischer Subkultur in der Gegenwart diagnostiziert wird, vorhalten kann, ist, dass es nur an der Spitze des literaturgeschichtlichen Kanons und der mittlerweile kanonisierten Subkultur umrührt (Dadaismus, Wiener Gruppe, Brinkmann, Handke, Goetz und andere Suhrkamp-Autoren ...). Aber über einzelne Namen lässt sich, wie bei jeder Literaturgeschichte, streiten. Einigermaßen unverständlich ist dagegen die vollständige Ausblendung der Schriftsteller*innen.*

Die Kernzeit der Beatliteratur war zwar, wie auch die historischen Avantgarde-Szenen, tatsächlich von Männern dominiert, während Frauen eher als Musen und Förderinnen auftraten, seitdem hat sich aber doch einiges verändert. Dominant sind in der Darstellung von Thomas Ernst die Männer-Festivals wie das von Maxim Biller organisierte Treffen in Tutzing oder das popkulturelle Quintett. Das einzige Werk einer jungen Autorin, auf das Thomas Ernst mit wenigen Sätzen näher eingeht, stammt von Alexa Hennig von Lange und auch dieses wird nur erwähnt, um der Autorin vorzuwerfen, dass sie nicht kritisch genug mit den Geschlechterkategorien umgeht – was ja nicht nur eine Frauenangelegenheit sein muss. Nicht sonderlich überraschend ist dann auch, dass in der vom „Unterhaltungsschund" (Stuckrad-Barre und Co) gesäuberten Auswahlbibliografie zur Popliteratur außer Elfriede Jelinek keine einzige Frau vorkommt.

Der Radio-Journalist Johannes Ullmaier erweiterte eine Radiosendung zum Thema Popliteratur zu einer ausführlichen Buchdokumentation mit vielen, vielen kleinen Abbildungen und Textzitaten aus Büchern und Interviews, von denen eine Auswahl auch auf CD zum Hören mitgeliefert wird. Die Reise führt von Brinkman und dessen

Anthologie damals neuer amerikanischer Literatur *Acid* bis in die Gegenwart (Popkulturelles Quintett im Hotel Adlon) und bringt im Grunde eine ähnliche Einschätzung wie Thomas Ernst – nur wird sie von Ullmaier in Bezug auf die Mainstream-Literatur um Stuckrad-Barre, Kracht, Naters usw. differenzierter vorgetragen.

Auch Ullmaier trennt hochwertigen und minderwertigen Trash in Form einer Underground-Mainstream-Dualität, widmet sich ebenfalls ausführlich dem subkulturellen Potential der 60er und 70er Jahre, aber auch den Fortsetzungen dieser Tendenzen in der heutigen Popliteratur. Die Forderung nach kritischer Schärfe wird wohl zur Debatte gestellt, aber nicht moralisch und ästhetisch absolut gesetzt. Im Hinblick auf die Mainstream-Vertreter plädiert er für eine Beurteilung, die Zeit und Kontext stärker berücksichtigt als es viele Kritiker zu tun pflegen. „Würde es doch leicht skurril anmuten, einem Schreiber à la Stuckrad-Barre unvermittelt vorzuwerfen, daß er nicht wie Bernward Vesper schreibe oder lebe. (...) Schlagend wird Kritik am Aktuellen erst, wo sie das Ausmaß fokussiert, in welchem jemand sich bewußt damit *begnügt*, Symptom – und *dadurch* Kollaborateur – zu sein, das Maß, in dem man braver, planer, rückschrittlicher ist als selbst die bravste, planste, rückschrittlichste Gegenwart es fordert."[62] Mit dieser Dokumentation liefert Ullmeier erstmals auch eine genauere Bestimmung des Begriffs Popliteratur und ihrer Merkmale, ohne das Phänomen dabei in seinem Facettenreichtum einzuschränken.[63]

Mehr Vergnügen an der neuesten Popliteratur hat auch der Rostocker Germanist Moritz Baßler und äußert das offen in seiner Studie über die „neuen Archivisten". Auch in seiner Auswahl dominieren fraglos die männlichen Popliteraten: Hauptkapitel sind Andreas Mand, Thomas Brussig, Benjamin von Stuckrad-Barre, Thomas Meinecke und Wolf Haas gewidmet. Weitere Autoren werden genannt, zitiert oder eingehend beschrieben – darunter nur eine Frau (Sibylle Berg).

Popliteratur der Gegenwart ist für Baßler vor allem eine enzyklopädische Leistung: „Als ob sie die Versäumnisse einer Nachkriegsliteratur, die sich an anderen Problemen abgearbeitet hatte, nachholen wollten, archivieren ihre Bücher in geradezu positivistischer Weise

Gegenwartskultur, mit einer Intensität, einer Sammelwut, wie sie im Medium Literatur in den Jahrzehnten zuvor unbekannt war".[64]

Eine entscheidende Trennlinie innerhalb der deutschen Literatur verläuft Baßler zufolge zwischen Texten mit und ohne Erwähnung von Markennamen. Dahinter stehen unterschiedliche Literaturauffassungen: Auf der einen Seite die Vorstellung, Literatur dürfe Sprache, ihre Bedeutungen und Effekte nicht einfach unhinterfragt übernehmen, sondern müsse Automatismen in der Wahrnehmung durchbrechen oder neu zusammensetzen. Baßler: „Mit einem Dutzend Markennamen wäre zwar ein komplettes Soziogramm einer Person zu erstellen, aber eine Literatur, die dieses Potential nutzen würde, gäbe damit ihren Anspruch preis, selbst die Instanz zu sein, die das Beschriebene in seinem Wesen definiert". Auf der anderen Seite stehen die Popliteraten, für die ein derartiger „archimedischer Punkt", von dem aus man die Welt so originär überblicken könnte, gar nicht mehr denkbar ist. Sie stehen inmitten einer sekundären, gesampleten Welt und katalogisieren diese, indem sie sich auf eine „Literatur der zweiten Worte, die im Material einer Sprache des immer schon Gesagten arbeitet", verlegen.[65]

An diesem Buch eines Literaturwissenschaftlers kann man übrigens, wie an vielen Rezensionen und Features sehr gut beobachten, dass Pop eine emotional und ästhetisch prägende Erfahrung sein muss. Denn das Schreiben über Popliteratur ist sehr oft stark persönlich gefärbt, vor allem wenn die Verbindung von Pop und Literatur grundsätzlich begrüßt wird.

Autorinnen und Autoren selbst geben sich in der Frage, was denn Popliteratur nun genau sei, recht uninteressiert. Fast niemand bekennt von sich aus, Popliteratur zu schreiben, fast alle „Popautoren" äußern Zweifel, dass dieser Begriff etwas taugt. „Das klingt ja auch wirklich scheiße, ich würde es für meine Texte auch nicht verwenden, dann schon eher Pop. Was damit gemeint ist, ist ja eine Literatur, die etwas besser fließt, die bunter und farbiger ist als das Hochkulturelle"[66] (Silvia Szymanski). Manche fühlen sich durch das Label belästigt und distanzieren sich davon, weil sie sich als Literaten nicht ernst genommen fühlen. „Ich will nicht ewig eine Pop-Autorin sein. Dieser Stempel nervt mich",[67] beschwert sich Alexa Hennig von Lange. „Ich will, daß meine Leser auch andere Bücher lesen! Und nicht nur so,n Popscheiß!",[68] sorgt sich auch Elke Naters und empfiehlt Thomas Bernhard. Benjamin von Stuckrad-Barre äußert sich ebenfalls abfällig: „Dieses Etikett wird ja stets abwertend verwandt, als Abgrenzung gegen die vermeintlich richtige, echte, tiefe Literatur. Popliteratur als Behindertenparkplatz der Literatur". Auf die Frage, welche Bezeichnung er vorziehen würde, plädiert er für „Literatur-Pop" und bietet seine Definition an: „Ich benutze die ästhetischen Mittel des Pop, Pop ist Referenzrahmen und stilbildendes Subthema, und das wiederum ist ein Abbild der Realität von Kultur hierzulande".[69]

Wenn man davon ausgeht, dass Popkultur den Alltag in weiten Teilen der Welt mittlerweile völlig durchdrungen hat und somit eigentlich auch jede Literatur, die zeitgenössisches Leben beschreibt, außer sie ist bewusst dagegen konzipiert – dann wäre das Ende der Popliteratur tatsächlich schon gekommen.

# Erzählperspektive: Ich

## Literatur in der Medienkonkurrenz

*Andy Warhol's Interview* im Juli 2002, Seite 74: In großen Lettern prangt die Überschrift: „A Magazine Movie". Eine junge Frau sitzt im Schneidersitz auf dem Bett und starrt auf den Monitor ihres Laptops. Sie trägt bequeme, aber teuer aussehende Hosen, ein rosafarbenes Tanktop aus seidenähnlichem Stoff, die kurzen Haare kunstvoll zerzaust, das Gesicht perfekt ungeschminkt. Auf der gegenüberliegenden Magazinseite posiert Isabella Rosselini auf der Terrasse eines New Yorker Apartments, die Eleganz und Melancholie in Person, einen Brief lesend. „She seems distant and preoccupied. This letter surprises and moves her. When she finishes it, she feels something like hope stirring and is surprised again", informiert die Bildunterschrift. Die beiden Fotos sind der Auftakt eines kurzen Familiendramas über eine verlorene Tochter, die sich mit ihren Eltern wieder versöhnen möchte. Es handelt sich dabei um ein Modefeature in Form einer kleinen Geschichte, die sich zwei Fotografen ausgedacht haben. Zu jedem Foto gibt es nicht nur einen Erzähltext, sondern auch detaillierte Angaben zu den Produkten, Stylisten usw. Nicht nur auf diesen, gerade beschriebenen Seiten vermischen sich in der New Yorker Zeitschrift Modewerbung und Entertainment. Jeder Interviewpartner – die meisten von ihnen sind Schauspieler oder Musiker – tritt in dieser Zeitschrift als Model in Erscheinung und wird von einem Modefotografen in Designeroutfits, anstatt in seinen eigenen Kleidern fotografiert.

Die aus diesem Beispiel zu gewinnende Erkenntnis über unsere Alltagswelt ist keine sensationelle Neuigkeit: Erzählerische Ansätze sind allgegenwärtig, auch dort, wo man sie vielleicht nicht vermuteten würde oder wo sachliche Information eher angebracht wäre. Sehr oft bemerkt man im ersten Moment überhaupt nicht, dass man es mit dem Prinzip der Narration zu tun hat, sondern fällt einfach darauf rein. Das Erzählen von Geschichten dient nicht nur der Unterhaltung, sondern auch der Manipulation von Meinungen und Bedürfnissen, der kollektiven Sinnstiftung oder der wissenschaftlichen Theoriebildung. Die Buchliteratur steht als Produzentin und Vermittlerin von Geschichten in Konkurrenz mit anderen Erscheinungsformen von Kultur, Kunst und Unterhaltung, zugleich aber auch in einem ständigen Austausch mit diesen. Literatur und Film etwa sind künstlerische Ausdrucksformen, die nicht nur miteinander konkurrieren, sondern die jeweils auch das andere Medium nützten, sehr oft zum Zweck der zusätzlichen Vermarktung. Romane werden verfilmt, Filme oder Fernsehserien nachträglich in Romanform publiziert.

Gerade der Austausch zwischen Literatur und Film reicht weit zurück. Filmische Schreibweisen – wie Kameraperspektiven (Totale, Nahaufnahmen usw.), unkommentiert aneinander gereihte Repliken im Dialog oder die Fixierung auf das Visuelle – gab es eigentlich schon *vor* der Entstehung des Films.[70] Die historische Entwicklung des Films zeigt Phasen einer Literarisierung, die von dem Bemühen gezeichnet sind, mit der Institutionalisierung durch das Kino (ab 1906), das als ordinär geltende Vergnügen an den bewegten Bildern auch dem Bürgertum schmackhaft zu machen.[71] In diese Epoche der Filmgeschichte fällt auch die Schwerpunktverlagerung von der Dokumentation auf die einfacher und billiger herzustellende Fiktion. So wurde der Film zur *Kunstform*, deren Anschluss an die bildungsbürgerliche Tradition der Literatur bedeutete, „ein unerschöpfliches Reservoir an erzählten Geschichten für das eigene, filmische Erzählen vorzufinden und in Anspruch zu nehmen, sowie die eigenen Fähigkeiten des Erzählens am Vorbild der Literatur ständig weiterzuentwickeln".[72] Die Bedrohung, die von diesem nun geschichtenerzählenden Film ausging, wurde von Literaten schon immer mit Faszination, aber auch einem gewissen Problembewusstsein zur Kenntnis genommen, folglich ließ sich auch die Literatur von den narrativen Techniken des Films, später des Fernsehens oder der Popmusik beeinflussen. Aufgrund der enormen Wirksamkeit und Präsenz der auf kommerziellen Erfolg ausgerichteten elektronischen Massenmedien wird seit ungefähr einem halben Jahrhundert das Ausklingen des „Buchzeitalters" debattiert und ein gesellschaftlicher Bedeutungsverlust der Literatur beklagt. Vor allem seit der Verbreitung von Computer und Internet, schwirren alptraumhafte Szenarien von einer buchlosen Zukunft umher, in der den Menschen mit der Fähigkeit zu lesen zugleich die

Fähigkeit zu denken oder überhaupt jeglicher zivilisatorischer Impuls abhanden kommen soll. Mögliche Strategien zu einer notwendigen „Aktualisierung" der Literatur werden ständig gefordert, deklariert, getestet und auch wieder verworfen.

Die Ängste des Literaturbetriebs sind natürlich nicht ganz unbegründet, denn dass sich bestimmte kulturelle Aufgaben, die früher die Literatur erfüllte, in andere Bereiche verlagert haben, ist offensichtlich. Das Fernsehen etwa erfüllt in geradezu beispielhafter Weise alle Funktionen des antiken Mythos, eine Aufgabe, die einst die Literatur innehatte.[73] Im Fernsehen verdichten sich Formen des Erzählens (Spielfilme, Serien), Berichtens (Information, Dokumentation), Zeigens (Life-Sendungen) und Spielens (Shows) zu einem komplexen Erkenntnissystem, das auf narrativen Vermittlungsstrukturen beruht. „Mythos und Fernsehen fungieren durch die Addition von Einzelnarrationen als Großerzähler. Beide Narrationssysteme weisen Bindungen an das Land ihres Entstehens, aber auch Kulturgrenzen übergreifende Standardisierungen der Inhalte auf".[74] Alle TV-Genres enthalten die Kernnarrrationen der Mythologie. Der Konflikt zwischen einem Protagonisten und Antagonisten schematisiert nicht nur den gesamten fiktionalen Bereich, sondern zum Beispiel auch Werbespots und Informationssendungen. Wie im Mythos verknüpfen sich bestimmte Leistungen symbolisch mit bestimmten Namen (Helden) und wird in einer unübersichtlichen Welt Orientierung durch Sinn und Ordnung angeboten. Im Fernsehen – und zwar nicht nur in Spielfilmen und Serien – tauchen auch die typischen Erzählsituationen des Romans wieder auf: In den täglichen Talkshows treten Kandidaten als Ich-Erzähler auf, um Persönliches aus ihrem Leben zu berichten. Als Gegengewicht zu ihren subjektiven Darstellungen werden „Experten" zu den jeweiligen Talkthemen befragt. Fernsehsprecher in Nachrichtensendungen fungieren aufgrund ihrer Distanz zum Berichteten und des Gebots der Objektivität als auktoriale Erzähler. Hier treten dann wiederum die Auslandskorrespondenten als personale Erzähler auf, um die Fakten durch persönliche Erfahrungen oder Recherchen zu verdichten, zu vervollständigen, zu ilustrieren.[75]

Einer Mischung aus Spiel, Narration und Information bedienen sich natürlich auch andere Massenmedien, um ihr Publikum zu unterhalten. Mit der Schlagzeile „REAL-LIFE READ" bewarb die amerikanische Frauenzeitschrift *Cosmopolitan* im März 2002 die Coverstory über eine 25jährige Toxikologin, die des Mordes an ihrem Ehemann beschuldigt wurde und gerade auf ihren Prozess wartete. Drei Seiten lang wird über die Hintergründe des tragischen Falles berichtet, um dann die Leserinnen aufzufordern, ein Votum auf der Website von *Cosmopolitan* abzugeben: „You be the jury: Do you think Kristin Rossum poisoned her husband?"

## Ich-Form als Ausweg?

Wenn man Romane jüngerer Autorinnen und Autoren liest, die in den letzten Jahren erschienen sind und von der Gegenwart handeln, könnte man auf den Gedanken kommen, sie versuchten das Problem der Medienkonkurrenz einer nahe liegenden und einfachen Lösung zuzuführen. Nach unzähligen und auch produktiven Versuchen der Adaption filmischer Techniken für das literarische Schreiben und der thematischen Auseinandersetzung mit den Inhalten und Wirkungsweisen der Massenmedien seit dem frühen 20. Jahrhundert verlagert sich die Literatur mit diesen Romanen wieder in ein Terrain, in dem sie den dominierenden Kameramedien klar überlegen ist: Radikal subjektive, berichtende Darstellungsweisen. Die mit Abstand beliebteste Erzählsituation unter jüngeren Autoren der 90er ist die *Ich-Form*. Die häufigste Erzählkonstellation ist eine sehr einfache und gilt – unabhängig vom Geschlecht oder kultureller Orientierung – beinahe schon als Erkennungsmerkmal der neuen Literatur: Ein junger, durchschnittlicher Mensch erzählt in einem unangestrengten Gesprächston etwas aus seinem unspektakulären Leben und spart dabei nicht mit Pointen und alltagsphilosphischen Betrachtungen. Die erzählte Zeit beschränkt sich auf jüngste Vergangenheit und unmittelbare Gegenwart, die private (jedoch nicht unbedingt familiäre) Sphäre wird selten überschritten. Die gängigste Abweichung von dieser Grundsituation ist die Verknüpfung mehrerer gleichförmiger Ich-Perspektiven.

„Literatur in der Medienkonkurrenz", gesteht auch der von Popliteratur begeisterte Moritz Baßler, „das hatte man sich irgendwie anders vorgestellt, vielleicht als Bombardement bunter Bild- und lauter Tonmedien, das die buchgebundene Lektürepraxis bedroht".[76] So lässt sich also ein bestimmtes Segment von jungen Autoren vom Konkurrenzkampf mit bewegten Bildern und Klängen nicht beirren und setzt auf die Wirksamkeit von sprachlichem Text und linearem Erzählen im klassischen. Film, Fernsehen und Popmusik mit ihrem gesamten medialen Umfeld kommen in diesen Büchern aber vor – und zwar sowohl explizit als Thema als auch implizit, indem sie im Bewusstsein der Ich-Erzähler ihre Spuren hinterlassen.

Die Ich-Form ist eine stark eingeschränkte Perspektive und liefert im wesentlichen Innensichten. Der Wahrnehmungs- und Wissenshorizont der Erzählerfigur stellt eine natürliche Begrenzung dar. Ich-Erzähler geben intime Gedanken und Empfindungen preis und stehen im Mittelpunkt des Geschehens, das sie aus ihrer persönlichen Sicht schildern. Das Erzählte und der Vorgang des Erzählens selbst können also einer konkreten Figur zugeordnet werden, die in das Romangeschehen involviert ist. In den Romanen der neuen Autoren werden Erzählvorgänge selbst eher selten explizit zum Thema gemacht, weder innerhalb der Fiktion (z.B. in Form von Rahmenerzählungen), noch um die Fiktion zu durchbrechen und als solche zu entlarven. Einer Literatur, die mit einem dichten Netz von Anspielungen auf das Alltagsleben nicht wenig Realitätsbezug aufweist, ist der illusionistische Pomp der internationalen Bestsellerliteratur ebenso fremd wie das anti-illusionistische Programm der Avantgarde, die es darauf anlegte, das blinde Eintauchen der Leser in eine erzählte (oder dargestellte) Welt in irgendeiner Weise zu stören. Der Literaturwissenschaft gilt nach wie vor das Bemühen um Gestaltung der *Mittelbarkeit des Erzählens* als Nachweis von Literarizität und folglich auch Qualität. Ohne ästhetische Bedenken, ein bestehendes Muster einfach zu übernehmen und drauflos zu erzählen, wäre in diesem traditionellen Beurteilungssystem ein Kennzeichen von Trivialität.[77] Gerade für die literarisch naive Frische der jungen Literatur der 90er gab es im Feuilleton erst unverhältnismäßig viel Lob, nachdem sich die Euphorie gelegt hatte, aber auch viel Tadel. So viel Spaß und Meisterschaft wie man den Debüts der 90er in der Entdeckungsphase attestiert hatte, konnten die zweiten oder dritten Bücher derselben Autoren kaum mehr bieten.

Auch ohne selbstreflexive Ansätze ist die Ich-Form meistens mit einer stark ausgeprägten Vermittlungsstruktur verbunden, vor allem, wenn die Erzähler-Figur deutlich in Erscheinung tritt. Der Spielfilm, als epische Form dem Roman verwandt, hat im Vergleich dazu eine *Tendenz zur Unmittelbarkeit*[78] – die natürlich nur eine Illusion ist. Die Bilder erscheinen wie von selbst und fügen sich zu einer Geschichte, ohne, dass irgendeine fiktive oder reale Person als Urheber *zu sehen* oder auf andere Weise zu bemerken ist. Der Film hat deshalb seine Schwierigkeiten mit der Subjektivierung. Bei der Verfilmung von Romanen in Ich-Form müssten, wenn die Perspektive beibehalten wird, narrative Elemente eingebaut werden, die auf einen Ich-Erzähler hindeuten (voice over, Zwischentexte, Erzählerfiguren usw.).[79] In der Filmversion des Romans *High Fidelity* von Nick Hornby, zum Beispiel, wird die szenische Darstellung mehrmals angehalten, um die Hauptfigur als Ich-Erzähler direkt zum Publikum sprechen zu lassen. Durch diese Unterbrechungen erhält auch das Kinopublikum einen Eindruck von Hornbys Erzählton – auch wenn dies für die Qualität eines Films nicht unbedingt ausschlaggebend ist. Zum Teil werden erzählerische Elemente aber auch in szenische Darstellung übertragen. Der Roman favorisiert die Perspektive eines Popfanatikers, der vieles in Form persönlicher Charts bewältigt und vermittelt. Das Buch beginnt gleich mit einer Liste der „top five most memorable split ups" – Frauen, die ihm seit Beginn seines Liebeslebens den Laufpass gaben. Von Nummer 1 bis 5 werden die Episoden dann der Reihe nach zusammengefasst und dabei einiges über den Charakter des Ich-Erzählers und einen beachtlichen Zeitraum in seinem Leben verraten. Solche Hitlisten tauchen mehrmals auf: im Buch sind sie einfach im laufenden Erzähltext enthalten, im Film erscheinen sie dialogisch aufgelöst.

Literarische Strukturen, die im Roman völlig selbstverständlich und konventionell erscheinen, können in einem Film aufgesetzt oder irritierend wirken und als „unfilmisch" empfunden werden. Es gibt zwar auch selbstreflexive und anti-illusionistische Tendenzen in der Filmgeschichte, in deren Kontext solche Effekte erwünscht sind, diese dominieren aber nicht im selben Ausmaß die gängigen Vorstellungen von Qualität, wie es vielleicht in der Literatur der Fall ist. In anderen Branchen des Geschichtenerzählens wie zum Beispiel dem Pop-/Rocksong, in Rap und Hiphop, in Comics, in bestimmten TV-Formaten oder Zeitungskolumnen ist die Ich-Form wiederum eine sehr stimmige Erzählweise.

Phasen mit auffallendem Trend zur Ich-Form gab es natürlich schon vor den 90er Jahren. Bereits die 70er Jahre gingen als Epoche der „Neuen Subjektivität" oder „Innerlichkeit" in die Literaturgeschichte ein. Den politischen, auf das Kollektiv ausgerichteten Turbulenzen der 60er Jahre folgte die Tendenz zur individuellen Identitätsbestimmung und Nabelschau. Schriftsteller wie Peter Handke erklärten das sensible Beobachten, Wahrnehmen und Empfinden zur höchsten Kunst, Teil dieses Phänomens war aber auch eine Flut oft dilettantischer Autobiografien und Verständigungstexte. *Spontan* und *authentisch* waren die Zauberwörter dieser Zeit, in der nicht zuletzt die „Frauenliteratur" als Teil der feministischen Bewegung ihren Anfang nahm. Die Lebensgeschichten von Frauen in den 70ern verbanden sich in dieser Zeit mit einem stark ausgeprägten gesellschaftskritischen Anspruch. In den 80ern machte unter dem Einfluss der poststrukturalistischen Philosophie eine Literatur von sich reden, die sich als Etappe eines unendlichen Textes inszeniert und der Fokus von den inhaltlichen mehr in Richtung der ästhetischen Fragen verlagerte: auf die Reflexion des Erzählens, das *Verschwinden des Autors* im intertextuellen Geflecht. Der Ich-Erzähler zeigt sich eher als vielstimmiges Konstrukt, denn als authentisches Subjekt.

Die Ich-Erzählungen der 90er Jahre vereinigen Authentizität und Konstruktion, indem sie das Bewusstsein um die Konstruiertheit des Authentischen als Selbstverständlichkeit voraussetzen und mit Signalen der „Wirklichkeit", „Lebensechtheit" hantieren (dass sie angenommen werden, beweisen die Kritiken), ohne Realismus im Sinn einer aufklärerischen Gegenwelt zu produzieren. In ihnen dominieren nicht mehr *Wahrnehmungs*ströme (Inszenierung von Beobachtungsprozessen), sondern eher *Rede*ströme, in denen konkrete Schlussfolgerungen mitgeteilt werden. Banal kann beides sein. Als Vergleichsmedium bietet sich im ersten Fall eher der Film, im zweiten eher die Talkkultur des Fernsehens an.

Als direktes Abbild einer oft beanstandeten Fragmentierung von Wahrnehmung, Wirklichkeit und Gesellschaft sind diese linearen, auf Einzelperspektiven und überschaubare Lebensbereiche festgenagelten Geschichten kaum zu lesen – möglicherweise aber als unaufgeregte Reaktion darauf. Denn die Welt der neuen Medien ist nicht nur manipulativ und zerstörerisch, sondern auch befreiend. Umgeben von einem schier endlosen, wild wuchernden Angebot an Information, Unterhaltung, Welterklärungsmodellen und Lebensphilosophien, das aus verschiedensten gesellschaftlichen Bereichen über die verschiedensten Kanäle losgeschickt, seiner Entdeckung harrt, bleibt es schließlich dem Einzelnen überlassen, sich zu orientieren – vor allem dort, wo religiöse oder ideologische Zwänge ihre Wirksamkeit verloren haben. Bedrohlich ist das vor allem für jene Instanzen der Macht, deren angestammte Definitionsgewalt dadurch eingeschränkt wird.

Derart unbeeindruckt von der Medienkonkurrenz, aber nicht gänzlich unkritisch, schreiben junge Autorinnen und Autoren an einem Selbstporträt ihrer Generation. Klischees, die über diese Altersgruppe im Umlauf sind, werden durch ihre Vorliebe für das ICH als Erzählperspektive nicht unbedingt widerlegt. Der höchste Gott seiner Generation hieße Narziss, urteilt deren „Chefinspektor" Florian Illies selbst.[80] Ihr „merkwürdiger Hang zur Retrospektive",[81] den Illies seiner „Generation Golf" ferner diagnostizierte, erfüllte sich Ende der 90er Jahre in einer Reihe weiterer Erinnerungsbücher von Dreißigjährigen.

Vom Standpunkt der Moderne aus betrachtet, ist die ungebrochene, affirmative Verwendung der Ich-Form (wie auch jedes andere konventionelle Erzählmodell) ein Rückschritt. Die Brüchigkeit kultureller Werte und Identitäten wurde so häufig anhand demontierter Ichs exemplifiziert, dass „die erste Person der Erzählung heute bereits als Synonym für komplex, schwierig, verfremdet gelten kann".[82] Vor diesem literaturgeschichtlichen Hintergrund entsteht der Eindruck einer ästhetischen Opposition, den die derzeit jungen Autorinnen erzeugt, indem sie sich um diese Art von Fortschritt wenig schert und sich eine teilweise wirklich naive Lust des Erzählens ohne den Zwang zur Verfremdung und zur Selbstreflexion zurückerobert.

Jahrzehntelang waren Schriftsteller damit beschäftigt, der lesenden Öffentlichkeit klarzumachen, dass die Figuren in den Romanen, auch wenn sie „ich" sagen, nicht mit dem Autor gleichzusetzen seien. Sie vertrauten auf die Lernfähigkeit der Menschen und hofften, ihre Bücher würden gekauft, weil sie einen Wert für sich darstellten. Autoren erwarteten von den Lesern, dass diese ihren Erwartungen entgegenkommen, bereit, auch die kompliziertesten Botschaften zu enträtseln. Bodo Kirchhoff sprach es in einem von der Zeitschrift *Literaturen* zum Thema „Schund" arrangierten Streitgespräch mit Hera Lind deutlich aus: „Wir haben, glaube ich, keine Krise der Autoren. Wir haben auch keine Krise der Kritik. Wir haben eine Krise des Lesens, davon bin ich fest überzeugt. (...) Es gibt immer weniger Leute, die imstande sind, ein Buch zu lesen, zumal wenn es mehr als 250 Seiten hat und nicht nach einer Hollywood-Dramaturgie gestrickt ist".[83] Kirchhoff legt sich hier immerhin nicht auf eine Altersklausel fest: Denn dass die fehlende Lesekompetenz nicht generell den jüngeren Generationen zuzuschreiben ist, beweist nahezu jedes öffentliche oder private Literaturgespräch.

Junge Autorinnen und Autoren werfen solche Intentionen der anspruchsvollen Literatur nicht gänzlich über Bord, lockern und biegen sie aber nach Bedarf. Sie lassen sich eine Rezeption ihrer Bücher, die auf dem Schein von Authentizität beruht, nicht nur gefallen, sondern nicht wenige von ihnen fördern diese geradezu durch ihre Art der Selbstdarstellung in der Öffentlichkeit oder indem sie ihren Verlagen entsprechende Werbemaßnahmen gestatten. Bezüge zur Autorinnenbiografie werden zum Teil also bewusst, häufig aber auch unwillkürlich erzeugt, etwa durch die Wahl der Stoffe. Die meisten der erfolgreichen „JungautorInnen" schreiben über Lebensbereiche, in denen sie aufgrund früherer oder hauptberuflicher Tätigkeit als kompetent gelten können, wählen also Themen, die sie sich nicht durch Recherche erst aneignen müssen. „Jung" oder „weiblich" wären die allgemeinsten Formen einer solchen Kompetenz.

# Coming of Age
# Ich-Erzählerinnen zwischen Blues und Entwicklungsroman

Ich-Erzähler können verschiedene Rollen annehmen. Das Ausmaß ihrer Subjektivität und Betroffenheit wird unter anderem davon bestimmt, ob sie voll oder nur teilweise in die Handlung involviert sind. Sie können zielstrebig berichten oder sich in verzweigten Erzählsträngen verzetteln. Ich-Erzähler können ferner danach unterschieden werden, ob sie *darstellend/mimetisch* oder *reflektierend* erzählen – hier verläuft auch die eigentliche Grenze zwischen, im ersten Fall, guter und, im zweiten Fall, schlechter Verfilmbarkeit. In der englischen Literaturwissenschaft existiert für diese Gegenüberstellung das anschauliche Begriffspaar *showing* und *telling*. Die szenische Darstellung (die nicht nur Dialoge, sondern auch berichtende Elemente enthalten darf)[84] zielt auf die Illusion der Unmittelbarkeit, während ein reflektierender Erzähler sich selbst als beteiligte und/oder erzählende Figur deutlich einbringt.

Inka Parei lässt die Hauptfigur ihres Romans *Die Schattenboxerin*, eine junge Berlinerin mit Zügen einer Comic-Heldin, streckenweise wie ein unpersönliches Aufzeichnungsgerät agieren. Sie beschreibt alles was sie sieht und erlebt vollkommen emotionslos und analytisch. Gefährliche Situationen, wie die nächtliche Begegnung mit einem Fremden in ihrem verlassenen Wohnblock, bringen sie nicht aus dem Gleichgewicht: „Ein Mann, fast zwei Meter groß, gegen die Tür gelehnt, sieht mich an. Angreifen will er mich nicht, sonst stünde er anders da, mit mehr Spannung".[85] Im Gegensatz dazu beschreibt die Ich-Erzählerin in Karen Duves Kurzgeschichte *Der Indianer* schon ganz zu Beginn ihre eigene Befindlichkeit und Einstellung zum Erzählvorgang: „Ich mag nicht erzählen, warum ich mit Sandra und Robert in einem Auto saß". Im nächsten Absatz begründet sie auf ähnliche Weise eine weitere Einsparung: „Eigentlich ist Sandra hübsch mit ihren langen braunen

Locken, aber ich habe jetzt überhaupt keine Lust, irgendetwas Nettes über sie zu sagen".[86]

Was seit den 90er Jahren als typisch „junge Literatur" – nicht nur von Frauen – gehandelt wird, ist vorwiegend geprägt von reflektierenden Ich-Erzählern, die der persönlichen Meinungsäußerung viel Platz einräumen. Ihre Neigung zu lebensästhetischen Selbstvergewisserungen ist vermutlich der Grund dafür, dass solche Bücher gerne als Generationenprogramme gelesen werden – Kritiker empfehlen sie oft mit dem Argument, dass man hier erfahren könne, was junge Leute so denken. Die Kluft zwischen den Generationen beruht im Wesentlichen ja auf dem Gefühl der Fremdheit, folgt man Claus Leggewie: „Die Jungen werden heute von Älteren wahrgenommen wie Fremde, und sie selbst sehen sich nicht selten als Fremde im eigenen Land".[87]

In vielen Romanen zeichnet sich ein wiederkehrendes Muster ab: Die jungen Ich-Erzähler befinden sich in noch unentschiedenen Lebenssituationen und leisten sich den Luxus der Langeweile, Desorientiertheit und manchmal auch Antriebslosigkeit in einer kapitalistischen Leistungsgesellschaft, die einem die letzten Reserven abfordern will. Bedingungsloses Funktionieren in einer trüben Arbeitswelt ist – im Gegensatz zum kapitalistischen Ideal des fitnessgestählten Workaholic – eher eine Schreckensvision – die selten explizit kritisiert, vielfach aber ausgeblendet wird. Die Verhaltensweisen der Adoleszenz sind meist noch wirksam: kindlicher Starrsinn, Minderwertigkeitsgefühle, Distanz zu Lebensbereichen der Erwachsenen, Gruppenbildung unter Gleichaltrigen mit peniblen Codes für Zugehörigkeit und Ausgrenzung, überproportionale Hingabe an Dinge wie Mode, Musik, Filme oder Fernsehserien. Schwierigkeiten beim Übergang in ein anderes Lebensstadium können sich harmlos in Form von Lebensekel, Überdruss und schlichten Verweigerungsversuchen auswirken, aber auch zu schwerwiegenden Formen der Selbstzerstörung führen.

Gleichzeitig ist alles irgendwie auch nicht so tierisch ernst zu nehmen. Es geht nicht, wie in den 70ern, um strategische Angriffe auf das Establishment durch die Darstellung subversiver Gegenwelten oder einen vermeintlichen Realismus der Ausweglosigkeit und Tristesse. Ich-Erzähler verstehen sich auch als *Entertainer* und sorgen in dieser Funktion für ausreichende Pointen. Vor allem die Denk- und Sprachstrukturen der neuen Popliteratur enthalten deutliche Spuren diverser Comedy Genres (z.B. TV-Sitcoms, Comedy Shows): die Alltagsthemen, die ständige Auflockerung durch Komik, der verbale Schlagabtausch anstelle eines Gesprächs oder die Art wie ein imaginäres Publikum auch in den Büchern stets präsent bleibt und manchmal direkt angesprochen wird. Humor dient aber nicht nur der Unterhaltung, sondern ist auch ein brauchbares Mittel zur Krisenbewältigung: Witz – vor allem auf der Basis von Selbstironie – hilft Distanz zur eigenen Situation zu schaffen und einen Rest Würde zu bewahren. In Karen Duves Erzählung *Keine Ahnung* bekommt die 19jährige Ich-Erzählerin – seit dem Abitur untätig, depressiv und drogenabhängig – von ihrem Vater einen Brief mit einer Stellenausschreibung zugesandt: „Das Finanzamt Hamburg bot Ausbildungsplätze zu Steuerinspektoren an. Genau das hatte ich mit immer gewünscht gleich nach Krebs und Herpes".[88] Genau darauf läuft es allerdings hinaus. Die Geschichte endet mit ihrer Vereidigung als Finanzbeamtin.

Auffallend häufig entstehen die Pointen mittels der rhetorischen Techniken des Vergleichs und der Metapher. Damit lässt sich zugleich sprachlicher Aufwand einsparen, was den betont kunstlosen und knappen Schreibstilen vieler jüngerer Autorinnen und Autoren, sehr entgegenkommt. Hier spielt außerdem der mediale Bilderfluss eine Rolle. Neben der so eindrucksvollen Präsenz von Fotos, Filmen oder Videos können lange Beschreibungen visueller Eindrücke in einem Roman blass und umständlich wirken und werden daher oft durch Zitate umgangen. So wird es immer mehr üblich, dass Autoren, die nicht in erster Linie an der Rekonstruktion eines „prä-medialen" Bewusstseinszustands arbeiten, Beschreibungen durch vergleichende Verweise auf Szenen und Bilder aus Filmen, Fernsehsendungen und Videos, aber auch Popsongs und nicht zuletzt andere literarische Texte ersetzen. Vorstellungen, Assoziationen, auch Klänge, Geräusche und bestimmte Gefühlslagen, die sonst aus eigener verbaler Anstrengung erzeugt werden müssten, können sich auch durch das Abrufen solcher Erinnerungen einstellen. Es handelt sich dabei um eine Form von Intertextualität, der Einlagerung von „Fremdmaterial" und Verweisen in einem Basistext – also eine gängige und weitgehend anerkannte kulturelle Praxis. Damit ist allerdings noch nicht bewiesen, dass die Bilderflut des Fernsehzeitalters bei übermäßigem Konsum die eigene Bildproduktion blockiert.[89] Wohl aber ist das Samplen vorgefundener Versatzstücke, um diese in einem neuen Kontext auch umzudeuten, eine konsequente Reaktion auf den Umstand, dass weder die Leser noch die Autoren am Nullpunkt der Kunstproduktion beginnen, sondern von bereits bestehender Kultur, bestehenden Erfahrungen geprägt sind. Dass Kunst nicht an die Einzigartigkeit von Kunstwerken gebunden ist, war die zentrale Botschaft der Popart in den 60er Jahren. Das Publikum aber ist widerspenstig und folgt dem ästhetischen Fortschritt nicht in vollem Umfang. Das originelle Kunstwerk, an dem noch Blut, Schweiß und Tränen des Künstlers hängen, die Spuren seines existentiellen Kampfes erkennbar sind, ist nach wie vor gefragt. So erklärt sich auch die begeisterte Aufnahme einer Literatur, die autobiografische Deutungen nicht rigoros ausschließt.

Bei Wiedererkennung eines Zitats kann sich beim Leser ein befriedigendes Gefühl der Komplizenschaft, der Gruppenzugehörigkeit einstellen. Es gibt aber auch eine Art von Vergleichen, die – gerade im Gegenteil zum intertextuellen Verfahren – den Erfindungsreichtum ihres Autors beweisen sollen. Bei der Produktion solcher *originellen* Metaphern und Vergleiche laufen besonders die popkulturell beeinflussten Literaten (Popmusiklyriker natürlich eingeschlossen) zur Hochform auf. Um die Überhöhung des Banalen und die Generierung von Kunst aus dem Trash geht es hier ebenso. Sprechblasen-Kommentare wie „Der Heilige Abend ist mal wieder warm wie Pipi" oder „Die heiße Milch, die ich getrunken hatte, machte mich warm als hätte ich einen Pelz an", die Silvia Szymanski der Ich-Erzählerin ihres Romans *Chemische Reinigung* in den Mund legt, bündeln einige der typischen Ingredienzien dieses Vergleichstypus: triviales Pathos, blasphemischer Witz, ungewöhnliche und zugleich äußerst anschauliche Analogien.

Einer der berühmtesten Coming-of-age-Romane ist J. D. Salingers *The Catcher in the Rye* (1945). Mit ihm wurden etwa die Schriftstellerinnen Alexa Hennig von Lange und Zoë Jenny – deren Bücher, abgesehen von jugendlichen Protagonisten wenig gemeinsam haben – verglichen. Durch eine Hollywoodverfilmung mit Dustin Hoffman und Anne Bancroft in den Hauptrollen legendär geworden, ist auch *The Graduate*

(1963) von Charles Webb. Beide Romane erzählen von jungen Männern, die auf dem Weg in den Ernst des Lebens die Nerven verlieren und vorübergehend ausbrechen. Den öde erscheinenden Alltag ihrer Eltern vor Augen, schrecken sie vor der Endgültigkeit zurück, die das restliche Leben in fixe Bahnen lenkt, fürchten sie den Verlust ihrer Ungebundenheit.

Frauen gingen vor 40, 50 Jahren mit anderen Ausgangspositionen durch diese Phase des Erwachsenwerdens. Die Feministinnen unter ihnen kämpften darum, überhaupt Verantwortung tragen zu dürfen, Selbständigkeit und Gleichstellung zu erlangen. Freiheiten zu *verlieren*, war sicher nicht das Hauptproblem. Autobiografische Bücher von Frauen aus der Beatszene zeigen, wie eingeschränkt diese den kompromisslosen Lebensstil ihrer männlichen Kollegen für sich selbst übernehmen konnten oder wollten. Auch wenn sie moralisch nichts gegen eine ungebundene, vagabundierende Lebensweise einzuwenden hatten, sondern – im Gegenteil – davon fasziniert waren, schienen sie doch auch darunter leiden, manchmal aus sehr pragmatischen Gründen: spontan gezeugte Kinder, zum Beispiel, mussten von irgend jemandem aufgezogen werden. *Off The Road* betitelte daher Carolyn Cassady ihre Erinnerungen und beschreibt darin, wie ihr als Frau des rastlosen Beatniks Neal Cassady die alleinige Verantwortung für den Erhalt der Familie zufiel, die Verwirklichung eigener Begabungen dadurch kaum mehr zur Debatte stand.[90] Die Schriftstellerin Joyce Johnson erinnert sich in *Minor Characters* an ihre Zeit als Beat-Woman, schreibt über Frauen, die sich im Zentrum der Szene bewegten und doch stets nur Randfiguren blieben. „Wer die Beat-Frauen verstehen will, mag ein Übergangsphänomen in uns sehen, eine Brücke zur nächsten Generation in den sechziger Jahren, die – zu der Zeit, als das Recht junger Frauen, von zu Hause fort zu gehen, nicht mehr bestritten wurde – mit allen Vorstellungen brach, die das Leben einer Frau einschränken wollten, und sich an die lange, nie endende Arbeit machten, die Beziehungen zu den Männern zu verändern".[91]

Wenn heute also Autorinnen – auch abseits von Geschichten über das Mädchenpensionat – der Unbeschwertheit ihrer Jugend nachtrauern, hat das wahrscheinlich auch mit der annähernden Gleichstellung der Geschlechter in vielen Bereichen zu tun.

An der modischen Variante des Entwicklungsromans ist auch eine Aufhebung von Alterslimits zu beobachten. Jungsein ist nicht ausschließlich an ein biologisches Alter gebunden, sondern eine Frage der persönlichen Einstellung. Verfasser wie Protagonisten von Coming-of-Age-Romanen können blutjung, aber auch um die vierzig sein. Nick Hornby kreierte in seinem Roman *High Fidelity* einen fünfunddreißigjährigen Ich-Erzähler, der sich in seiner Popmusikleidenschaft verbarrikadiert, um das Fortschreiten der Zeit, das eigene Älterwerden nicht sehen zu müssen. Er führt einen gut sortierten, aber schlecht besuchten Plattenladen in einem toten Viertel von London und beschäftigt dort zwei weitere Freaks. Zu dritt arbeiten sie daran, ihre Persönlichkeitsentwicklung auf dem Level von Zwanzigjährigen einzufrieren, für die Popmusik alles repräsentiert, was im Leben wichtig ist. Hornby lässt seinen Helden im Lauf einer Liebeskrise gerade noch die Kurve kratzen: Seine Freundin, eine erfolgreiche Anwältin, verlässt ihn und setzt damit seinen Reifeprozess in Gang. Auf die Einsicht, dass rundherum alles weitergeht und persönliche Weiterentwicklung nicht automatisch Verrat bedeuten muss, folgt unweigerlich der Wunsch, die vergeudete Zeit zurückzudrehen („I want to go back to 1979 and start all over again"),[92] aber auch die für die Wiedervereinigung notwendige Wandlung des Ich-Erzählers.

# Karen Duve

> Keine Ahnung, wie ich das Abitur geschafft habe. Ich hätte für die Prüfungen lernen müssen, tat es aber nicht. Ich fürchtete mich vor der Entscheidung, die danach unausweichlich kommen mußte – der Entscheidung, was ich denn nun machen sollte. Mein Vater sagte Zukunft und meinte Rente. Mir war das Sein schon zuviel, ich wollte nicht auch noch etwas werden.
>
> Karen Duve, *Keine Ahnung*

Beispiele für Ich-Erzählerinnen, die auf der Suche nach einem brauchbaren Lebenskonzept nicht die Gegenwart der späten 90er, sondern die 80er Jahre durchstreifen, liefern Geschichten von Silvia Szymanski und Karen Duve. Ähnlichkeiten mit synchron angelegten Gestalten jüngerer Autorinnen wie Alexa Hennig von Lange oder Sarah Khan, sowohl was die Charakterzeichnung als auch den Erzählstil betrifft, bestehen trotz dieser zeitlichen Rückverschiebung.

**Karen Duve** (Jg. 1961) wurde 1999 vor allem als Autorin des *Regenromans* bekannt. Ihr Image als „Wilde" hat vermutlich mit dem strengentschlossenen Gesichtsausdruck auf manchen Fotos zu tun, mit selbstbewussten Auftritten in der Öffentlichkeit und ihrer Bereitschaft zur Darstellung von Gewalt. In Interviews argumentiert sie nicht undifferenziert, distanziert sich nicht plakativ von der bestehenden deutschen Literatur, zeigt aber auch eine deutliche Affinität zur Haltung junger KollegInnen, etwa mit der Aussage, sie habe beim *Regenroman* „wirklich versucht, unterhaltend zu sein".[93]

1999 erschien abgesehen vom *Regenroman* auch noch eine Sammlung von Erzählungen: ***Keine Ahnung.*** Die Titelgeschichte,[94] gleich an erste Stelle gereiht, handelt von einer jungen Frau, die gerade (es ist das Jahr 1981) ihr Abitur gemacht hat und nun absolut nichts mit sich anzufangen weiß. Ihre Eltern sind Apotheker und haben mit ihrem Faible für Selbstmedikation eine schwerwiegende Drogensucht der Tochter mit verursacht. Um das fortschreitende Elend nicht mit ansehen müssen, quartieren sie die Tochter aus dem Elternhaus aus und bei ihrer studierenden zweiten Tochter ein. Die ist ebenfalls angewidert, weil sie die ohnehin kleine Wohnung mit einem Freak von Schwester teilen soll, die das Bad voll kotzt. Die Ich-Erzählerin tauscht fortan die Schlaftabletten gegen Aufputschmittel und verlegt ihre Aktivitäten in die Nacht, wenn sie ihre Lieblingsdiskothek namens „Sitrone" oder Parties besuchen kann. Alle anderen Menschen in ihrer Umgebung, so kommt es ihr vor, scheinen von Aktivität besessen zu sein: „Sie hingen diesem Aberglauben an, daß man bloß irgendetwas tun müßte, und dann würde alles gleich besser" (KA, 22).

Karen Duve beschreibt den Verlauf einer Sinn- und Identitätskrise, ausgelöst durch den Schulabschluss. Ein derartiges Ereignis verlangt nach – zumindest vorläufiger – Planung des weiteren Lebensweges, gerade aber diese Aussicht auf Festlegung, Routine und daraus resultierender Ereignislosigkeit lähmt die Ich-Erzählerin schon im Voraus. Sie reagiert mit einem vorübergehenden Ausstieg aus dem funktionierenden (sprich: sich selbst erhaltenden) Teil der Gesellschaft und fällt in einen Kreislauf von Depression, Selbsthass und Sucht. Die Zukunft scheint unendlich weit entfernt, noch hält der jugendliche Körper allen Attacken auf seine Gesundheit stand.

Der Widerwillen gegen die bürgerliche Laufbahn treibt die junge Frau in abstruse Jobs. Statt ein Studium zu beginnen, das ihre Eltern finanzieren würden, versucht sie es mit Prostitution oder als Gesprächpartnerin bei hirnrissigen Telefonaktionen der *Bildzeitung*. Das Eintauchen in das Abenteuer Alltag, Erfahrungen in der schmuddeligen, billigen, schundigen Hälfte der Großstadtwelt zu machen, sich mit Gelegenheitsjobs durchzuschlagen, die zugleich den Beweis für die eigene Flexibilität und Ungebundenheit erbringen – all das sind typische Verhaltensmuster der Beat- und Popcharaktere, wie man sie aus den Romanen von Kerouac, Bukowski, Miller usw. kennt. In deren Büchern enden die Irrfahrten und Exzesse oft mit dem Durchbruch des Helden als Schriftsteller – also einer zwar gesellschaftlich sanktionierten, aber immer noch weitgehend selbst bestimmten Lebensform. Duves Abiturientin kehrt dagegen auf außerordentlich konventionelle Weise in den Schoß des Bürgertums und in die Seriosität zurück. Sie entscheidet sich für eine Ausbildung beim Hamburger Finanzamt und nimmt dafür das innere Absterben in Kauf: „Ein Nebeneffekt meiner neuen Gelassenheit war ein ungewöhnlicher Mangel an Neugier. Ich sah nicht fern und las keine Zeitungen, ich hatte keine Lust mehr, tanzen zu gehen, und schließlich nahm ich nicht einmal mehr Tabletten" (KA, 28). Dass ein Rest des früheren Freaks im Verborgenen überlebt, wird in der Schlussszene angedeutet: Während der feierlichen Angelobung im Finanzamt unterhält sich die Ich-Erzählerin insgeheim mit einer kleinen psychedelischen Vision von Sternen und Astronauten im Weltall.

In eine ähnlich verzweifelte Lage, wenn auch um einige Etappen weiter, versetzt Duve die Ich-Figur in der Erzählung ***89/90***[95] – der Titel gibt zugleich den Zeitraum an, nämlich die Jahreswende 1989/90. Die junge Frau, um die es hier geht, arbeitet als Taxifahrerin und wird von ihrer Familie als Sozialfall eingestuft. Störend finden Eltern und Schwester daran vor allem den Gedanken, irgendwann für ihren Unterhalt aufkommen zu müssen. Tatsächlich verdichten sich die negativen Vorzeichen: Der Taxi-Job bringt nicht genug ein, die Schulden im Bekanntenkreis häufen sich, zum Sozialamt will sie nicht, ein Wandel im Charakter scheint nicht in Sicht. Ein überraschendes Detail in diesem Profil eines weiblichen Losers ist der Liebhaber. Er nämlich verkörpert das absolute Gegenteil, den aufstrebenden Erfolgshelden, wie er für diese Generation und Zeit ja irgendwie typisch sein soll: ein hoch bezahlter, gut aussehender Fotograf mit unerschütterlichem Selbstbewusstsein und einer Leidenschaft für gefährliche Sportarten – „Er war wie eine dieser Zeichentrickfiguren, die selbst aus einer Schrottpresse heil herauskommen" (89/90, 30). Trotz der virilen Züge kultiviert er als moderner Mann auch seine sentimentale Seite und schämt sich nicht, zu weinen oder schwülstige Liebesschwüre von sich zu geben. Er möchte seine Taxifahrerin auch gerne retten und bietet ihr an, sie gegen gute Bezahlung als Assistentin einzustellen – was diese aber brüsk ablehnt: einen schäbigen Job findet sie immer noch akzeptabler als die totale Selbstauslieferung. Zu Weihnachten besucht sie einen Freund von früher, mit dem sie nur mehr die unangenehme Erinnerung an eine Abtreibung verbindet und der noch weiter an den Rand der Gesellschaft geraten ist, als sie selbst. Das Wiedersehen weckt böse Geister anstatt sie zu besänftigen und bringt den Exfreund nicht von seiner fixen Idee ab, die Ich-Erzählerin an sich zu binden. Der abstruse Rachefeldzug eines verschmähten Liebenden nimmt seinen Lauf und kulminiert in einem lächerlichen Attentat auf den Fotografen, der allerdings für den Übeltäter selbst böse endet. Es kommt zum Showdown vor der Haustür. Der Fotograf prügelt den Konkurrenten krankenhausreif. Die junge Frau, um die sie sich schlagen, sieht dabei zu und beweist mit ihrem finalen Kommentar ein gehöriges Ausmaß an Abgebrühtheit: „Wer lacht, hat noch Reserven, sagte ich mir und ging ins Haus zurück, ohne ihm aufzuhelfen“ (89/90, 46). Die Frauen in diesen Geschichten mögen entscheidungsschwach und inaktiv sein – hilflose Opfer sind sie trotzdem nicht.

## Silvia Szymanski

> Mein Denken besteht zu großen Stücken im Erstellen von Was-ich-mag / Was-ich-nicht-mag-Tabellen, wenn ich auf dem Feld bin, denn ich bin beschäftigt, eine Persönlichkeit und ein Image aufzubauen, das meinem Alter entspricht. Also: Was soll ich tun? Was soll aus mir werden? Was will ich? Was will ich nicht?
>
> Silvia Szymanski, *Chemische Reinigung*

Die aus Merkstein stammende Popsängerin und Schriftstellerin **Silvia Szymanski** (Jg. 1958) veröffentlichte 1998 den Roman ***Chemische Reinigung***.[96] Er spielt im Jahr 1980, als die Neue Deutsche Musikwelle gerade richtig ins Rollen kam. Die Ich-Erzählerin heißt Silvia Szymanski, ist 22 und lebt in Merkstein. Diese Namensgleichheit ist ein Zeichen für den realen Hintergrund des gesamten Buchs. Es entstand nämlich aus Tagebuchnotizen, die Szymanski circa fünfzehn Jahre nach der Niederschrift aus der Schublade holte, zum Roman umarbeitete und endlich publizierte. *Chemische Reinigung* ist der Beginn einer Art Chronik des modernen Provinzlebens aus der Sicht junger Frauen – mit den nachfolgenden Büchern vergrößerte sich allerdings die Entfernung zur eigenen Biografie der Autorin Stück um Stück.

Die Romanfigur Silvia Szymanski arbeitet in einer Reinigung. Dort heftet sie Preisschildchen an die Kleider und hofft, irgendwann von der Schriftstellerei oder dem Singen in einer noch unentdeckten Punkband leben zu können. Ihre Lieblingsdroge heißt Lethargie, ihre eigentliche Hauptbeschäftigung ist das Herumhängen, was zwar seine unguten Seiten hat, aber auch Genuss bereitet. Wie den jungen Frauen bei Karen Duve ist auch Szymanski der Glaube an Aktivität äußerst suspekt: „So ein Wahn. Zu glauben man könnte sich oder andere retten durch Beschäftigtsein und Beschäftigen", (ChR, 10) wundert sie sich über das Engagement ihrer Chefin.

Häufig ärgert sie sich über das Machogetue der Jungs in ihrem Nest, die nur Bier und Fußball im Kopf haben, aber selbstbewusste und sexuell offensive Frauen für „unkultiviert" halten. Sie hat einen Freund namens Kurt, der auch Mitglied der Band ist und Wünsche offen läßt. Sie träumt von Sex mit anderen Männern, ist aber zu gehemmt, um solche Begegnungen herbeizuführen oder zuzulassen. Schließlich ringt sie sich zu einer spontanen Änderung durch und öffnet so die Tür zum Käfig ihres Alltags ein wenig. Szymanski kündigt ihren Job in der Reinigung und fühlt sich unendlich befreit, auch wenn sie danach auf einem Rübenfeld ackert, um Geld zu verdienen – ein bescheidener erster Schritt auf dem Weg zur Selbstverwirklichung.

Von ungehemmtem Sex, der Silvia Szymanski (der Romanfigur) verwehrt bleibt, erzählt Silvia Szymanski (die Autorin) in einem Band mit erotischen Geschichten: ***Kein Sex mit Mike*** (1999).[97] Auch hier lässt die Autorin mögliche Spekulationen über den „Wahrheitsgehalt" des Erzählten durch die Geste der Selbstanzeige verpuffen: Die meisten dieser Geschichten erlebt eine Ich-Erzählerin namens *Agnes Szymanski*. Auch sie ist jung und unambitioniert, hat aber ein unverkrampftes Verhältnis zu ihren Trieben. Voller Neugier stürzt sie sich über ihren katholischen Background hinweg in ein Leben voll wechselnder Sexualpartner, um sich den wohlig dumpfen Provinzalltag ein wenig unterhaltsamer zu gestalten. Mit diesen Geschichten bemächtigt sich die Autorin des männlich besetzten Genres Pornographie, ohne die gängigen feministischen Vorbehalte gegen dieses Genre auch nur andeutungsweise aufkommen zu lassen. „Eine Möse auf zwei Beinen. Statt Kopf nur Nebel und eine todsichere Geistesabwesenheit. Mir passiert das manchmal, ich bin dann ferngesteuert und weiß nicht, was damit bezweckt wird" (Fg, 159). Auch wenn die Geilheit manchmal wie eine dunkle Macht über die Frauen hereinbricht, ist die Devise klar: Sex macht Spaß, Sex macht Frauen nicht zu Opfern. Ein Tabu durchbricht Szymanski auch, wenn sie in einem der Texte die erotische Begegnung einer Dreizehnjährigen mit einem ihr unbekannten älteren Mann schildert. In einem anderen Kontext könnte diese Episode, in der ein Teenager begrapscht wird, als Kindesmissbrauch gedeutet werden. Die Ich-Erzählerin, die sich als Erwachsene zurückerinnert, schildert diese erste sexuelle Erfahrung mit ehrlicher Begeisterung, als geradezu befreiendes Initiationserlebnis und empfindet weder Horror noch Schuld.

In den Ich-Erzählerinnen der Bücher von Silvia Szymanski ist man versucht, eine einzige Protagonistin zu sehen, die sich schleichend verwandelt, sich Stück für Stück von der Tagebuch-Silvia entfernt, aber immer auch etwas von ihren Vorgängerinnen mitnimmt. Zu dieser charakterlichen Grundausstattung zählen zum Beispiel Jugend, die Prägung durch den Katholizismus, das Schwanken zwischen Leidenschaft und Desinteresse, zwischen Vitalität und Tatenlosigkeit, zwischen Sehnsucht nach mehr Glanz als die Provinzkulisse zu bieten hat und gleichzeitiger Akzeptanz des Zustands. Ihren Vornamen und ihren Job (Babysitter) hat die wiederkehrende Hauptfigur aus *Kein Sex mit Mike* mit der Ich-Erzählerin aus dem Roman ***Agnes Sobierajski*** (2000) gemeinsam. Diese schlägt sich wieder durch das bereits bekannte Kleinstadtsetting und wirkt um einiges hilfloser und verletzlicher als die jungen Frauen der vorhergehenden Bücher. Agnes Sobierajski verfällt mit Haut und Haar einem Türken namens Mustafa (ein Junge dieses Namens war schon in früheren Texten als Objekt der Begierde aufgetaucht), der sie heftig quält und liebt und schließlich weidlich ausnutzt. In einem wild inszenierten Krimi-Showdown macht er sich mitsamt ihren Ersparnissen auf und davon. Agnes Sobierajski bleibt immerhin die Lust am Liebesleid, das sich mit der richtigen Musikuntermalung (Soul) zu einer üppigen Gefühlswoge hochschaukelt.

# Alexa Hennig von Lange

> Das ist gut, hinten im Auto sitzen und eine Zigarette rauchen. Das ist gut. Sitzen, fahren, rauchen, stoned sein, und die Jungs finden die Brücke. Ich mache einfach die Augen zu. Wie früher. Im Kindersitz sitzen, schlafen, und deine Eltern finden das Ferienhaus irgendwo in Dänemark. (Chris)
>
> Ich habe keine Lust, mich zu bewegen. Irgendwie bin ich richtig betäubt. Das ist manchmal so. Wenn ich mich so richtig über was wunder oder total traurig bin und gar nichts mehr raffe, kann ich mich plötzlich nicht mehr bewegen. Da muß ich mich dann immer richtig zwingen, weiterzuatmen. (Die Kleine)
>
> Alexa Hennig von Lange, *Relax*

Duve und Szymanski beschreiben Jugend vorwiegend retrospektiv. Die Differenz von fünfzehn, zwanzig Jahren, die sie ihren Heldinnen voraus haben, interferiert allerdings kaum wahrnehmbar mit den dargestellten Bewusstseinszuständen der jungen Frauen. Sie erzählen in der Ich-Form und enden in der Erzählgegenwart, ohne die Möglichkeit einer bilanzierenden Rückschau zu nützen. Auch darin besteht eine Ähnlichkeit zu den Büchern von jung publizierenden Autorinnen und Autoren, die als unmittelbares Abbild der Jugend in den 90er Jahren gelesen werden.

Eine dieser jungen Autorinnen ist **Alexa Hennig von Lange** (Jg. 1973), deren erster Roman ***Relax*** (1997)[98] mit Werken von Sex & Drugs-Kings wie Charles Bukowski oder Irvine Welsh verglichen wurde – ein weibliches Vorbild mit vergleichbarer Popularität hatte bisher keiner der Kritiker oder Kritikerinnen zur Hand.

Die Autorin war also gerade 24, stammte aus einem wohlhabenden Hamburger Elternhaus, führte nach eigenen Aussagen ein ausschweifendes Teenagerleben und wurde von einer Riege männlicher Kritiker zum Shooting Star der Literatur, ja zur *Stimme einer Generation* auserkoren. Mit dieser Einschätzung schien sich die Autorin zumindest zeitweilig auch zu identifizieren, glaubt man zum Beispiel der Einschätzung ihres etwa gleichaltrigen, ebenso durch die Medienmühle gedrehten Kollegen Stuckrad-Barre, der sie porträtierte: „Plötzlich sagte Frau H. von Lange immerzu „Meine Generation“ statt „Ich“. Weil man sie dauernd dazu befragte in der irren Annahme, ein Protokoll ließe sich vom Hubschrauber aus schreiben und eben nicht allein aus der Froschperspektive“.[99]

Hennig von Lange sagt in einem Interview auch selbst, sie habe mit *Relax* ihrer „eigenen, feierversessenen Generation den Spiegel vorhalten“ wollen[100] und beschreibt darin ihre Altersgenossen nicht fundamental anders, als besorgte Kulturkritiker sie manchmal klischeehaft an die Wand malen: egomanisch, an der Umwelt außerhalb des Freundeskreises desinteressiert, zugedröhnt mit Ecstasy, Kokain und wummernden Techno-Beats, kurzum konsum- und mediengeschädigt. Hauptaufgabe der von ihr geschaffenen jungen Großstadtbewohner ist es, so halbwegs über den Tag, den gerade anstehenden Moment zu kommen. Reale Zwänge wie zum Beispiel Arbeit oder Ausbildung kommen dabei nicht zur Sprache; das Geld, von dem man lebt, kommt einfach in ausreichender Menge irgendwoher. Das Bild einer andersartigen Jugend vervollständigt sich durch eine „andere“ Sprache, den formelhaften Slang. Konsequent ist die Autorin bei der Darstellung nicht sehr fortschrittlicher Geschlechterverhältnisse. Ihre Ich-Erzähler sind in der Mehrzahl männlich, lästern über ihre Freundinnen und lassen diese mit ihren Beziehungsbedürfnissen auflaufen. Sowohl in *Relax*, wie auch in Hennig von Langes zweitem Roman ***Ich bin's*** [101] kommt die Einsicht und Erkenntnis der Liebe zu spät, unbarmherzig waltet das Schicksal: beide Ich-Erzähler werden in einem Augenblick der Reue von Autos überfahren. Dass die Autorin hier nicht nach positiven Gegenentwürfen suchte, sondern sich mit der Vorführung des Inakzeptablen begnügte, wurde ihr von Kritikerinnen vorgeworfen. Mit dieser Forderung einer ideologischen Bevormundung der Leser zeigt der Feminismus genau jenes anachronistische Gesicht, von dem sich viele junge Frauen desinteressiert abwenden.

In *Relax* – der Roman beschreibt ein Wochenende im Leben eines etwa 20jährigen Pärchens – kommt ausnahmsweise auch das Mädchen zu Wort und darf im Anschluss an die Variante ihres Freundes dieselbe Zeitspanne noch einmal aus ihrer Sicht erzählen. Die Autorin benutzt eine kontrollierte Form von Bewusstseinsstrom und lässt ihre Figuren in relativ entspannten Situationen vor sich hin sinnieren, ohne dabei auf ihre Entertainer-Rolle zu vergessen. Griffige Sprüche, die sich gut merken und zitieren lassen, fehlen auch hier nicht. Der Junge, Chris, verbringt die meiste Zeit bei seinen Freunden, mit Fernsehen, Biertrinken, allen möglichen Drogen, Lokaltouren. Spät nachts packt ihn urplötzlich ein Gefühl nahezu überirdischer Liebe für seine vernachlässigte Freundin.

Das Mädchen verbringt dieselbe Zeitspanne mit Fernsehen, Nägellackieren, Masturbieren, ein paar aufhellenden Pillen, ein bisschen Alkohol, dem Besuch einer Freundin. All das hat eigentlich nur den Zweck, sie darüber hinwegzutrösten, dass ihr Freund nie da ist, sich grundsätzlich zu wenig kümmert und sich überhaupt wie ein dumpfer Macho benimmt. Was bleibt ihr anderes übrig, als sich ebenfalls ins Nachtleben zu stürzen, an irgendeiner Bar fällt sie kurz einem Typen in die Arme, bekommt aber plötzlich wieder Sehnsucht nach Chris. Wie von einer Ahnung getrieben, stürmt sie hinaus ins Freie, um ihn zu suchen, und bekommt gerade noch mit, wie er von einem Auto überfahren wird.

Mehr Gelegenheit für die Entwicklung ihrer Persönlichkeit, erhalten zwei sonst fast identische Figuren aus Hennig von Langes folgenden Romanen. Der Ich-Erzähler Lars aus *Ich bin's* hegt eine Leidenschaft für Nike-Turnschuhe und möchte ähnlich wie Chris in *Relax* von Beziehungsdingen nicht so sehr bedrängt werden. Erst als seine Freundin Mia einen Selbstmordversuch begeht, weil sie glaubt, dass Lars sie betrügt, und danach bei dessen bestem Freund einzieht, beginnt er, sie zu vermissen.

Ein hysterischer junger Mann, der bei ernsthaften Turbulenzen seine Coolness verliert, ist auch Hennig von Langes Beitrag zum Tagebuchroman ***Mai 3D*** (2000), der in Zusammenarbeit mit **Till Müller-Klug** (Jg. 1967) und **Daniel Haaksmann** (Jg. 1968) entstand.[102] Einen Monat lang dauert das Tagebuch der drei Freunde – zwei Trashmodels und ein DJ –, flexible junge Menschen in Trendberufen, deren tägliche Berichte eine vertrackte Geschichte mit allen möglichen Gags ergeben, die davon lebt, dass der Leser mehr weiß als die Figuren selbst.

Hennig von Lange steuert die Figur des eitlen, selbstsüchtigen und wohlhabenden Kai bei und konfrontiert ihn mit der Nachricht, dass er Vater werden soll. Nach dem ersten Schock gewöhnt er sich langsam an den Gedanken einer Kleinfamilie und entwickelt sogar Verantwortungsgefühl. Er beschließt unter anderem, seinen Intellekt zu trainieren und liest dazu Bücher junger AutorInnen, die gerade en vogue sind (z.B. Elke Naters).

„Multitalentose", wie es einer der drei Tagebuchschreiber nennt, ermöglicht einerseits das Überleben am flexiblen Arbeitsmarkt, ist manchmal aber auch ein Handicap. „Ich kann tausend Sachen halb und keine ganz. Ich habe eine Million Hobbys und keinen Beruf. Soll ich eine Flasche Uhu trinken, damit mein Leben nicht auseinanderbröckelt?" (Mai, 41) – fragt sich einer der drei. Das Credo der Flexibilität ist aber auch eine Möglichkeit, dem Schrecken „endgültiger" Entscheidungen (aber auch damit verbundenen Chancen) zu entgehen oder die Schärfe zu nehmen.

## Sarah Khan

> Ich heiße Lethargie, habe zwei Beine, und wenn das jetzt alles gewesen sein soll, ich weiß, ich werde sterben.
>
> Sarah Khan, *Gogo-Girl*

Während sich die geisteswissenschaftliche Forschung immer mehr mit Pop, Medien und Kommerz auseinandersetzt, scheint das Ansehen der akademischen Welt in eben diesen Bereichen zu schwinden. Studenten, die in den 60er und 70er Jahren ähnlich wie Künstler und Popstars, als Vorbilder des Anti-Establishments etwas galten, sind in der Trend-Literatur der 90er Jahre oft Gegenstand von Verachtung und Spott. Die Gegenkultur der Linken, Grünen, Alternativen und Hippies wird von der gegenwärtigen Jugendkultur, zumindest was ihre Ideologien betrifft, für überholt erklärt. Stuckrad-Barre etwa lässt sich in seinem Roman *Soloalbum* seitenweise über die Lächerlichkeit von Studenten und deren Partys aus. Studieren, das vermitteln auch andere Bücher, ist keine verlockende Option, eignet sich hingegen sehr gut als Alibi für Un- oder Andersentschlossene. Silvia Szymanski (die Romanfigur) lässt das Studieren ohne schwerwiegende Gründe nach kurzer Zeit wieder sein und jobbt lieber. Einer der drei Tagebuchschreiber aus *Mai3D* ist Student, aber vor allem auch DJ und bricht sein Studium zumindest mental ab, indem er einen Ghostwriter für die Magisterarbeit engagiert.

Die deutsch-pakistanische Autorin **Sarah Khan** (Jg. 1971) macht zur Hauptfigur ihres Romans ***Gogo Girl*** eine Studentin, die elaborierteren Denk- und Reflexionsprozessen immerhin nicht mit totaler Ablehnung gegenübersteht – was wiederum nicht bedeutet, dass sie sich ihrer Universitätsausbildung zielstrebig widmet.[103] Die Ich-Erzählerin Ruth wartet immer noch auf eine offizielle Aufforderung, das „Leben" in die Hand zu nehmen und beschäftigt sich so lange unverbindlich mit diesem und jenem.

Sie ist unglücklich verliebt, das ist ihr momentanes Hauptproblem und die Ursache ihrer Antriebslosigkeit. Als Gogo Girl einer nicht übermäßig erfolgreichen Band namens *Hirn* gerät sie für ein paar Tage in die Popszene und ist von der Borniertheit, die sie dort erlebt, wenig begeistert. Sie schreibt an einem Gedichtzyklus mit dem Titel „First Lyrik of a Nachkriegsgirl" und reflektiert hin und wieder auch theoretisch über das Phänomen Popkultur: „Songtexte machen Gedichten Konkurrenz. Heute werden alle Empfindungen in Songtexte gesteckt. Lyrik ist nur noch für Altfränkische da. Wir leben wohl in einer sehr musikalischen Zeit." (GG, 54). Leute, die solche Reflexionen von Berufs wegen anstellen, also Poptheoretiker und Musikjournalisten, werden aber eher belächelt. Ruths Freundin Judith, zum Beispiel, schildert eine Begegnung mit zwei weiblichen Exemplaren dieser Gattung als Partyanekdote: „Zum Frühstück aßen sie Grünkohl aus der Dose, und abends stand Fladenbrot mit Tomatenmark auf dem Speiseplan. Dabei zählten sie Kalorien wie Palästinenser ihre Toten. Sie diskutierten nur untereinander, stellten die Kaffeemaschine neben ihr Matratzenlager, benahmen sich wie durchgeknallte Zwillinge in einem amerikanischen Psychothriller und schlossen Judith für die Dauer des Symposiums aus ihrer eigenen Wohnung aus." (GG, 20)

Nach ein paar halbherzigen Versuchen mit anderen Männern, wird Ruth immer noch von zärtlichen Erinnerungen an ihren Exfreund in

Berlin geplagt. Am Tiefpunkt der Depression – als ihr alles unerträglich und sinnlos erscheint – wendet sich endlich das Blatt und es gibt dezente Hinweise auf ein Wiedersehen. Das Buch endet mit einem wenig aussagekräftigen, jedoch nicht völlig hoffnungslosen Ferngespräch und dem Kauf einer Zugfahrkarte nach Berlin.

Sarah Khans *Gogo Girl* ist im Hinblick auf Erzählhaltung und Stil den Büchern von Silvia Szymanski nicht unähnlich. Die Studentin Ruth ist eine intellektuellere Variante von Silvia, Agnes und Co und verwendet ein noch stärker – oft innerhalb eines Satzes – von englischen Wörtern und Phrasen durchsetztes Deutsch. Dieses Hin- und Herspringen zwischen Deutsch als Muttersprache und Englisch als Sprache der bevorzugten Kultur (Pop) ist im Denken vor allem jüngerer Menschen, die gegen die Verschmelzung solcher Bereiche keine Einwände haben, überhaupt nichts Ungewöhnliches. Beiden Autorinnen ist nicht so sehr an der möglichst originalgetreuen Reproduktion eines Jugendslangs gelegen, beide deuten spezifisch jugendliche Sprech- und Denkweisen aber an – zum Beispiel durch eine hohe Dichte von Metaphern und Pointen. Beide beschreiben Charaktere, die sich dem drohenden Selbstverlust mit Ironie und trockenem Humor entgegenstemmen, die hysterisch und stoisch zugleich sind. Sowohl Hysterie als auch Coolness gehörten immer schon zur Popkultur, die sich, wie Ulf Poschardt in seiner Geschichte des *Cool* beschreibt, stets auf einem Schlingerkurs zwischen Euphorie und Apathie bewegte. Die Stars auf der Bühne scheinen das Menschsein hinter sich zu haben und versetzen trotz oder wegen ihres unterkühlten Habitus ihr Publikum in Verzückung. Besonders *sichtbar* wird dieser Effekt in der elektronischen Musik. Poschardt erinnert hier an das Bild des DJs, der „scheinbar ungerührt an Knöpfen und Reglern dreht, seine Platten ruhig auflegt oder schnell mal eine Zigarette raucht", trotzdem aber in einem „emotionalen Dialog mit den Konsumenten seiner Kunst" stehen muss, denn sonst leert sich die Tanzfläche.[104] Poschardt interpretiert das Coolsein als ein Element des Vorbehalts in der Affirmation: „Wenn Pop zunächst einmal ein „Ja zur Welt" bedeutet, dann ist die Geste des Apathischen und Kühlen eine letzte Ahnung der Weigerung, in dieser Welt leidenschaftlich und geborgen aufzugehen."[105]

# Lena Kugler

> Vor dem Spiegel hatte sie ihr Gesicht geprüft, die Nase, schmal und gerade, die Augen blau, die Haare rot und nur mäßig kraus. Und sie hörte wie von weitem die Stimme ihres Vaters, wie er ihr sachlich und keineswegs bösartig ins pickelige Pubertätsgesicht sagte: „Also eine Schönheitskönigin bist du nicht."
>
> Lena Kugler, *Wie viele Züge*

Die Romane und Erzählungen von Karen Duve, Silvia Szymanski, Alexa Hennig von Lange und Sarah Khan, sind Beispiele für eine Literatur, die in enger Verbindung mit Ausdrucksformen und Anschauungen von Popkultur besteht. Coming-of-Age ist aber auch ein beliebtes Thema in den Büchern von Autorinnen, die als primäres Bezugssystem nicht Pop, sondern Literatur oder Philosophie zu erkennen geben. Lena Kugler, Julia Franck, Zoë Jenny oder Bettina Galvagni wären hier zu nennen, auch sie erzählen von jungen Frauen, die sich Phasen des Übergangs und der Entwicklung zu stellen haben. Ihr Ziel ist es sichtlich nicht, die Fadesse des Alltags noch unbeschwerter junger Menschen auszubreiten und möglichst pointiert und unterhaltsam daraus zu berichten. Sie lassen ihre Figuren nicht programmatisch über Nichtigkeiten palavern oder in Apathie versinken. Sie nehmen nicht wie aus einer inneren Notwendigkeit heraus Stellung zu Trendthemen und halten sich, mitunter sehr bewusst, die Posen der Popkultur und der jungen Pop-Literaten vom Leib. Sie lehnen sich enger an die Literaturgeschichte an und weichen nicht demonstrativ vom traditionellen Kurs ab. Der Mangel an kritischer Distanz zur Informationsgesellschaft, das Forcieren direkter biografischer Deutungen, Rücksichtnahme auf die Leser oder andere Zugeständnisse an den Markt, im Prinzip also jede Ablenkung vom individuellen „künstlerischen Weg", gelten in diesem Kontext als nicht seriös. Allein der Verzicht auf solche Abweichungen wird in so mancher Kritik schon als Verdienst gewertet, der Vergleich zu den vermeintlich schlechten, seichten Popautoren bleibt meist nicht aus. Qualitativ besser oder tief schürfender sind Bücher, die das Signal „Literatur" ausstrahlen, jedoch nicht unbedingt. Ein solches Zeichen von *Literarizität* ist zum Beispiel die Verwendung der personalen Erzählform anstelle der Ich-Form. Perspektivisch unterscheiden sich die beiden kaum voneinander, was das Image betrifft, aber sehr wohl.

Lena Kugler (*1974) verzichtet im Klappentext ihres ersten Buchs auf Hinweise zu ihrer Person, die eine autobiografische Interpretation unterstützen könnten. „Intime Perspektive, ohne auf den Bauchnabel fixiert zu sein" lobte Ingo Ahrend Kugler und ihren rumänischen Kollegen Catalin Dorian Florescu im *Freitag* – „anders als viele der Pop- und Hauptstadtliteraten, die derzeit den Ton angeben, überschreiten diese beiden Debüts Schritt um Schritt ihre beschützte Existenz".[106] *Wie viele Züge*[107] (2001) ist tatsächlich kein schlechtes Buch, aber auch kein wirklich waghalsiges. Denn während die Hauptfigur sehr genau gezeichnet ist, folgt der Handlungsaufbau einem weitgehend trivialen Muster.

Nirgendwo könne man als Frau so billig und so schnell echte Machos abschleppen wie in Russland, erfährt man in dem kurzen Roman von Lena Kugler. Umso peinlicher ist es für die deutsche Austauschstudentin Jula, dass sie in der Universitätsstadt auf der Krim ständig verschmäht wird. Woran das liegen könnte, bringt ein Gespräch mit den Kolleginnen im Studentenwohnheim auf den Punkt: Jula ist nicht besonders hübsch und außerdem noch Halbjüdin. Die Russen wollen schließlich nach Deutschland und nicht in die Wüste, „sich den Kopf wegpusten lassen", erklärt ihr eine wohlmeinende Freundin aus den neuen deutschen Bundesländern (WvZ, 13).

Wo es sich am Anfang sperrt, geht am Ende dann doch alles ziemlich glatt. Kugler erzählt auf völlig unsentimentale Weise eine romantische Liebesgeschichte der Marke Hässliches-Entlein-trifft-Märchenprinzen, die am Rande einer knallharten Familiengeschichte erblüht. Am Weg zum Happy End muss sich die Protagonistin durch ein Gestrüpp an eigenen und fremden Phantasien, Vorstellungen und Erinnerungen kämpfen, Wirklichkeit und Erfindung auseinandersortieren, – ungelöste Konflikte ihrer Kindheit bewältigen, um mit sich selbst ins Reine zu kommen. Merkwürdige, fast zeichenhafte Erlebnisse während eines Kurztrips von der Krim nach Odessa setzen den dafür notwendigen Aufarbeitungsprozess in Gang. Julas verstorbener jüdischer Vater hatte seine erste Familie im KZ verloren, danach eine deutsche Frau geheiratet, eine zweite Tochter bekommen, ein richtiges Familienleben nie mehr hinkriegen können. Die Studentin beschließt in Russland, den arisierten Besitz in der Slowakei, von dem ihr Vater oft gesprochen hatte, ausfindig zu machen, um eine Refundierung anzustreben. Hilfe erhofft sie sich dabei vom Sohn eines befreundeten alten Malers, über dessen genaue Lebensumstände sie nicht informiert ist, aber ärgste Befürchtungen hegt. Der vermeintliche Mafioso entlarvt sich zum Glück als ungefährlicher Geschäftsmann, der Jula von nun an unter die Arme greift. Er organisiert und finanziert ihre Reise in das slowakische Dorf, wo sie herausfinden muss, dass das vornehme Familienanwesen in Wahrheit nur ein mickriges Haus ist und noch ein paar andere Lebenslügen des übermächtigen Vaters aufdeckt. Wie die Liebe zu ihrem Mentor sie darüber hinweg tröstet und die beiden ein Paar werden, dieses unglaubwürdig schöne Ende wird in der Erzählung übersprungen und in der Schlusssequenz – in Form eines kurzen letzten Blicks auf die Protagonisten zwei Jahre später – nur noch angedeutet.

Dem hartnäckigen Voyeurismus der Literaturrezeption kann sich auch eine diskrete Autorin wie Lena Kugler nicht ganz verweigern, schon gar nicht bei ihren historischen Bezügen. In Interviews gibt sie schließlich doch persönliche Details preis, die sie mit der Romanfigur gemeinsam hat. Auch sie hat studiert, ihr Vater ist Jude, um einiges älter als die nichtjüdische Mutter und hat den Holocaust überlebt. „Einen Überlebenden als Vater zu haben ist – das kann ich jetzt nicht aus Julas, sondern aus meiner Erfahrung sagen – einfach etwas sehr, sehr Eindrucksvolles. (...) Also, bei mir war das jedenfalls so: wenn es um Geschichte ging, dann hatte mein Vater das Sprechen“.[108] *Wer was* sagt, ist auch in der öffentlichen Diskussion über Literatur, die das Dritte Reich thematisiert, von Bedeutung. Hier verschiebt sich – wie im übrigen auch bei der Frauenliteratur, vor allem wenn sie von anderen Frauen beurteilt wird – ein sonst durchaus übliches Verhältnis der Betrachtungskriterien zugunsten der Moral: Der ästhetische Aspekt wird angesichts des Themas Holocaust deutlich vernachlässigt oder nur in dem Maß für relevant erachtet, wie er zu einer aufklärenden Darstellung des Geschehens beitragen kann. Der fiktive Charakter eines Romans wird mehr als bei anderen, weniger brisanten Stoffen in Frage gestellt, man ist geneigt, ihn als Tatsachenbericht zu lesen. Ob die Autorin oder der Autor Deutscher, Amerikaner oder Franzose, Jude, Christ oder Moslem, Opfer oder Täter oder deren Nachkomme ist, macht einen entscheidenden Unterschied. Denn Nationalität, kulturelle Herkunft und bei Zeitzeugen auch die persönliche Geschichte sind die Bemessungsgrundlage dafür, welche Aussagen in der öffentlichen Diskussion jeweils als moralisch akzeptabel gelten. Diese Codes variieren natürlich auch noch innerhalb der jeweiligen Gruppen. Insofern ist die Biografie des Autors bei Erzählungen über den Holocaust und andere menschlich erschütternde Ereignisse der Ausgangspunkt für die kritische Betrachtung.

## Zoë Jenny

> Das Wort Mutter und die Stimme am anderen Ende der Leitung waren zwei Dinge, die sich sperrig vor mir auftürmten. Ich duckte mich vor dem Schweigen in der Leitung wie vor Schlägen, den toten Hörer in der Hand, schien mir für einen sekundenlangen Augenblick alles lahmgelegt, der Strassenverkehr draussen und die Leute, die an der Kabine vorbeigingen wie in Zeitlupe.
>
> Zoë Jenny, *Das Blütenstaubzimmer*

Jung, unsicher und familiengeschädigt ist auch die Ich-Erzählerin in Zoë Jennys erstem Roman *Das Blütenstaubzimmer* (1997).[109] Jo ist Anfang 20 und hat nach dem Abitur die Wahl, ob sie „gleich zu studieren beginnen oder erst eine Reise machen sollte“ (Bz, 30). Sie entscheidet sich für die Reise und fährt zu ihrer Mutter, die sie zwölf Jahre lang nicht gesehen hat. Die Mutter lebt mit ihrem zweiten Mann, einem Künstler in einem kleinen italienischen Dorf, freut sich über den Besuch, hat aber nicht die Absicht, sich in Schuldgefühle verstricken zu lassen, weil sie die Tochter einst verließ und sich kaum um sie kümmerte. Der geplante Besuch wird zu einem Aufenthalt von drei Jahren. In dieser Zeit stirbt ihr Stiefvater bei einem Autounfall, verfällt ihre Mutter darüber in schwere Depressionen und wird in Therapiesitzungen wieder geheilt, lernt Jo neue Freunde kennen – ändert insgesamt aber nicht viel an ihrem Leben. Die Mutter bleibt ihr fremd, der Vater, ein idealistischer Kleinverleger entfernt sich mit der Gründung einer neuen Familie. Angewidert trennt sie sich schließlich von beiden und bricht in ein eigenes Leben auf.

Fremdheit charakterisiert nicht nur ihr Verhältnis zur Elterngeneration, sondern ebenso ihre Beziehungen zu Gleichaltrigen und deren Kultur. Einmal gerät sie eher zufällig in eine Technoparty und bewegt sich auch dort wie eine Außerirdische auf Beobachtungsposten. Jo, die Unbeteiligte, findet ihren ergänzenden Gegenpart für kurze Zeit in der Bekanntschaft mit der gleichaltrigen Rea, die im Luxus eines reichen Akademikerhaushaltes eine gehörige Portion Brutalität entwickelt hat. Rea versucht, ihr Gefühl des Fremdseins durch Hyperaktivität, Drogen, Filme und Musik zu betäuben. Sie verkörpert das negative Klischee des heutigen Lebens. Sie ist treulos, egoistisch und kalt, ihre Nähe und Freundschaft sind flüchtig und ohne Konsistenz. Für Jo ist diese Begegnung ein Beweis für die Unverlässlichkeit zwischenmenschlicher Kontakte auch in ihrer eigenen Generation.

Mit dieser Geschichte trat die 23jährige Basler Autorin Jenny 1997 beim Ingeborg-Bachmann-Wettbewerb an und wurde, als das Buch dann erschien, mit geradezu hysterischem Lob überhäuft. „Sollte man angesichts der Schwemme hochüberflüssiger Neuerscheinungen gelegentlich ins Zweifeln geraten – es sind Bücher wie das von Zoë Jenny, die einem den festen Glauben an die Zukunft der Literatur zurückgeben“,[110] so konnte man die Kritiker schwärmen hören. Eine derartige Euphorie für ein durchschnittliches Werk nimmt die Literaturkritik, wenn sie wieder zu sich gekommen ist, mitunter dem Autor übel und stampft sein nächstes oder übernächstes Buch genauso unmäßig in Grund und Boden. Darin bestätigt sich ein tragödienhaftes Showelement: Die Fallhöhe der Helden vergrößert bekanntlich den Lustgewinn des Publikums. Diese Regel traf nicht nur Zoë Jenny, sondern auch einige ihrer jungen Kolleginnen – 2002 zum Beispiel Karen Duve.

Zoë Jenny ist ein Phänomen des Übergangs zwischen den Generationen und ihren Kulturen. Weder ist sie richtig „jung“, noch vollkommen altmodisch. Das zeigt zum Beispiel ihr Gebrauch von Schreibgeräten. Die ersten Entwürfe schreibe sie mit der Hand, erst die letzte Fassung werde in den Computer eingegeben. Argument: „Ich kann am Computer nur Dinge beenden, nichts beginnen“.[111] Mit ihrem Auftreten und ihrer äußeren Erscheinung verkörpert sie den Typus des sensiblen Büchermenschen. In Interviews zeichnet sie ein malerisches Bild von sich selbst als Teenager, wie sie Vaters Bücherschrank durchkämmt und dort ihre wahren Freunde findet oder auf der Parkbank sitzt und Nietzsche liest.[112] Andererseits verbirgt sie auch ihre Beeinflussung durch andere Medien nicht: „Ich will von Literatur auch sinnlich angesprochen werden. Ich will in Bücher wie in einen Film reingezogen werden“.[113] Im selben Absatz verurteilt sie die Forderung, dass Literatur, zu bilden habe oder per se einfach Wichtigkeit für sich beansprucht und sieht hier durchaus eine Überstimmung mit den „Popautoren“. Vom Filmschnitt könne man auch als Autor etwas lernen, denn es gebe keine „fließenden Übergänge“ in der Wirklichkeit, keine Linearität: „Unsere Wahrnehmung verändert sich, sie wird mehr und mehr fragmenthaft. Und so muß man auch schreiben“.[114] In diese Auffassung von gemäßigter Modernität passt auch, dass als Referenzmedien nur der Film genannt wird (dessen Kunststatus mittlerweile ja allgemein akzeptiert wird), nicht aber Fernsehen oder Internet. Jenny beschwört die Literatur auch als Form des Widerstands gegen Schnelllebigkeit, Oberflächlichkeit, Mediengetöse und einen globalen kulturellen Niedergang, das Schreiben für sich persönlich als „ein Innehalten, ein(en) Moment der Stille im ganzen Lärm, der da ist“.[115] Wenn sie sich zum Vorgang des Schreibens äußert, zeichnet sie ein Künstlerbild, das eher dem der Romantik als dem des heutigen Kulturproduzenten entspricht. Die Niederschrift eines neuen Werks geschehe wie im Rausch, der wochenlang – von nur wenigen Pausen durchbrochen, anhalten könne, der sie aber auch quäle.[116]

Eine junge, einsame, von der Mutter in früher Kindheit verlassene Heldin stellt Zoë Jenny auch ins Zentrum ihres zweiten Romans *Der Ruf des Muschelhorns* und bestätigt noch einmal ihren Ruf als Chronistin der Familienzertrümmerung.[117] Nur trifft es diesmal nicht die aufgeklärten 68er, sondern das Bürgertum. Dieses Buch erinnert an zwei berühmte literarische Vorlagen, die auf den ersten Blick wenig gemeinsam haben, aber eigentlich ähnliche Themen behandeln, nämlich die Begegnung eines Mädchens einfacher Herkunft (das nicht „richtig" sprechen kann) mit der gehobenen Gesellschaft: Johanna Spyris Kinderbuch *Heidi* und *Pygmalion*, eine „Romanze in fünf Akten" von George Bernard Shaw.

Ein kleines Mädchen namens Eliza (den gleichen Namen trägt die weibliche Hauptfigur in *Pygmalion*) wird von der Mutter bei der alten Großmutter abgeliefert, die Mutter verschwindet für immer in unbekannte Gefilde. Großmutter Augusta raucht Meerschaumpfeife und wird in dem kleinen Dorf, wo sie einsam und in Einklang mit der Natur lebt, von allen für verrückt halten. Großmutter und Enkeltochter mögen sich zwar, doch die kurze Idylle endet jäh: Augusta bricht sich das Genick und Eliza landet ins Waisenhaus. Sie verstummt und wird nach längerer Zeit von einer reichen, aber zerrütteten Familie adoptiert. Der Adoptivvater ist von Beruf Logopäde und will sich auch professionell am neuen Familienmitglied beweisen. Paradoxerweise bringt er sie aber erst zum Sprechen, indem er sexuell mit ihr verkehrt. (Bei Shaw ist der Mentor Henry Higgins Professor für Phonetik und treibt Eliza ihren Dialekt aus). Die kalte Stiefmutter (eine sehr erfolgreiche Modedesignerin) zerstört schließlich im Handumdrehen Elizas einzige emotionale Bindungen. Sie lässt den sensiblen Stiefbruder in eine Anstalt einweisen, weil er nach mütterlicher Zuwendung verlangt; und sie raubt der Adoptivtochter – ohne es zu wissen – die einzige Freundin, indem sie sie als Model bucht und somit in ein anderes Leben versetzt. Eliza bleibt wieder allein und fällt zurück in ihr Schweigen.

*Der Ruf des Muschelhorns* ist wie der Roman von Lena Kugler in personaler Erzählform, also in der dritten Person geschrieben, trotzdem aber auf die Wahrnehmungen der weiblichen Hauptfigur konzentriert und limitiert. Beide Autorinnen halten sich nicht an einfache chronologische Ordnungen und durchbrechen die lineare Struktur durch mehrere, ineinander gelagerte Zeitebenen (z.B. Erzählgegenwart, Rückblenden).

Unter den jugendlichen Einzelgängern, wie sie in Coming-of-Age-Romanen oft vorkommen, gibt es den Typus der Leseratte: als sture Individualisten agieren diese Charaktere gehemmt und unsicher in den oft brutalen oder zumindest auf einfachen Werten basierenden Hierarchien der peer group. Sie teilen die Hingabe an die Moden und Vergnügen ihrer Altergenossen nicht bedingungslos, stellen sich Fragen nach dem Sinn des Lebens und benehmen sich auch sonst nicht so unbeschwert, wie man es von jungen Menschen erwartet. Im typischen amerikanischen Teenagerfilm, zum Beispiel, ist das Zeichen der asozialen Bücherwürmer die Brille und die wiederum gilt als hässlich. Das Tragen einer Brille wird dabei als Zeichen einer gemeinschaftsfeindlichen *Einstellung* gewertet, der Umstieg auf Kontaktlinsen ist für die Aufnahme in die Gemeinschaft unerlässlich. Meist sind es Mädchen, die auf diese Art zu ungeahnter Schönheit mutieren, in der Gemeinschaft der angepasst Modebewussten auf einmal glücklich werden und damit bestätigen, dass die Mehrheit eben doch recht hat. Zur Belohnung darf das Mädchen meist ein Quäntchen ihres früheren Eigensinns behalten und gilt dann als Person mit Charakter. Die Herrschaft der äußeren Werte wird nämlich dadurch getarnt, dass die aufgrund von Schönheit und Lobbyismus erfolgreichen Highschool-Queens und -Kings bestraft werden, wenn sie dieses Prinzip aufgrund ihrer Dumm- oder Bosheit sichtbar machen.

Die Ich-Erzählerin in Jennys *Blütenstaubzimmer* widersteht erfolgreich der Eroberung durch die Medien- und Popkultur und flüchtet vor der unangenehmen Wirklichkeit in die Welt der Literatur. Von ihrem Vater wird ihr von Kindestagen an eindringlich vermittelt, dass Bücher ihre Existenzgrundlage sind, er versorgt sie auch nach ihrem Weggang immer mit Büchersendungen, die später die einzige Verbindung zwischen den beiden darstellen. Im Elternhaus ihrer Freundin Rea, dagegen, entdeckt Jo eine Sammlung antiquarischer Bücher, woraufhin ihr Rea sofort versichert, dass diese nicht zum Lesen gedacht seien, sondern nur als Sammelobjekte ausgestellt wären. Der Nichtleser-Haushalt, von dem die Freundin nicht loskommt, ist ein Ort des Unglücks und der Einsamkeit.

Die Ich-Erzählerin in einer kurzen Geschichte der deutsch-kroatischen Schriftstellerin Jagoda Marinić (*1977) beschreibt sich ebenfalls als Bücherwurm: „Das erste Bild, das es in meinem Kopf von mir gibt, ist das Bild eines kleinen Mädchens vor einem Bücherregal.“[118] Gemeint ist damit die Bücherecke im Kindergarten, wo das kleine Mädchen stur und *allein* hocken bleibt, bis es wieder abgeholt wird. Ein paar Sätze weiter unter heißt es dann: „Ich tröste mich, seit ich denken kann, in Bibliotheken (...).“ (Iw, 45).

Dieser Text mit dem umständlichen Titel *Ich wünschte, er hätte nie geredet davon, daß man nur eine lieben kann*, rekapituliert eine unglückliche Liebesgeschichte, die sich ereignet, während die Ich-Erzählerin von zu Hause abhaut, weil sie mit ihrer Mutter Krach hat. Sie setzt sich in einen Zug und fährt einfach los, wird von einem jungen Mann angesprochen, und verbringt ein paar Tage mit ihm in Hamburg. Die Tage bei eben jenem David, der dummerweise schon eine Freundin hat (sie absolviert gerade ein Auslandsstipendium) und der irgendwann den Gedanken äußert, dass man nur *einen* Menschen lieben kann, enden mit der überstürzten Rückkehr des Mädchens nach Hause. Die Ich-Erzählerin erzählt die Geschichte im Rückblick, zwischen ausschweifender Liebespoetisiererei und dem Lamento über verständnislose Eltern, die es als Immigranten schwer hatten und irgendwie gar nicht völlig daneben sind.

Die Lesesüchtigen repräsentieren bei Jenny, Marinić oder auch Bettina Galvagni, von der noch die Rede sein wird, eine gute/aktive Form der Wirklichkeitsflucht im Gegensatz zur schlechten/passiven Absenz etwa der Computerkids. Das Eingraben in die Welt des Geistes und der Literatur gilt als lobenswerte Alternative zum Begrabenwerden unter Medieneindrücken.

# Julia Franck

> Ich ärgerte mich darüber, zu wenige Kleider zu haben. Ich hatte nicht wenige, weil ich zu arm oder zu geizig war. Es lag eher an meiner Unfähigkeit, mir Kleider zu kaufen. Ich hasste die Wilmersdorfer Strasse, die Karl-Marx-Straße, und überhaupt, alle diese Einkaufsstraßen haßte ich, auch die Schloßstraße und die Gier, die dort unter den Menschen grassiert.
>
> Julia Franck, *Liebediener*

Filme, die nach dem Muster der „Hollywooddramaturgie" gestrickt sind, verbinden oft insgesamt unrealistische Geschichten mit einer erstaunlichen Plausibilität im Detail. Auch die Alltagsnähe der Popkünste basiert auf einer Kombination von effektvoller Verzerrung und wieder erkennbaren Elementen, die jeder in seinem eigenen Leben entdecken kann.

Schriftstellerinnen wie Zoë Jenny oder Julia Franck verlassen sich in ihren Romanen nicht so sehr auf die direkte Wiedererkennbarkeit, sondern die Verfremdung der Wirklichkeit und auf die Vorstellungskraft als wesentlichen Freiraum der Literatur. Ihre Geschichten und Figuren sollen nicht das „wahre" Leben vortäuschen; vielmehr sind sie ausgedacht, konstruiert, um ein Gefühl des Deplaziert-Seins widerzuspiegeln. Die Möglichkeit der Verflachung, des Abrutschens ins Klischee besteht natürlich auch im Absonderlichen und „Originellen" und kann zu einer Atmosphäre lebloser Künstlichkeit führen. Gerade im Empfinden von Klischeehaftigkeit divergieren die Meinungen allerdings beträchtlich, am meisten vermutlich zwischen Literaturexperten und nicht-professionellen Lesern. Klischees sind eben keine festen Größen, sondern entwickeln sich individuell, abhängig von der Lesemenge, dem Bildungsgrad oder der Abstraktionsbereitschaft.

**Julia Franck** (*1970), die als Kind mit ihrer Mutter aus Ostberlin in den Westen flüchtete, ist keine Popautorin, auch wenn sie 1995 Preisträgerin des „Open Mike" der LiteraturWERKstatt Berlin war. Drei Jahre nach Zoë Jenny gewann sie das 3SAT-Stipendium beim Bachmann-

Wettbewerb (2000), wie diese erzählt sie in Interviews von einer Literaturbesessenheit, die in früher Kindheit begann und von einer kunstsinnigen Familie gefördert wurde. Wie Jenny legt sie ihr Augenmerk auf Defizite, die sie am hochtechnologisierten Leben von heute ausmacht, hält Konstruktion in der Literatur für wichtiger als das Mitnotieren. Den Biografismus mancher Kollegen betrachtet sie als literarische Form der „Reality-Fernsehshows".[119]

Sehr hypothetisch ist dagegen die Ausgangssituation ihres Romans ***Liebediener*** (1999),[120] dessen Ich-Erzählerin noch durch weitere „ungewöhnliche" Attribute auffällt: sie heißt Beyla, arbeitet in einem stationären Zirkus als Clown, stammt aus verwahrlosten (und mutterlosen!) Verhältnissen und lebt allein, wenngleich nicht unbedingt einsam in der Kellerwohnung eines Berliner Zinshauses – ein schräger Vogel in der Großstadt. Eines Tages wird eine junge Frau aus den oberen Etagen, mit Beyla flüchtig bekannt, von der Straßenbahn zu Tode gefahren. Deren Tante als einzige Verwandte und Erbin überlässt Beyla, weil sie die im Haus zufällig kennen lernt, die Wohnung mitsamt Inhalt, so wie ihre Nichte Charlotte sie hinterlassen hat.

So übersiedelt die Ich-Erzählerin in die Wohnung einer Toten und steigt probeweise in deren Leben ein. Mit Haut und Haar verfällt Beyla dem Klavierspieler Albert aus einer der Nachbarwohnungen, von dem sie annimmt, dass er auch Charlottes Liebhaber war und der ihr, bei aller Liebe, immer undurchschaubarer vorkommt. Er scheint ihre Gefühle zu erwidern, verbirgt aber etwas vor ihr. Er weigert sich in Beylas Gegenwart zu telefonieren und unterhält sie mit erotischen Geschichten, bei denen er manchmal in die Ich-Form verfällt. Nach leidenschaftlichen Szenen, Trennungen und Versöhnungen findet Beyla, kurz bevor sie in diesem Beziehungsdrama den Verstand verliert, die Lösung in Charlottes Wohnung: sie entdeckt ein Foto von Albert als Callboy, zusammen mit einem Stapel von Quittungen für beanspruchte Dienste und erfährt so von seinem Beruf. Augenblicklich schlägt die Liebe in Mitleid und Verachtung um, die Rollen vertauschen sich. Albert wird zum Bittsteller, Beyla weist ihn ab. Die schöne Wohnung der verunglückten Charlotte behält sie.

Auch Julia Franck lässt ihre Ich-Erzählerin äußerst detailliert so manche alltägliche Verrichtung beschreiben oder Überlegung referieren.

Informationen darüber, wohin zum Beispiel Beyla nach dem Duschen ihre Duschhaube verräumt, oder warum sie zuwenig Kleider besitzt und sich trotzdem keine kauft, schaffen Hintergrundatmosphäre, dienen der Charakterisierung einer betont eigenwilligen Figur und gewinnen teilweise Bedeutung für die Detektivhandlung, wenn Beyla nach der wahren Identität ihres Liebhabers forscht. Die Genauigkeit ihrer Ausführungen kann jedoch überflüssig und manieriert wirken, etwa wenn das Banale zu bedeutungsvoll gerät – ohne, dass dem die Ironie einer Umkehrung von *High* und *Low* zugrunde liegt. Die Ich-Erzählerinnen von Julia Franck und auch Zoë Jenny sind keine launigen Entertainerinnen, sondern akribische Beobachterinnen aufgrund ihrer Distanz zur Umwelt. Darstellungen der Entfremdung und Beziehungslosigkeit haben vor allem seit der Moderne Tradition; besonders ausgeprägt sind solche Zustände in der avantgardistischen und experimentellen Literatur. Ein wesentliches Merkmal dieser Ansätze, die im Allgemeinen den literarischen *Fortschritt* repräsentieren, ist es, Konventionen des Textaufbaus und Lesegewohnheiten zu durchbrechen, Aufmerksamkeit vom Inhalt auf die Form umzuleiten, um den Leser zu einer aktiven Rezeption anzuregen. Eine übliche Strategie in Texten, die an diese Tradition angelehnt sind, ist zum Beispiel das Zurückhalten von Informationen über Schauplatz, Figuren und Geschehen, so dass dem Leser nicht auf Anhieb vollkommen klar ist, worum es geht und wo es vermutlich hinführen wird. Dorothea Dieckmann lobte in einer Kritik Francks *Liebediener* prompt als „verwirrend im Sinn kunstvoller Fiktion“ und las den Roman als Beweis dafür, dass junge Literatur sich doch „nicht im Nachahmen des amerikanischen Erzählgestus oder, neuerdings, auftrumpfend-pubertärem Pop-Getue“ erschöpfe.[121]

Weder Zoë Jenny noch Julia Franck schreibt hermetische Prosa, die sich dem Leser übermäßig versperrt. Beide aber schließen ihre Ich-Erzählerinnen in sonderbare Kopfwelten ein, in die Außenwelt nur stark gefiltert eindringen kann, also auch nicht unmittelbar wiedergegeben wird. Ihre Außenwelten erscheinen geradezu komplementär zu den Darstellungen der Popliteratur, die über die Wirklichkeit ein Orientierungsnetz werfen, das zum Großteil in der Konsum- und Medienwelt verankert ist. Alles, was ein beruhigendes Gefühl alltäglicher Vertrautheit verursachen könnte, halten Jenny und Franck bewusst gering. Das gilt vor allem für alles Modische oder Medienwahrnehmungen, mit denen popkulturell beeinflusste Autorinnen (wie Silvia Szymanski oder Sarah Khan) verschwenderisch umgehen. Damit verbannen sie einen selbstverständlichen Teil des heutigen Lebens aus ihren Romanen, selbst auf die Gefahr hin, unzeitgemäß zu erscheinen. Das Motiv ist kulturkämpferisch: Die Literatur soll ja den Massenmedien der Information, Narration und Unterhaltung alternative Wahrnehmungs- und Sichtweisen entgegenhalten. Julia Franck spricht das auch aus: Gute Literatur entsteht ihrer Meinung nach, wenn die Sprache reduziert, nüchtern und frei von Anglizismen und Populärwörtern ist, damit das Vorstellungsvermögen der Leser nicht verstellt wird.[122] Was in Aussagen dieser Art unter den Tisch fällt, ist die Tatsache, dass auch die Literatur auf Vorstellungen Einfluss nimmt und es eigentlich gar nicht der Wunsch eines Autors sein kann, die Vorstellungen anderer *nicht* zu beeinflussen, denn dann wäre seine oder ihre Literatur ja völlig wirkungslos. Dass Julia Franck sich keine Reaktionen erhofft, wenn sie mit einer „sozialkritischen Intention"[123] über „‚archetypische' Situationen zwischen Menschen, Liebe und Hass, Abscheu, Annäherung und Sehnsucht"[124] schreibt, ist wiederum unwahrscheinlich. In dieser Idee eines anti-autoritären Verhältnisses zwischen Autor und Leser liegt aber vielleicht eine weitere Erklärung für die Bevorzugung der Ich-Form, die eine kompromisslos subjektive und eben nicht auf Allgemeingültigkeit pochende Erzählhaltung ermöglicht.

„Einmal hatte ich geglaubt, das Leben wäre etwas, dem man sich stellen müsste und gegen das man sich wappnen könnte, aber das Leben war bloß das Leben, und es gab nichts, das mich davor bewahren konnte, ich selbst zu sein." (KA, 28) Zu diesem Schluss kommt die Ich-Erzählerin in Karen Duves *Keine Ahnung*, nachdem sie sich erfolgreich in die Gesellschaft eingliedern lässt - zunächst.

Viel Lärm um nichts? Ganz umsonst wird die Aufregung nicht gewesen sein, nicht für diese und auch nicht für die anderen jungen Frauen, die in den beschriebenen Büchern nach Existenzmöglichkeiten suchen. Selten endet diese Suche in der Entwicklung klarer Zukunftspläne oder innigem Einverständnis mit der Welt, aber die meisten von ihnen kommen immerhin einen kleinen Schritt voran. Sie finden irgendeine Ordnung in ihrem Mikrosystem, schlagen eine Richtung ein, treffen eine Entscheidung oder machen wenigstens Erfahrungen, die ihre Persönlichkeit stärken. Das Gefühl der Fremdheit bleibt. Dieses schiefe Verhältnis zu dem, was für den Großteil der Bevölkerung Normalität bedeutet, lässt sich in der Ich-Form besonders gut darstellen: Verzerrungen in der Außenwahrnehmung und eigene Regungen können auf diese Weise unmittelbar mitgeteilt werden. Nicht zu vergessen ist auch die Tatsache, dass die übermäßige Beschäftigung mit Dingen wie Aussehen, Styling, Popmusik oder Fernsehserien nicht einfach nur auf die jugendbedingte Einschränkung des emotionalen und geistigen Horizonts zurückzuführen ist, sondern ebenso einer weit verbreiteten Lebenseinstellung entspricht, die sich an Jugendlichkeit orientiert.

Mit einem Bedürfnis nach Einschränkung muss auch das Beharren der meisten jungen Autorinnen und Autoren auf der Erzählform *Roman* zusammenhängen. Mit dem Roman verbindet man die Vorstellung einer kompakten Geschichte, die auf dem Weg von einem Anfang bis zu einem Ende irgendeine Form von Entwicklung vorführt. Niemand wird heute noch von einem Roman eine umfassende Selbstvergewisserung des bürgerlichen Weltbilds erwarten wie vor hundert Jahren, doch zumindest einen exemplarischen Ausschnitt aus einer unübersichtlichen Wirklichkeit. Der Roman hat nach wie vor Prestige und gilt als die edelste Form des Erzählens. Mit dieser Würde der literarischen Autorschaft, so scheint es, schmücken sich viele Journalistinnen, TV-Moderatorinnen, Gagschreiber, Popmusiker oder Studenten, die in den letzten zehn Jahren das Buchschreiben für sich entdeckt haben, bei aller kritischen Distanz zur Hochkultur nicht ungern.

# Tagebuch, Briefroman Vergessene Genres leben wieder auf

Ein nahe liegendes Betätigungsfeld für fiktive oder faktische Ich-Erzähler ist das Schreiben von Tagebüchern und Briefen. Beides war im alltäglichen Leben bis vor wenigen Jahren ziemlich aus der Mode gekommen. Im Verlauf des 20. Jahrhunderts wurde die private Chronik durch Fotoalben und Videos ersetzt sowie der Brief durch das Telefon aus der Alltagskommunikation in den Bereich des Rituellen verdrängt wurde und nur mehr in Ausnahmesituationen, zu besonderen Anlässen seinen Zweck erfüllte. Das Schreiben von Briefen und Tagebüchern galt bis vor kurzem allenfalls noch unter Teenagern als reizvolle Beschäftigung, was auch damit zusammenhängen mag, dass Heranwachsende oft das Bedürfnis haben – parallel zu einem völlig selbstverständlichen Umgang mit der neuesten Informationstechnologie – die Kulturgeschichte in ihrer eigenen Entwicklung quasi noch einmal zu durchlaufen.

Mit der Verbreitung des Internet in den 90er Jahren haben sich die Kommunikationsgewohnheiten in weiten Teilen der Bevölkerung verändert. Das Telefon bekam einen neuen Konkurrenten, der noch dazu am ausgebauten Leitungsnetz mitschmarotzt: Die E-Mail, der elektronische Brief, ersetzt nun in vielen Lebensbereichen das Telefongespräch. Und auch das Tagebuch hat im neuen Medium, in dem das Veröffentlichen viel geringeren Zugangsbeschränkungen unterliegt als im Buchgeschäft, wieder Hochsaison. Jeder Mensch hat nun theoretisch die Möglichkeit, jederzeit, schnell und unmittelbar Eintragungen vorzunehmen, ohne Umweg über Verlag oder Vertrieb. Im Internet begegnet man den verschiedensten Formen von Tagebüchern, geschrieben von Laien und professionellen Autoren, als Einzelunternehmen oder kollaborativ konzipiert. Im Vergleich zum Buch kann der Schein des Authentischen bei Netztagebüchern, deren Anwachsen sich ja life mitverfolgen lässt, vor allem durch die so augenfällige Prozesshaftigkeit und Aktualität erheblich gesteigert werden. Und während das linear zu lesende Buch dem unerbittlichen Vorwärtsschreiten der Zeit Nachdruck verleiht, steht im Internet – sowohl im Hinblick auf die Textstrukturen wie auf die Lektüre – der Aspekt der Zersplitterung durch Assoziation, Synchronie, Zufall und Fragment im Vordergrund. Die Vorstellung von Leben als „virtuell unendliche Zahl von Möglichkeiten, die von Augenblick zu Augenblick zerfallen, sich stets anders neu formieren und dann wieder verschwimmen“[125] wird in dieser Vernetzung vielleicht besser sichtbar.

Das scheinbar wirklichkeitsnahe Tagebuch, in dem die Einschätzung von Banalität oder Wichtigkeit aus einer subjektiven, informellen Warte erfolgt, ist für die Vermittlung von Alltagsthemen geradezu ideal. Die konstruierte *Formlosigkeit* des regelmäßigen Aufzeichnens kann immer den Eindruck erwecken, es werde hier ohne gröbere Eingriffe etwas übermittelt, auch wenn der Charakter des Fiktiven auf der Hand liegt. Tagebücher zeichnen sich im Allgemeinen durch eine offene Struktur aus: die formale Freiheit ist größer als in anderen Genres, denn es gibt zwar Vorbilder, aber keine verbindlichen Muster für Inhalt oder Gestaltung. Das Tagebuch ist ein Feld der Reflexion und des Experiments und erzeugt die Illusion von Intimität, auch wenn es von vornherein zur Veröffentlichung bestimmt ist. Die geschlossen konstruierte Autobiografie und das fragmentarische Tagebuch spiegeln in ihrer Entwicklung jeweils unterschiedliche Funktionen wider. Beides sind Formen der Selbstthematisierung, die auch Konflikte mit herrschenden Regelsystemen einschließen. Doch während die Autobiografie in der Rückschau nachträglich Sinnstiftungen vornimmt, so wird dem Tagebuch in der älteren Literaturgeschichte die Rolle zugemessen, einerseits Sinndefizite zu dokumentieren und, andererseits, einen Sinn allein schon im Prozess der Selbstanalyse und -mitteilung zu entdecken.[126]

*Echte* Tagebücher und Autobiografien, in denen sich Autor, Erzähler und Protagonist eindeutig decken, sind bestimmt seltener als Romane, in denen die Verarbeitung von Erlebtem ersichtlich ist oder vom Verfasser nicht verhehlt wird. In jedem Fall kann man davon ausgehen, dass Darstellung immer auch Verformung bedeutet. Der Unterschied zwischen Autobiografie und autobiografischem Roman oder realem und fiktivem Tagebuch liegt also vielleicht eher im Effekt der Deklaration und einer daraus folgenden Lesererwartung als im Wahrheitsgehalt. Rousseau, der im 18. Jahrhundert in Anspielung auf Augustinus seine *Bekenntnisse* verfasste, hegte theoretische Bedenken, ob so etwas wie Selbstmitteilung in der Literatur überhaupt möglich sei: die dafür notwendige Übereinstimmung zwischen Außen- und Innensicht schien ihm unerreichbar, weil das literarische Vorhaben den Autor automatisch dazu zwänge, sich von außen zu sehen.[127] Der radikale Konstruktivismus geht überhaupt davon aus, dass Wirklichkeit erst im Bewusstsein des Betrachters konstruiert wird, es *die* Wirklichkeit folglich gar nicht gäbe. Auch die poststrukturalistische Literaturwissenschaft, die Wahrheit, Sinn und Identität als sprachlich fixierte Konstanten betrachtet und die Dekonstruktion dieser Macht-Strukturen anstrebt, versteht die Autobiografie als Spielart der Fiktion, einer schon vor dem Autor existierenden *Schrift*. Die feministische Autorin Eva Meyer, beispielsweise, hebt in ihrer essayistischen Studie zur *Autobiographie der Schrift* die „Selbstreferenz des autobiographischen Schreibens" hervor, das sich „nicht so sehr auf die Einmaligkeit gelebten Lebens als auf die Vorgängigkeit anderer autobiographischer Texte" beziehe.[128]

Die Geschichte des autobiografischen Schreibens ist generell geprägt von einer wachsenden Selbstreflexion der Instanz „Ich". Wenn am Beginn dieser Entwicklung die Emanzipation und Selbstentdeckung des „neuzeitlichen *Individuums*" stand, so ist sie heute bei einem „sich seiner Abgründigkeit zunehmend bewußt werdenden modernen *Subjekt*" angelangt.[129]

Der Tagebuch-Stil wird im Sinn eines unförmigen vor sich Hinschreibens den gegenwärtig jungen Autoren manchmal abfällig als Argument für ihre literarische Unbedarftheit vorgehalten – gilt also fast als eine Art negatives Markenzeichen vor allem der Popliteratur. Von einem fiktiven Tagebuch, das sich auch als solches deklariert, war bereits die Rede: *Mai 3D*, das 3-dimensionale, Tagebuch des Autorenteams Hennig von Lange/ Haaksmann/ Müller-Klug, das dramaturgisch davon lebt, dass man, einerseits, Ereignisse aus mehreren Perspektiven geschildert bekommt und dass sich, andererseits, Verwicklungen der drei Existenzen abzeichnen, die nur die Leser mitbekommen und von denen die Protagonisten nichts ahnen.

Von Alexa Hennig von Lange gibt es zudem eine kleine Geschichte in Briefen, die als Beitrag zu einer Bad-Girl-Anthologie mit dem Titel *Tote Jungs* [130] erschien. Dieses Pop-Konglomerat enthält zwei Texte und zwei Comics über Mädchen im Aufbruch – Coming of Age auch hier das Thema: „Es geht um die Zeit zwischen Schule und Sprung in die Karriere, zwischen Kindsein und Erwachsenwerden".[131] Als Manifest einer neuen Weiblichkeit taugt das Buch allerdings nur zur Hälfte, denn die beiden Comics über ein paar wehrhafte Girls aus traurigen sozialen Verhältnissen, die sich nehmen, was sie wollen und vor Mord und Gewalt nicht zurückschrecken, stammen aus männlicher Feder und Projektion (der britischen Comic-Teams Grant Morrison/Philip Bond und Peter Milligan/Duncan Fegredo).

Hennig von Langes Ich-Erzählerin Nicolette, eine frisch verliebte, junge Fotografin, schreibt ihrem neuen Freund drei Wochen lang aufgeregte Briefe, weil sie ihn am Telefon nicht erreichen kann. Wann immer sie anruft, läuft nur der Anrufbeantworter, er selbst lässt absolut nichts von sich hören, auch seine Freunde wissen nichts, verbreiten aber wilde Gerüchte. Die wahre Ursache seines Verschwindens übertrifft jedoch alle Befürchtungen: Eines Abends erblickt Nicolette das Gesicht des Verschollenen in den Fernsehnachrichten, nachdem er als Bombenleger identifiziert wurde, der sich selbst in die Luft gesprengt hatte.

# Else Buschheuer

11.09.01 DER ZWEITE TURM
NY 10:30 BERLIN 16:30

ist zusammengefallen. Ich sitze hier rum und heule, die Erde ringsum bebt, draußen weinen auch alle. Das World Trade Center gibt es nicht mehr.

Else Buschheuer, *www.else-buschheuer.de*

Viele Tagebuchschreiber nützen sowohl das Internet als auch das Buch als Publikationsmedien – das eine zum Mitlesen, das andere zum Nachlesen. Rainald Goetz, zum Beispiel, fütterte eine Website mit seinem täglichen *Abfall für alle* und machte daraus ein Buch mit fast 900 Seiten.[132] Else Buschheuer gibt sich, was die Printversion ihres New Yorker Tagebuchs betrifft, mit einer gekürzten Fassung zufrieden. *www.else-buschheuer.de*[133] umfasst die Zeit vom 30. Juni bis zum 4. November 2001, schließt also auch jenen schicksalsträchtigen 11. September ein, als zwei gekidnappte Flugzeuge das World Trade Center in Schutt und Asche legten. Else Buschheuer, die erst als Wettermoderatorin des MDR und später als Autorin zweier Romane bekannt geworden war, absolvierte in diesen Monaten ein „Praktikum" bei der deutsch-jüdischen Zeitschrift *Aufbau*. Über diese Tätigkeit erfährt man aber so gut wie nichts, denn Buschheuer etabliert im neuen Medium eine eigene *Abfall*-Variante des Genres (das Buch ist in diesem Fall ja nur eine sekundäre Verwertungsmöglichkeit). Die Spannung, die sich allein durch die Aktualität eines solchen Tagebuchs im Internet ergeben könnte, ist im Buch jedoch nicht zu kompensieren und deshalb treten die inhaltlichen Mängel hier umso deutlicher zutage. Buschheuers Tagebuch beschränkt sich konsequent auf Nebensächlichkeiten und enthält nur alltägliches Geplänkel und Anekdötchen, also immer nur das, was sich *rund um* die eigentlich interessanten Ereignisse abspielt. Von gehaltvolleren Textprodukten der Autorin erfährt man in der Buchversion nur durch Hinweise, dass und wo der oder der Zeitschriftenartikel erscheint. (Manche dieser Artikel konnten in der Netzversion offensichtlich über Hyperlinks gelesen werden). Allfällige Ansätze zu inhaltlicher Auseinandersetzung werden im Keim erstickt. Zum Beispiel übersteigen Buschheuers Kommentare zu den Büchern, die sie gerade liest, nie den Informationsgehalt eines Klappentextes. Die kühl inszenierte Beiläufigkeit ihrer Aufzeichnungen kippt sehr oft ins Klischee und bietet daher wenig Neues. Buschheuer liefert keine intensiven Erfahrungen oder eindringlichen Bilder aus der fremden Metropole und verfällt niemals der Selbstvergessenheit ausschweifenden Beobachtens. Oft ist es vielleicht eher Pflicht als Mitteilungsbedürfnis, was die Autorin an den Computer treibt.

Diese Atmosphäre einer reproduzierten Erfahrung, die nur mehr gängige Darstellungen bestätigt, vermögen nicht einmal die Ereignisse um den 11. September zu durchbrechen. Buschheuer ist schwer geschockt und verbarrikadiert sich angsterfüllt in ihrem Appartement nur wenige Kilometer vom World Trade Center entfernt. Aber auch später hat die Augenzeugin im Zentrum der Katastrophe den Medienberichten, aus denen sie selbst zum Großteil ihre Informationen bezieht, nichts Besonderes hinzuzufügen oder entgegen zu setzen. Damit bestätigt sie die Monopolstellung der Medienkonzerne nicht nur für den Bereich der Nachrichtenvermittlung, sondern auch für das persönliche *Erleben* aktueller Ereignisse.

Die Notizen und Berichte von Else Buschheuer sind auf den engsten Radius der eigenen Befindlichkeit beschränkt, davon bringt die Autorin auch eine Stadt wie New York nicht ab. Vermutlich wollte sie erst kein Reisetagebuch und dann kein Sensationstagebuch schreiben – nur das andere, das es werden sollte, ist nicht ganz erkennbar. Seine Funktion erfüllt dieses Tagebuch gewiss aber als Marketingoffensive für „Else Buschheuer", mit hohem persönlichen Einsatz einer Autorin, die jeden Abend ihre Website füttert, um mit ihrer Fangemeinde auf Tuchfühlung zu bleiben.

# Carmen von Samson

> Meine Schwester sagt, sie hätte die ersten Seiten dieses Textes gelesen. Dann hätte sie ihn weglegen müssen. Jetzt, in ihrem Zustand, könne sie das nicht. Sie mache sich Sorgen. Um meine Eltern.
>
> Carmen von Samson, *Eine Invasion von Frauen*

Als fiktives Tagebuch, das nur durch seine fragmentarische Struktur, nicht aufgrund der typischen Form (z.B. fortlaufende Datierung) als solches zu erkennen ist, könnte man **Carmen von Samsons** (Jg. 1963) Buch ***Eine Invasion von Frauen*** (2000)[134] betrachten. Die Autorin spielt ein wenig verschämt mit der autobiografischen Selbstentäußerung und beginnt mit der Deklaration, „Diese Geschichte ist eine Fiktion. Nichts an ihr ist war", um gleich darauf einzugestehen, die „Person Ich" hätte einen Bezug zur Realität (IvF, 9). Sie schreibt die Geschichte einer Familie und wie deren Besonderheiten die Ich-Erzählerin zu dem machen, was sie ist. Erinnerungen, Gedanken, Einfälle, Email-Dialoge und Zitate aus Literaturgeschichte (Bernhard, Nossak, Cyrano), Popmusik (Tom Waits) und Zeitschriften (Horoskop) ergeben 276 Textabschnitte von unterschiedlicher Länge. Dass der Text autobiografische Elemente aus dem Leben einer überwiegend fiktiven Ich-Erzählerin enthält, wird trotz der Leugnung am Beginn noch mehrfach angesprochen; dabei kommt deutlich auch zum Vorschein, dass sich diese Verweise auf eine angebliche Realität aus einem einfachen Rachemotiv speisen: Aristokratentochter stellt Familie bloß, indem sie Intimitäten preisgibt. Immer wieder nehmen Personen, die in der Geschichte vorkommen, darauf Bezug, indem sie etwa der Autorin Tipps geben oder Befürchtungen äußern, dass sie vielleicht schlecht wegkommen könnten. Manchmal malt sich auch die Ich-Erzählerin selbst aus, wie sich Verwandte und Freunde in ihrem Buch wohl wieder erkennen werden. Diese Selbstreferentialität, das Schreiben über das Schreiben dieses Buchs, verlegt sich in theoretischere Gefilde, wenn die Ich-Erzählerin Schriftstellerkollegen zitiert, um eigene Überlegungen über das Verhältnis von Fiktion und Autobiografie, das Tagebuchschreiben oder die Qualitätskriterien von „guten Geschichten" zu illustrieren. Letztere nämlich hätten „ihren Anfang in nachvollziehbaren Voraussetzungen zu nehmen und von dort wohlgeordnet und zügig zu einem moralisch befriedigenden Ende zu finden" (IvF, 35). Dieses Kriterium sieht sie in ihrem eigenen, offen und mosaikartig gestalteten Buch nicht erfüllt. Dem sanften Widerstand gegen die Erzählkonventionen wird im Unterschied etwa zu radikalen experimentellen Ansätzen die leichte Lesbarkeit des Buchs nicht wirklich geopfert.

Die Ich-Erzählerin verkörpert auch als Frau einen selbstbewusst-komplizierten Typ, der weder wahre Radikalität noch totale Anpassung einschließt. Die Lust auf gezielte Karriere in Form von Geld- und Machtaneignung ist bei Carmen von Samson durch eine an den Geisteswissenschaften orientierte Nachdenklichkeit (die jedoch nicht bis zur Pose der streng vergeistigten oder prinzipientreuen Intellektuellen geht) ersetzt. Sie lebt von Dolmetsch- und Übersetzungsarbeiten, tritt als Autorin des Buchs auf, konsumiert aber auch Trivialkultur. Sie ist Single, hat keine eindeutig festgelegte Sexualität, die sie sowohl in Affären mit Männern und Frauen auslebt. An die Erfüllung ihrer romantischen Sehnsüchte, vor denen die reflexive Lebenseinstellung immer wieder kapituliert, können diese Affären allerdings nie heranreichen.

Ohne Zweifel aber zieht sie die Rolle der Unkonventionellen dem Leben ihrer wunderhübschen, blonden Schwester vor, die sich ohne Bedenken für die Ehefrau-Mutter-Variante entscheidet. Die beiden Schwestern zeigen damit unterschiedliche Reaktionsweisen auf gemeinsame Erfahrungen: Ihre Kindheit war nämlich davon geprägt, dass der Vater notorisch die Mutter betrog und diese als stolze Aristokratin ihre Schmach in stillem Leid erduldete. Die Invasion von Geliebten brachte die Familie fast zum Zerbrechen und bevölkert die Erinnerungen der Ich-Erzählerin noch zum Zeitpunkt der Niederschrift.

# Bettina Galvagni

Ich könnte sterben vor Glück, wenn sich der Doktor Faustus wie Meer oder Nebel in mir ausbreiten und mir die Augen schließen würde, die nur die eigene Häßlichkeit und Sinnlosigkeit sehen von der Welt, und sonst nichts. Ich könnte mich töten, jetzt.

Bettina Galvagni, *Melancholia*

Als Tagebuch, in dem das Leben auf Lektüreerfahrungen reduziert erscheint, kann man auch das Prosadebüt der Südtirolerin **Bettina Galvagni** (Jg. 1976) lesen, einer der früh Entdeckten deutschsprachigen Autorinnen. Sie schrieb ihr Buch ***Melancholia*** [135] mit 17, als es 1997 erschien, war sie gerade 21. Die „gute Geschichte" mit Anfang, Mitte und Ende verweigert Galvagni auf weit sperrigere und kontemplativere Weise als Carmen von Samson. Solche Sperrigkeit ist einer Aufnahme in den Kanon der guten Literatur nicht abträglich, im Gegenteil. Als Aushängeschild des anspruchsvollen Nachwuchses eignet sich Galvagni auch, weil sie einen ungebrochenen Bildungs-Bücherkosmos zum Ziel ihrer Wirklichkeitsflucht macht. Kein Bildschirmflimmern, keinen Beatrhythmus, keinen schundhaften Magazinausriss lässt sie hier störend eindringen.

*Melancholia* setzt sich aus einer Flut von Gedankenfolgen und lebensgeschichtlichen Fetzen zusammen, die vorwiegend assoziativ, streckenweise chronologisch (mit einer Wochentags-Datierung im letzten Teil) und insgesamt ziemlich unübersichtlich verknüpft sind. Die Aufzeichnungen drehen sich einzig und allein um das Innenleben einer kränklichen Gymnasiastin, wobei sich Bettina Galvagni im Unterschied etwa zu Else Buschheuer, die ebenfalls auf ausführlichere Darstellungen ihrer Umwelt verzichtet, auf hochliterarische Vorbilder beruft. Die Ich-Erzählerin heißt wie die Autorin selbst Bettina (es gibt also auch hier wieder einen deutlichen autobiografischen Bezug), und ist regelrecht lese- und schreibsüchtig. Mühelos frisst sie sich durch die Weltliteratur, aber auch philosophische und naturwissenschaftliche Werke. Atemlos, überhitzt und schwärmerisch stößt sie ihre Gedanken aus und deutet ein tristes Leben voller unterdrückter Bedürfnisse an. Krankheit und Lesesucht bedingen und kompensieren einander, machen das Mädchen zur Außenseiterin und lassen sich zugleich zu einer würdevollen, hochdramatischen Pose kombinieren. Partys mit Gleichaltrigen machen ihr Angst und anstatt sich mit anderen beim Tanzen in Popmusik und Gemeinschaftsgefühl zu verlieren, stellt sie sich „wie eine Topfpflanze“ (M, 81) in die Ecke. In Ekstase gerät sie nur in ihrer gegenwartsfernen Geisteswelt, die von Mythen über früh zu Tode gekommene oder kranke Genies und von eigener Hysterie, Hypochondrie, Melancholie und tatsächlicher Krankheit geprägt ist. Sie leidet an Magersucht und Perikarditis (Herzbeutelentzündung), von Krankheit gezeichnet ist aber auch ihr Vater, das Familienleben wird davon bestimmt. Anknüpfend an die Leidensgeschichten von Sylvia Plath und anderen SchriftstellerInnen, verwandelt sie ihre Krankheitszustände in Literatur, lässt Sehnsüchte in sprachlichen Bildern und Kapriolen aufschäumen, um körperliche und räumliche Beschränkungen auf diese Weise zu überwinden. Die bettlägerige Bettina wird „vom Fieber umspült“(5), der Tee schmeckt ihr wie „trockener Meeressand“ (M, 18), sie wünscht sich einen „friedhofsleisen Kopf, ohne Düsenjägerlärm von draußen“ (M, 81) oder nährt ihre darbende Seele mit dem „Brot vergilbender Bücher“ (M, 8). Galvagni zeigt eine Neigung zur Bildung von Metaphern, die alles andere als vitale Energie, nämlich morbide Lust versprühen. In ihrer gedanklichen Enthemmung und Euphorie sind solche Bilder aber mit ähnlichen Tendenzen in der Beat- und Popliteratur durchaus zu vergleichen.

# Ildikó von Kürthy

> Don DeLillo? Don DeLillo? Verdammt, der Name kam mir bekannt vor. „Aaah, mir gefällt sein Roman ‚Unterwäsche' total gut!" rief ich erleichtert. Ich hatte es neulich irgendwo im Schaufenster gesehen. Ein Hoch auf mein gutes Gedächtnis.
>
> Ildikó von Kürthy, *Mondscheintarif*

Else Buschheuer reiste nach New York und dokumentierte mittels Netztagebuch dieses besondere Ereignis. Wie Else abends heimkam und in ihren Computer tippte, war eine konkret vorstellbare Situation – es ging dabei weniger um den Inhalt ihrer Texte, sondern um dieses Moment der Authentizität, der *Echtheit* eines Tagebuchs.

Die Ich-Erzählerinnen bei Carmen von Samson und Bettina Galvagni nützen die Pose des Tagebuchschreibens als Mittel der Selbstthematisierung, ohne dass dafür auslösende Ereignisse festzumachen wären. Die fragmentarische Form des Tagebuchs entspricht einer gewissen Orientierungslosigkeit im Bewusstsein der Ich-Erzählerinnen, die eben nicht nur die Folge, zum Beispiel, eines gerade stattfindenden Ortswechsels ist, sondern auch als bewusst gewähltes Lebenskonzept vertreten wird. Lineare, homogene und zielgerichtete Erzählbewegungen werden durch Einzeltexte ersetzt, die zum Teil etwas Fortlaufendes erzählen, zum Teil aber auch unabhängig für sich stehen können. Die beim Tagebuch immer mitschwingende Vorstellung des Schreibaktes wird über die Pose der Notizen machenden Ich-Erzählerin hinaus kaum konkretisiert. (Bei Galvagni schreibt sie vermutlich mit der Hand, bei von Samson bedient sie sich eines Computers.) Das Tagebuch verlangt keine stimmigen Übergänge und Anschlüsse, keine Rechtfertigung jeder Einzelszene durch ihre Funktion im Gesamtkontext. Gestaltungskriterien werden im Prinzip vom jeweiligen Tagebuchschreiber immer neu definiert, auch wenn dies in der Praxis meist in Anlehnung an bereits bestehende Literatur geschieht. Als Zusammenhalt solcher Ansammlungen von Texten (und Bildern) genügt, dass sie ein und demselben Ich zugeschrieben werden können.

Die Britin Helen Fielding landete mit ihrem Tagebuchroman *Bridget Jones's Diary* einen Bestseller.[136] Die fehlende Orientierung ist hier nicht so sehr Ausdruck einer Lebenseinstellung als Folge eines Mangels an erwiderte Liebe. Indem Helen Fielding aus der subjektiven Perspektive ihrer durchschnittlich und doch irgendwie auch originell angelegten Ich-Figur schreibt, lenkt sie davon ab, dass die Geschichte von der 30jährigen Singlefrau, die nach einer Reihe von Komplikationen endlich ihren Traummann bekommt, einem eigentlich trivialen Schema folgt. (Der Beweis für die Existenz dieses trivialen *Plots* ist nicht zuletzt die Verfilmung, die sich auf dieses mit filmischen Mitteln problemlos *darstellbare* Geschehen beschränken kann, ohne jemals auf die *berichtende* Ebene des Tagebuchs zurückgreifen zu müssen.) Die quirlige Bridget Jones schwankt zwischen Hoffnung, Jubel und Selbstgeißelungen; vor allem die Deutlichkeit, mit der sie ihre Misserfolge kommentiert, vernebelt auch ein wenig den Ausblick auf das Happy End.

Fieldings *Diary* schwimmt im Fahrwasser eines Jane-Austen-Revivals, an dem sich allen voran die Filmindustrie beteiligte. Eine der männlichen Hauptfiguren ist nach dem zögerlichen Mr. Darcy aus Austens *Pride and Prejudice* benannt – eine jener Liebesgeschichten, bei denen die glückliche Zusammenführung der Heiratskandidaten bis zur Unerträglichkeit hinausgezögert wird. Genau so muss auch Bridget Jones, die in ihrem Tagebuch unter anderem die tägliche Zufuhr an Kalorien, Alkohol, Zigaretten und Sex systematisch festhält, einige Rückschläge hinnehmen, bis Mr. Darcy sie endlich von ihrem Singledasein erlöst. Ein weiterer Erfolgsfaktor ist die Gestaltung der Titelheldin: Bridget Jones entspricht einem Frauentyps, der in den letzten Jahren immer populärer wurde. Diesen Frauentyp repräsentieren in amerikanischen Fernsehserien zum Beispiel die Protagonistinnen von *Ally McBeal* und *Sex and the City*: die perfekt imperfekte Frau um die 30, die fast alles hat – Geld, Erfolg, Unabhängigkeit, Selbstbewusstsein, Schönheit, gute Freunde, Sex. Was fehlt, ist der richtige Partner, den will sie aber unbedingt, wenn auch nicht um jeden Preis. Charakteristisch für diese Figur ist ihr Hang, sich durch exzentrisches Verhalten zu blamieren. Sowohl in der Öffentlichkeit als auch in privaten Situationen passieren ihr oft kleine Missgeschicke, die dann durch viel Charme wieder wettgemacht werden. Die Marketingabteilung eines deutschen

Großverlags hat hierfür bereits eine kleine Nische eingerichtet: Rowohlt bewirbt Titel von Amelie Fried, Susanne Stiefel, Julie Burchill und Ildikó von Kürthy mit dem Slogan *Leben ohne Gebrauchsanweisung*: „Diese Bücher wenden sich an Frauen die *Machiavella, freche Frauen* und *böse Mädchen* satt haben und statt dessen ihr Leben mit Gelassenheit und Mut zur Unvollkommenheit gestalten".[137]

Eines dieser Bücher, nämlich der Roman *Mondscheintarif* (1999)[138] der Stern-Reporterin Ildikó von Kürthy (* 1970) liest sich wie ein deutscher Abklatsch des Bridget-Jones-Tagebuchs. Bei Kürthys „Einblicken in die verwirrte moderne Frauenseele"[139] geht es ebenfalls um eine Single-Frau, die ihre magische 30er Grenze bereits überschritten hat und deshalb – wie man immer wieder aus Frauenmagazinen erfahren kann – katastrophale Voraussetzungen am Heiratsmarkt zu kompensieren hat. Die Ausgangssituation ist bekannt: Schicker Job, schicke Freunde, aber der richtige Mann geht noch ab. Bridget Jones, die Bildung aus strategischen Gründen höchstens vorzutäuschen versucht, ergattert einen Londoner Star-Anwalt. Cora Hübsch, die sich für Rendezvous geistreiche Gesprächsthemen auf Karteikärtchen notiert, bringt es immerhin zu einem praktischen Arzt.

*Mondscheintarif* ist die Chronik eines Samstagabends, an dem Cora Hübsch von 17 Uhr 12 bis 00 Uhr 01 in allen Einzelheiten dokumentiert, wie sie auf den Anruf wartet, der ihrem anstrengenden Leben als allein stehende Frau endlich ein Ende bereiten soll. Zwischen kosmetischen Vorbereitungen für die möglicherweise bevorstehende Liebesnacht, therapeutischen Telefonaten mit der besten Freundin und der Abfertigung unerwünschter Besucher rekapituliert die Ich-Erzählerin für die Leser, was bisher geschah: wie sie den begehrenswerten Arzt Dr. Daniel Hofmann unter chaotischen Umständen kennen lernt, wieder trifft und schließlich ihre erste Nacht mit ihm verbringt. Nach dieser Nacht ist aber noch gar nichts geklärt, im Gegenteil. Exakt wie Bridget Jones, verunsichert Cora Hübsch durch ihr eigenes abweisendes Verhalten den umschwärmten Mann. Er wartet, sie wartet – den verfahrenen Karren bringt, als dea ex machina, erst eine dritte Person wieder in Schwung – noch dazu eine, die Cora Hübsch fälschlicherweise für eine Konkurrentin gehalten hat.

Das Buch enthält auch eine Reihe dekorativer Fotos, die für die Geschichte relevante Gegenstände, Körperteile oder Situationen abbilden. Der Fotograf Jens Boldt nimmt nicht nur durch die Wahl seiner Motive unmittelbar Bezug auf den Text, sondern auch durch eine narrative Art der Motivanordnung und Bildbearbeitung (z. B. Hervorhebung von Ausschnitten, serielle Anordnungen). Den Horror der Ich-Erzählerin vor dem elektrischen Epiliergerät, zum Beispiel, setzt er ins Bild um, indem er von dem Unding gleich ein kleines Geschwader auftauchen lässt.

## Bettina Balàka

Geschlechtsmenschen in einem Menschengeschlecht! sagt Venezuela, das gefällt mir, das ist mir gleich ins Auge gefallen! Ich entziehe den Brief ihrem die Schreibtische überforschenden Blick, falte ihn zusammen und lege ihn in die Schachtel „Privatpost, irgendwann zu beantworten."

Bettina Balàka, *Der langangehaltene Atem*

Ein Roman mit Tagebuchcharakter, der nicht an erster Stelle der Unterhaltung, sondern einem *literarischen* Anspruch und der intellektuellen Auseinandersetzung verpflichtet ist, publizierte die österreichische Schriftstellerin **Bettina Balàka** (*1966) unter dem Titel **Der langangehaltene Atem** (2000).[140] Das Buch ist eine Montage aus Briefwechseln via E-Mail, komprimierten Telefongesprächen, Kurzdialogen, Träumen, Erinnerungen und essayistischen Passagen, die eine Ich-Erzählerin als Verfasserin und Archivarin zu einem *Roman* montiert.

A. Graziani fertigt für einen unbekannten Auftraggeber, der nur per E-Mail in Erscheinung tritt, Zeichnungen von ausgestopften Tieren im Kunsthistorischen Museum in Wien an. A. Graziani ist zwar aller Wahrscheinlichkeit nach eine Frau, das ist aber nicht ganz hundertprozentig sicher. Vom Vornamen erfährt man jedenfalls nicht mehr als den Anfangsbuchstaben und darüber hinaus kann man die Ausbildung von Geschlechtsidentitäten ohnehin auch als Produkt gesellschaftlicher Konstruktionsprozesse interpretieren. Dass dabei Erwartungen der

Außenwelt mit persönlichen Identitätsvorstellungen kollidieren können, ist eine Erkenntnis, die bis zum Überdruss mittlerweile schon in nachmittäglichen TV-Talkshows ausgebreitet wird.

Bettina Balàka nimmt in ihrem Roman Phänomene unter die Lupe, an denen sich diese Frage der Konstruiertheit männlich/weiblichen Rollenverhaltens studieren lässt. So wie die Ich-Erzählerin die ausgestopften Tiere genau ins Visier nimmt, um sie zu abzuzeichnen, stellt sie anhand ihrer Umwelt ganz gezielte Überlegungen an und setzt sie in Bezug zu ihrer Selbsterfahrung. Dabei fördert sie die Widersprüchlichkeit konventioneller Geschlechts-Vorstellungen zutage oder vergleicht das „Künstliche" mit dem „Natürlichen": sie beobachtet ihren schwulen Freund Alfred mit den hausfraulichen Ambitionen, die ihm schon zweimal den Großen Bezirkspreis für den schönsten Blumenschmuck in den Fenstern eingebracht haben; die transsexuelle Venezuela, die zugleich eine gefragte naturwissenschaftliche Forscherin ist; die Freundin Isabelle aus Marseille, die sich aus einer Laune heraus eine Zeitlang Léa nennt und ihre Erlebnisse an den Vorgaben von Frauenzeitschriften misst; und nicht zuletzt sich selbst und ihre gescheiterten Beziehungen zu Männern, wie dem „Kunstprodukt" Klaus, der von ihr nichts weiter erwartet, als so auszusehen wie „Kim Basinger mit fünfundzwanzig Jahren und bei optimaler Beleuchtung" (LA, 120). Mit dem Namen auch die Identität zu wechseln (wie Venezuela oder Léa) ist dabei ein durchgängiges Motiv, das auch anhand einer von einem Mann geschaffenen Gestalt aus der Literaturgeschichte debattiert wird: Frank Wedekinds Lulu, die ideale Geliebte, die immer genau jene Frau verkörpert, die sich der jeweilige Liebhaber wünscht und mit einem Namen seiner Wahl bezeichnet.

Medien werden in diesem Buch nicht grundsätzlich verteufelt, aber aus kritischer Distanz beäugt. Dem Computer begegnet man, zum Beispiel, als zweckdienliches Werkzeug, auf dessen Files als unterlegtem Ordnungssystem das Privatarchiv der Zeichnerin Graziani basiert. Die Frage der Virtualität bringt sie nicht nur in Zusammenhang mit dem Cyberspace, sondern auch mit einer uralten musealen Praxis, der Tierpräparation, zur Sprache. Eine bewusste Abschirmung der eigenen Gedankenwelt gegen ein Überhandnehmen von Medieneindrücken – schon gar als Ersatz für eigenes Erleben und Beschreiben – soll zweifellos zur Diskussion gestellt werden.

# Alltag in den Städten
# Ich-Ensembles im Episodenroman

## Sibylle Berg

> Karla hatte sich nie vorstellen können, daß es mal eine andere Generation geben würde als ihre. Sie hatte lange Zeit keinen Unterschied gefühlt zwischen den Zwanzigjährigen und sich. Sie mochte die Musik der Jungen, ihre Kleidung, sie waren wie sie gewesen. Doch wie über Nacht war ein großes Unverstehen über sie gekommen. Sie verurteilte, hielt die Jugend für blöd und oberflächlich, albern mit ihren DJ-Taschen, ihren übergroßen Sackhosen, den fettigen Haaren, langweilig ihre elektronische Musik. Öde ihr Desinteresse an allem, außer an Fernsehen, Kino und Spaß.
>
> Sibylle Berg, *Sex II*

Der 30. Geburtstag wird häufig als die erste empfindliche Marke auf dem Weg zum Älterwerden gefürchtet. Kaum sind die Probleme der Adoleszenz halbwegs bewältigt, zeigen sich schon erste Symptome der Midlifecrisis. Das Leben erscheint nicht mehr neu und einzigartig – stattdessen gibt es immer deutlicher die Muster zu erkennen, die es in Wahrheit beherrschen. Die Distanz zu den 20jährigen vergrößert sich nicht nur durch äußerliche Zeichen (Falten, graue Schläfen, Fettpölsterchen), sondern auch die Bedürfnisse und Perspektiven ändern sich unweigerlich. Karrieren bewegen sich auf ihre Höhepunkte zu oder sind gerade erstmals gescheitert, Familien werden gegründet oder das Single-Dasein verliert seinen Reiz. Träume zerplatzen oder werden banale Realität ... – der Alltag nimmt seinen Lauf und wird immer anstrengender. Der Überdruss und die Desillusionierung, die sich in diesem Lebensalter breit machen können, sind auch beherrschende Themen in der Literatur.

**Sibylle Berg** (*1962) publizierte 1997 den Roman ***Ein paar Leute suchen das Glück und lachen sich tot.***[141] Der viel sagende Titel dieses ersten Buchs der Autorin ist eigentlich auch das Thema aller folgenden. Sibylle Berg beschreibt auf überspitzte Weise den ewigen Kontrast zwischen den Wunschvorstellungen von Menschen und ihrem ständigen Aufprallen auf dem harten Boden der Großstadt-Realität (auch wenn dieser hier im Vergleich zu anderen Weltregionen doch merklich abgefedert ist). Der Abenteuerspielplatz der Jugend hat sich zum Ödland der Mittelalterlichen gewandelt. Junge wie alte Menschen werden in den Büchern von Sybille Berg nicht als Individuen mit voller Entscheidungsgewalt betrachtet, sondern haben mit einem Schicksal zu ringen, das sich ihrer Steuerung entzieht, wie die Helden in den alten Epen. Daher erscheint es nur logisch, dass sich Berg nicht auf einzelne Protagonisten beschränkt, sondern in allen ihren Büchern mehrere Ich-Figuren nebeneinander stellt, deren Handlungsstränge sich zum Teil überschneiden.

Die Autorin nimmt sich die dezentralisierte Konstruktionsweise von Soap Operas zum Vorbild und lässt eine Vielzahl von Charakteren in kurzen, filmschnittähnlich montierten Episoden auftreten. Sie liefert den Blick ins Innere dieser Soap-Figuren, indem sie meist zwischen Ich-Form und personaler Erzählweise hin und her wechselt. Die Figuren in den Romanen von Sibylle Berg ergeben ein variierendes Spektrum von Männern und Frauen, unterschiedlichen Generationen, Berufsgruppen und Bevölkerungsschichten. In kurzen Statements melden sich etwa auch Gott, das Leben, Tiere oder Häuser zu Wort. Zahlenmäßig überwiegt eindeutig die Altergruppe der Dreißig- bis Vierzigjährigen, unter denen auch die tragenden Rollen verteilt sind. Diese Hierarchie wird fallweise gezielt durchbrochen, wenn Berg so manche Nebenfigur mit kurzen Interviews und O-Ton-Stellungnahmen für einen Augenblick ins Rampenlicht stellt, um sie hernach wieder ihrer Bedeutungslosigkeit zu überlassen (z.B. In *Sex II* und *Amerika*).

Immer wieder spielt Berg mit der naiven Vorstellung eines gelenkten Schicksals und wagt sich dafür in ihrem Roman *Amerika* – als Überbau für die montierten Ich-Erzählungen – an eine eher altmodische Erzählperspektive, die mit der Moderne verschwand, weil sie sich für offene Romankonzepte und fortschrittliche Weltanschauungen als nicht adäquat erwies: es handelt sich um den *auktorialen* Erzähler, der alles weiß und deshalb werten und zusammenfassen kann. Berg lässt diesen auktorialen Erzähler auch noch als Autorin auftreten, die die Fäden der Handlung zieht – eine Anspielung auf die künstlerische Anmaßung, *Gott zu spielen*. Ihr ebenfalls auf Pointen ausgerichteter Stil bietet – als sarkastische Geste – eine Menge kategorischer „Lebensweisheiten", die aus den in ihren Büchern oft kritisierten TV-Talkshows stammen könnten.

Was alle Romanfiguren von Sibylle Berg verbindet, ist ihr Frust am Leben. Egal ob verheiratet oder Single, mit oder ohne Kind, alt, jung, arm, reich, erfolgreich oder gescheitert – es fehlen der Sinn, die Liebe, Abwechslung. Die tödliche Gleichförmigkeit des Alltags lässt sie anfällig werden für die billigen Träume, die ihnen die Medien suggerieren.

In ***Ein paar Leute suchen das Glück und lachen sich tot*** lässt Berg acht Personen in wechselnden Konstellationen aufeinander los und über Single-Dasein, Karriere und Ausbruch aus der Karriere, Magersucht, ausgelaugtes Eheleben oder romantische Liebe lamentieren. Am Ende scheitern sie alle und erliegen absurden Filmtoden. Dieses Grauen, dem keiner entkommt, steigert sich in ihrem zweiten Roman ***Sex II***[142] zum apokalyptischen Massensterben. Sex kommt hier nur mehr in Form von Krankheit, seelischer Verwahrlosung und Gewalt vor. Die biblische Apokalypse imaginiert einen Strafexzess für die Missachtung der göttlichen Gebote. Das Verdorbene wird mit Pauken und Trompeten ausgelöscht, auf dass Platz werde für etwas Neues. Die Phase des Ausradierens bewerkstelligen in *Sex II* die Menschen selbst, eine Zukunftsvision ist allerdings nicht in Sicht.

Die auktorialen Passagen erklären sich in *Sex II* durch die Handlung: Eine 33jährige Ich-Erzählerin erwacht eines frühen Morgens, angeödet von sich selbst und der Welt und entdeckt, dass sie plötzlich mit einer Art Röntgenblick ausgestattet ist. Verwundert über die fragwürdige Gabe, wankt sie 24 Stunden lang durch eine Großstadt und sieht durch Wände hindurch, in Häuser voll der menschlichen Abgründe und des Leids. In kurzen Momentaufnahmen beschreibt sie, was sie gerade visualisiert und wird auch zum Medium jener Menschen, die sie beobachtet und die durch sie (ebenfalls in Ich-Form) erzählen. Nahezu jede Szene endet mit einem brutalen Mord. Die Lust an der Gewalt grassiert wie ein Virus und bricht meist ohne schwerwiegenden Anlass hervor. Jeder ist ein potentieller Täter: Mütter morden und quälen ihre Kinder, ein pensionierter Professor martert einen Strichjungen in der Vorratskammer, ein Psychiater trampelt das Gehirn aus dem Schädel einer Patientin, Kinder zünden ein kleines Mädchen an – das Repertoire an Todesarten ist unendlich brutal und schier unerschöpflich.

Die Ich-Erzählerin fungiert auf ihrem Horrortrip als Sprachrohr für eine Botschaft der Verdammung. Die Dekadenz unseres Zeitalters, in dem Schönheit, Jugend, Unterhaltung, Geld und Geistlosigkeit angebetet werden, soll zu diesem Inferno geführt haben. Dazu kommt natürlich noch der Mythos der lebensfeindlichen Großstadt als Brutstätte von Gewalt, Unmoral und Entfremdung. „Aus Design entsteht keine Freude", „jeder sieht aus wie jeder", „Styling ist alles" (Sex, 36), kann man zum Beispiel lesen, auch böse Sätze über die Lächerlichkeit der Technokultur oder zynische Bonmots zum Zeitgeist: „Alles ist möglich, nichts ist böse, wir wollen alle Spaß" (Sex, 77), sei die Philosophie der 90er. Auch eine Spitze gegen die Kollegen von der Popfraktion kann sich Berg nicht verkneifen: „Die Bücher der Zeit handeln von Techno oder davon, wie Leute herumlaufen. Hin und her (ich laufe so rum, schreiben vornehmlich junge Männer) und nichts wissen und nichts wollen". Von der Kunst ist allerdings auch nichts zu erwarten: Weiters gäbe es nämlich noch „Literatur", die könne man nicht lesen, deshalb hieße sie so (Sex, 10). Sibylle Berg schwelgt in der Pose der Spielverderberin. Sie verharrt in der Demontage einer verhassten Welt und weigert sich den Blick abzuwenden. Ihr kulturkritischer Ansatz bleibt dabei recht oberflächlich, weil sie sich mögliche Alternativen und Hintergründe kategorisch versagt, obwohl sie den Medienbetrieb als Kolumnistin für diverse Lifestylemagazine (z.B. *Vogue* und *Cosmopolitan*) von innen kennt. Die unwirklichen Serienwelten, die Welt des schönen Scheins ersetzt sie nicht durch realistische Szenarien, sondern verkehrt sie in ein ebenso unrealistisches Bild gleichförmiger Hässlichkeit. Sie versucht, die Unterhaltungsindustrie mit ihren eigenen Waffen zu schlagen, indem sie ihre Geschichten aus Medienversatzstücken zusammenbaut, daraus aber ausschließlich und ebenso plakative Monster und Monstrositäten entstehen lässt. Aus dieser von ihr als platt und verdorben kritisierten Medienindustrie leitet Berg im Grund auch ihre Vorstellung von *Unterhaltung* ab, auf die sie deklarierterweise nicht verzichten will: „Ich versuche so zu schreiben, dass die Leute sich tunlichst nicht langweilen. Langeweile ist das Allerschlimmste.“[143]

Ein allwissender und herablassender Blick auf Romanfiguren, die wie hilflose Würmer vom Schicksal gebeutelt werden, bestimmt sowohl die Konstruktion als auch den Erzählton des Romans ***Amerika*** (1999).[144] In der ersten Hälfte werden vier Charaktere vorgestellt, die - allesamt todunglücklich - in derselben Kleinstadt leben. Raul ist Callboy und wäre einfach gerne stinkreich, dann wäre er auch nicht mit einer dicken dunkelhäutigen Küchenhilfe zusammen; die Schauspielerin Karla zog mit der Absicht, Filmstar zu werden, nach Los Angeles und kehrt nach ein paar Jahren geschlagen zurück; Anna hat es noch zu keinem Beruf gebracht und wünscht sich, ihr rassiger Liebhaber Toni hätte sie nicht verlassen, dann müsste sie ihr Leben nicht mit einem mutterfixierten Langweiler verbringen; Bert ist Redakteur einer kleinen Veranstaltungszeitung und wäre so gerne schön, damit ihn seine heimliche Liebe (die dicke dunkelhäutige Küchenhilfe) erhört. Voller Selbstmitleid und Überdruss suhlen sich die vier in Phantasien vom Glück (Geld, Ruhm, Schönheit ...), das sie in Amerika vermuten.

Berg besinnt sich eines alten Märchenmotivs und lässt diese Träume Wirklichkeit werden. Auf den Zwischentitel „Und ein großer Arschwind kam auf. Dunkel wurde es, und mehrere Blitzschläge fuhren in die kleine Stadt“ folgen die neuen Varianten der vier Lebensgeschichten. Jede Figur bekommt, was sie sich gewünscht hat. Schlecht beraten von Soap Operas und anderem Kitsch (Sibylle Berg scheint von einer enormen Effektivität der Medienmanipulation auszugehen), aber wünschen sich Raul, Karla, Bert und Anna das Falsche und werden wieder nicht glücklich damit. Das moralische Credo lautet diesmal: Die letzten werden die ersten sein. Denn die einzige Person, die für ihre realistische Bescheidenheit („Träume sind halt Träume. Ich muß jetzt weitermachen“. A, 7) mit innerem Frieden belohnt wird, ist die bereits erwähnte Küchenhilfe Maria.

In diesem Roman dominiert eine auktoriale Erzählerstimme, die von den Figuren berichtet, die kommentiert und wertet oder Gedanken in Form von Merksätzen zum Besten gibt. Manchmal mischt sich dieser erzählerische Kommentar mit Passagen in personaler Perspektive, also mit der Sichtweise der Figuren in der dritten Person, zu einer Art Dialog. Manchmal dringen auch noch Stimmen in Ich-Form durch (zum Teil wie O-Ton-Zitate in Radiofeatures zwischengeschaltet), diese bleiben allerdings ausschließlich den weiblichen Charakteren vorbehalten.

Wenn Sibylle Berg in *Sex II* Erfahrungen einer Schriftstellerinnen einfließen lässt oder sich für ihre Bücher als Covermodel zur Verfügung stellt – in Fotoinszenierungen, die sich auf das jeweilige Buch beziehen – so lässt sich daraus nicht so einfach eine authentische Interpretation ableiten wie bei Alexa Hennig von Lange oder Silvia Szymanski. Denn, erstens, sind diese Auftritte einer Schriftstellerin in Geschichten eingebaut, deren fiktiver Charakter offensichtlich ist; zweitens haben auktoriale Bezüge nach dem Motto, „Hier spricht die Autorin, die das alles erfunden hat", gerade den Zweck, auf die Konstruiertheit einer Geschichte hinzuweisen, indem sie Illusion und Identifikation durchbrechen; und drittens gibt es überhaupt kein authentisches Bild der Schriftstellerin Sibylle Berg, auf das man sich als Leserin beziehen könnte, sondern nur eine Kunstfigur, die sich mit Details über ihr wahres Leben zurückhält und dafür ihre Biografie variiert wie eine ihrer Geschichten.

# Tanja Dückers

> Andererseits habe ich gar keine Ahnung, welches Haus und ob überhaupt geräumt wurde und wie die Umstände waren, und ich will auf keinen Fall in so einer Maoisten-Herde mitlatschen. Während ich noch hin und her überlege, ist die kleine Demo schon weitergelaufen, in Richtung Schönhauser. Ich schlendere in die Küche, esse einen „Fruchtwölkchen"-Joghurt und lege mich mit einem Buch aufs Bett. So geht das mit den politischen Ambitionen.
>
> Tanja Dückers, *Spielzone*

Ein weniger abstraktes und sehr viel freundlicheres Großstadt-Porträt schrieb **Tanja Dückers** (*1968) mit ihrem Roman ***Spielzone*** (1999).[145] Dückers bedient sich ähnlicher Schnitttechniken und Perspektivenwechsel wie Sybille Berg, wählt aber Berlin als Schauplatz. *Short Cuts*, Robert Altmans Film über Menschen in Los Angeles, der auf Storys von Raymond Carver basiert, mag für beide ein stilistisches Vorbild gewesen sein: Das Gewimmel der Großstadt, wo Vielfalt auf so konzentriertem Raum herrscht und immer die Möglichkeit der unterschiedlichsten Arten von Begegnungen in der Luft liegt, lässt sich im Episodenroman mit großem Figurenspektrum überzeugend einfangen. Im Unterschied zum Film erzählen die Romane aber in Ich-Form – wird das Panorama also von innen aufgezogen. Die Episodenstruktur ist andererseits auch ein Kennzeichen von Endlos-Fernsehserien, die ebenfalls mehrere Handlungsstränge verfolgen. Nicht nur in dieser Hinsicht könnte ein Vorbild für *Spielzone* auch die Fernsehserie *Lindenstraße* gewesen sein. (Der Roman enthält allerdings mehr Sex, als eine Vorabendserie je erlauben würde). Dückers grast nämlich hauptsächlich zwei Straßenzüge ab – eine im ehemaligen Osten, eine im Westen Berlins – und baut ihre Handlungsstränge quer durch die Generationen, wobei keine ihrer Figuren völlig durchschnittlich angelegt ist. Vielleicht ein wenig zu kompakt kreuzen sich die Wege der Protagonisten immer an denselben Orten, was diese manchmal selbst gar nicht bemerken. Einer dieser magischen Treffpunkte ist im ersten Teil des Romans der Thomas-Friedhof: dort pflegt eine pensionierte Antiquitätenhändlerin das Grab ihres Mannes und ihre geheimen erotischen Phantasien; da verbirgt sich ein Spanner und beobachtet die sexuellen Aktivitäten eines extrovertierten Liebespaars, das nicht von dieser Welt – eher schon einem Musikvideo entsprungen – zu sein scheint; dort treffen sich Teenager um Partys zu feiern, und von ihrem zukünftigen Leben in den richtig angesagten Gegenden Berlins zu träumen. Nicht Todessehnsucht treibt etwa die vierzehnjährige Laura auf den Friedhof, sondern „es ist einfach nur eine abgefahrene Location" (Sp, 21). Laura mit den „informationssüchtigen" 68er-Eltern (Sp, 24) wäre ohnehin viel lieber im Prenzlauer Berg, wo ihre 19jährige Cousine Ada ein ausschweifendes Leben mit vielen ungesunden Süßigkeiten und wechselnden Sexualpartnern verbringt. Dorthin übersiedelt aus der Thomasstraße auch die Studentin Katharina, die zwar auch erst 26 ist, aber sich manchmal schon über die „superabgebrühten, supergleichgültigen, superbisexuellen" 20jährigen Partykids (Sp, 112) wie Ada wundern muss. Nach einigen Monaten bemerkt Katharina, dass sie in der angesagten Gegend auch nicht viel anders lebt als früher in Neukölln: „Beide Bezirke sind so etwas wie Tummelplätze für überdrehte und verschrobene Existenzen und weisen darin einige Ähnlichkeiten auf." (Sp, 165).

Tanja Dückers ist nicht so besessen davon, die Welt des schönen Scheins mit ihrer Schmutzseite zu konfrontieren und stattet ihre Charaktere mit schmucken Ticks aus, die sie originell, aber nie wirklich abgründig erscheinen lassen. Ein tragisches Ende bereitet die Autorin nur dem entrückt schönen Liebespaar, das sie in Form eines Autounfalls mit tödlichem Ausgang auf die Erde zurückholt. Richtig böse Menschen kommen nur als ferne Gestalten, als Anspielung auf die Krimiwelt vor: ein Vergewaltiger, von dem anfangs die Rede ist, verschwindet wieder in der Versenkung; ein Brandstifter, der mehrere Häuser abfackelt, um in den Flammen zu tanzen, wird als verkohlte Leiche geborgen und so als Figur rasch wieder entsorgt. Von beiden gibt es keine Innensicht, sondern nur Gerüchte, sie tauchen nur in der Reflexion der Ich-Erzähler auf.

So konstruiert, wie die Figuren gezeichnet und aufeinander abgestimmt sind, um sich zu einem bunt gewürfelten aber nicht bedrohlichen Berlinporträt zu fügen, so künstlich wirken auch die Dialoge zwischen den Generationen. Speziell wenn Mädchen und Frauen aus unterschiedlichen Milieus aufeinander treffen, öffnen alle Beteiligten erstaunlich schnell ihre Herzen und es kommt zu wundersam harmonischen Annäherungen gleich bei der ersten Begegnung. Was manchmal fehlt, ist ein gewisses Maß an Widersprüchlichkeit. Tanja Dückers beharrt auf ihrer überwiegend positiven Sicht auf ihr Berlin – genauso wie Sibylle Berg auf ihrer negativen Einschätzung des Phänomens Stadt vor allem im *SexII*. Die so offensichtlich bezweckte Übermittlung der Pro- bzw. Kontra-Messages verleiht den Romanen beider Autorinnen einen etwas missionarischen Charakter.

## Antje Rávic Strubel

„Weißt du, was ich manchmal denke", sage ich am Morgen. „Daß es an diesem Tag liegt. In Paris. Daß ich was falsch gemacht habe, obwohl ich es damals nicht anders konnte. Und wenn wir die Szene wiederholen würden, würde ich es wahrscheinlich wieder falsch machen." „Wir sind kein Theater", sagt Evy leise. „Wir wiederholen Szenen nicht."

Antje Rávic Strubel, *Unter Schnee*

Ein Episodenroman, der ebenfalls eine Reihe von fiktiven Personen und zugleich einen Ort beschreibt und dabei zwischen *Ich-* und *Er/Sie-Narration* wechselt, ist auch ***Unter Schnee*** (2001)[146] von **Antje Rávic Strubel** (*1974). Keine Großstadt, sondern der tschechische Wintersportort Harrachov während einer schneereichen Februarwoche ist Schauplatz der verketteten kurzen Geschichten. Dort treffen sich unter anderen zwei junge Frauen, Evy und Vera, die sonst eine Fernbeziehung führen, zum Schifahren. Das Buch beginnt – aus der Sicht Veras erzählt – damit, dass die beiden auf der Terrasse ihrer Privatpension herumliegen, weil die Lifte wegen Sturms geschlossen sind. Ihre Beziehung scheint an einen toten Punkt gelangt zu sein, geht aber trotzdem irgendwie weiter. Wie es weitergeht erfährt man allerdings nicht hauptsächlich von ihnen selbst. Es folgen nämlich Episoden über weitere Touristen und einige ständige Bewohner des Dorfes, in denen immer wenigstens eine der beiden Frauen vorkommt, wenn auch nur am Rande. Im Mittelpunkt steht das lesbische Liebespaar zwar nur in drei Episoden, wandert aber als geheimes Zentrum und Projektionsfläche durch alle anderen. Ganz nebenbei setzt sich auf diesem Rundflug durch die Innenwelt einer kleinen Schar von Menschen Stück für Stück ihre Geschichte zusammen. Ein Postbeamter liest ihre Postkarten und ärgert sich über formale Details. Ein Familienvater äußert den Wunsch, ihnen beim Sex zuzusehen und seine Frau schämt sich dafür. Ein älterer kinderloser Mann stellt sich vor, sie wären seine Töchter. Ein Teenager-Mädchen sieht in den beiden Frauen die Inkarnation ihrer Internet-Chatpartner, die sich Spice Girls nennen. Ein Bergretter betreut die wieder gefundene Vera, nachdem sie sich im Sturm verlaufen hat und in ein Schneeloch fiel – so wird auch dieses hochdramatische Ereignis aus der Sicht des Routiniers beiläufig geschildert und wenn dann Vera und Evy endlich wieder am Wort sind, ist diese Begegnung mit dem Tod gar kein Thema mehr.

Auf ähnliche Weise, wenn auch nicht in Ich-Form sondern in der dritten Person geschrieben, schimmert in Antje Ravic Strubels erstem Roman ***Offene Blende*** (2001)[147] die Stadt New York durch den Erlebnishorizont zweier Frauenfiguren. Ein Auszug aus diesem Buch, das mit einer ziemlich vordergründigen Symbol- und Motivstruktur arbeitet und auch von New-York-Klischees nicht gänzlich frei ist, brachte der Autorin in Klagenfurt den Ernst-Willner-Preis 2001 ein. Die eine der beiden Frauen, um die es in dem Buch geht, kam noch vor der Wende aus Ostdeutschland nach New York, leitet nach der harten Immigrantenzeit dort mittlerweile ein Off-Theater, verleugnet standhaft ihre frühere ostdeutsche Identität, die sie jedoch als Stoff für die Bühnenarbeit benutzt. Jahre nach ihrer Ankunft begegnet sie einer junge Deutschen aus dem Westen, die – neu in New York – als Fotografin gerade Fuß zu fassen versucht. Sie verlieben sich ineinander, es kommt zu einem unendlich zähen Prozess der Annäherung, in dem Jo, die Regisseurin, sich mit einer geheimnisvollen Aura umgibt und eine hysterische Abneigung gegen Fotokameras an den Tag legt. Sie entzieht sich ständig und verschwindet in den geschwärzten Räumen ihres Theaters, während Leah, die Fotografin, ihren professionellen Jagdinstinkt daran setzt, sie aufzuspüren und zu *belichten*, das wahre Bild dieser undurchschaubaren Frau freizulegen. Der Ausgang der Geschichte bleibt teilweise offen: Jo wird wieder Christiane, löst ihre amerikanische Existenz auf und reist voller Neugier in das wiedervereinigte Deutschland zurück; Leah bleibt in New York, mit der Aussicht auf wehmütige Telefongespräche und ein Widersehen nach ein paar Monaten.

## Elke Naters

> Obwohl ich schon dreißig Jahre alt bin, komme ich mir in Parfümerieabteilungen immer vor wie ein Schulmädchen beim Schuleschwänzen. Das liegt daran, daß ich immer schmutzige Fingernägel habe und nie anständige Strümpfe. Die haben entweder ein Loch, oder sie gehören Lorenz und sind mir viel zu groß, daß immer die Ferse raushängt, hinten am Schuh. Marie geht das genauso. Aber weil wir die goldene Kundenkarte haben, beschließen wir, uns wie Königinnen zu fühlen und nicht wie Schulmädchen.
>
> Elke Naters, *Königinnen*

In den Romanen von Sibylle Berg explodiert das *normale* Leben meist in extremen Phantasien von Gewalt und Katastrophe. Diese Wendungen leiten sich nicht psychologisch aus dem mentalen Zustand der Figuren ab, sondern machen durch drastische Übertreibung auf gewisse Gegebenheiten der heutigen Mediengesellschaft aufmerksam und postulierten die totale Sinnlosigkeit der Existenz. Der Handlungsreichtum ihrer Bücher parodiert und erfüllt zugleich, was von der Unterhaltungsbranche erwartet wird: Aufregung und Abwechslung.

Weniger hysterisch geht es dagegen in den Alltagsgeschichten von **Elke Naters** (*1963) zu, die ihre weiblichen Charaktere in ungebrochener Ich-Form für sich sprechen lässt und auf Leseanleitungen oder andere Formen des auktorialen Kommentars völlig verzichtet. Alles bewegt sich im Rahmen des Möglichen. Die Ich-Erzählerinnen monologisieren in einer völlig kunstlosen Umgangssprache: sie sprechen keinen extremen Szeneslang, sind weder besonders eloquent, noch sprachlich gehemmt; sie neigen – wie es für die „Popliteratur" kennzeichnend ist – zu banal-philosophischen Grundsatzerklärungen und lakonischen Pointen; manchmal sind sie in Gefahr, sich in Rage zu reden, ohne je wirklich die Kontrolle zu verlieren. Naters konstruiert unspektakuläre Handlungsabläufe, die sie nicht primär *darstellt*, sondern die jeweilige Ich-Erzählerin aus subjektiver Sicht kommentierend *berichten* lässt. Fokussiert werden kleine Ausschnitte, eine geringe Anzahl von Figuren (weibliche im Vordergrund) und ihre Beziehungen zueinander – dieser Ausschnitt entspricht meist der im Augenblick gerade relevanten, privaten Umgebung der Hauptfigur(en), aus der primäre familiäre Bindungen (Eltern, Geschwister, usf.) jedoch weitgehend ausgeschlossen bleiben. Die Intensität, mit der sich die Ich-Erzählerinnen mit ihren Freundinnen und Freunden befassen, korrespondiert mit einem Unwillen zur Selbsterkenntnis oder auch Mangel an Selbstvertrauen.

Elke Naters deutet zeitkritische Ansätze generell nur sehr dezent an. Ihre beiden ersten Romane situiert sie in Berlin, macht aber weder Berlin noch den Mythos Großstadt vordergründig zum Thema. Wohl aber handeln diese Geschichten von Frauen in der Großstadt, von ihren Beziehungen untereinander, ihren Intrigen, Gehässigkeiten, Konkurrenzkämpfen, Abhängigkeiten, aber auch Annehmlichkeiten. Im Zentrum beider Romane[148] von Elke Naters steht jeweils ein Paar *bester Freundinnen*, die ähnlich angelegt sind: eine der Frauen hat Mann und Kind/er, die andere weder das eine noch das andere. Egal welches Leben eine gerade führt, es ist nicht so umwerfend toll; der Alltag hat seine Höhen und Tiefen und ist irgendwie okay, solange der „Amüsierwille"[149] erhalten bleibt.

In ***Königinnen*** (1998) heißen die beiden Freundinnen Gloria und Marie und kommen abwechselnd in kurzen Kapiteln zu Wort. Beide sind dreißig: Gloria hat einen Freund und einen kleinen Sohn und ist gerade zum zweiten Mal schwanger geworden; Marie ist noch auf Partnersuche und findet am Ende des Romans, wie es scheint, endlich den Richtigen. Die Freundinnen treffen sich zum Einkaufen – sie teilen nämlich eine Leidenschaft für teure Konsumartikel –, in Cafes oder abends beim Ausgehen, sind aufeinander beleidigt, zerstreiten und versöhnen sich. Ihre Berichte beschränken sich auf private Dinge, Arbeitsleben bleibt rigoros ausgespart, obwohl wenigstens eine von den beiden einen Job hat. Man erfährt dafür, welche Einstellung Gloria zum Aufräumen hat, was Frauen wirklich denken, während sie mit anderen Freundlichkeiten austauschen oder mit welchen Hintergedanken sie ihre Garderobe auswählen.

Naters demontiert so die Illusion harmonischer weiblicher Solidarität, die ja eine Grundforderung des Feminismus in allen seinen Spielarten ist. Sie ruft deswegen nicht das Ende der Emanzipation aus, zeichnet aber ein nüchternes Bild von Durchschnittlichkeit, denn Marie, Gloria, Bea und wie sie alle heißen, haben keine besonderen Ambitionen oder Interessen. Sie sind keine Karrierefrauen, auch wenn sie arbeiten und obwohl sie Geld brauchen, um ihr Faible für teure Designerstücke zu befriedigen. Genauso wenig entsprechen sie dem Bild der abhängigen „Hausfrau", auch dann nicht, wenn sie mit Kindern und ohne eigenes Einkommen hauptsächlich zu Hause sind. Die Werte früherer Frauenbewegungen stehen nicht mehr ungefragt an erster Stelle: Weder Gleichberechtigung durch Selbständigkeit noch die Gebärfähigkeit, werden als mögliche Grundpfeiler weiblicher Identität besonders hoch bewertet.

Auch Elke Naters dritter Roman ***Mau Mau*** (2002)[150] besteht aus den unterschiedlichen Darstellungen zweier Ich-Erzählerinnen, die zusammengesetzt ein kontrastierendes Bild ergeben. In diesem Buch allerdings hebt Naters, die bis dahin auf Katastrophenplots verzichtet hatte, die Beschränkung auf alltägliches Geschehen und den Schauplatz Berlin auf. Die Geschichte spielt im Ausland und spitzt sich auf ein Extremereignis hin zu. Fünf Freunde verbringen einen Urlaub in einem fernöstlichen Land. Genaue geografische Angaben gibt es keine und auch sonst bleibt die Umgebung der handelnden Figuren (Hotelanlage, andere Touristen etc.) mit Absicht unscharf. Die Ich-Erzählerin des ersten Teils fixiert ihren etwas missmutigen Beobachterblick einzig und allein auf die vier Mitreisenden und die Gruppendynamik: sie registriert, wie sie sich verhalten und warum, oder was ihr daran auf die Nerven fällt. Dabei geht es nur um die gemeinsame Urlaubssituation, an äußeren Lebensdaten (Alter, Wohnort, Beruf usw.) oder das Zustandekommen dieser Reisegruppe erfährt man wenig. Während die erste Ich-Erzählerin ein – wenn auch persönlich gefärbtes – Gesamtbild von der Situation liefert, so konzentriert sich der zweite Teil auf einen noch kleineren Ausschnitt, der abgesehen von einer zeitlichen Überschneidung bei der „Übergabe" in der Chronologie fortsetzt. Ein Detail aus dem Gesamtbild wird herangeholt und ergänzt: eine der beiden zuvor beschriebenen Frauen (Mika), die mit ihrem Freund (Frank) dabei ist, schildert nun die Urlaubstage aus ihrer Sicht. Ihre Sicht ist, über das übliche Maß an Einschränkung bei Ich-Perpektiven hinaus, noch zusätzlich durch eine obsessive Liebesbeziehung verzerrt und vereinnahmt. Zu dieser Amour Fou gibt es ein bisschen Vorgeschichte (Franks böse Kindheit, gemeinsam verprasste Erbschaft, Franks Arbeitsunfähigkeit), ein paar Geständnisse (Franks Alkoholsucht und Bulimie, merkwürdige Abhängigkeiten), die das bis dahin harmonisch wirkende Paar in einem anderen Licht zeigen. Und es gibt auch ein Ende: Frank, den alle für einen Hypochonder halten, erkrankt nämlich ernsthaft und wird von seiner Freundin ins Spital verfrachtet. Während die Ich-Erzählerin des ersten Teils die Möglichkeit einer tragischen Wendung nur flüchtig andeutet und damit schließt, dass alle denken, das wird schon wieder und weiter feiern, schildert Mika im zweiten Teil dann wie der Patient aus ungeklärter Ursache immer mehr verfällt, wie sie erst versucht, ihn zu retten und ihm schließlich – in Form eines Geschlechtsaktes – beim Sterben hilft.

Der erste Teil von *Mau Mau* erinnert in Rhythmus, Satzbau, Konstruktion und nicht zuletzt durch den insistierenden Ton an die monologische Literatur von Thomas Bernhard, den Elke Naters immer wieder mit dem Ausdruck der Wertschätzung erwähnt. Die Ich-Erzählerin zitiert andere Personen gerne in indirekter Rede. Die angesprochenen Themen werden in Variationen länger ausgeführt. Namen von gerade beschriebenen Personen werden in jedem Satz wieder genannt, aber selten durch Fürwörter oder andere Substantive ersetzt. Die prinzipielle Nüchternheit im Ausdruck (Beamtenton) paart sich mit einer Emphase, die durch häufiges Wiederholen entsteht, wobei Naters allerdings auf die bei Bernhard üblichen Superlative („entsetzlichste", „fürchterlichste" ...) verzichtet.

Elke Naters ist im Übrigen nicht die einzige jüngere deutsche Autorin, die Thomas Bernhard verehrt. Dass gerade die Mode- und

Popfreaks sich auf diesen konservativen und verschrobenen österreichischen Autor berufen, ist gar nicht so abwegig: schließlich war Bernhard auch der Dandy unter der Schriftstellern seiner Generation, der es sich leisten konnte, auf Stipendien und andere staatliche Zuwendungen zu verzichten und dies auch politisch begründete. Vergleichbar ist ferner die geradezu sektiererische Besessenheit, mit der die Figuren in seiner Literatur sich der Diskussion absoluter Nebensächlichkeiten widmen.

Auf dem Cover des ersten Romans von Elke Naters (*Königinnen*) ist als deutliches Zeichen für die Einstellung der Protagonistinnen eine modische rote Handtasche abgebildet, das zweite Buch (*Lügen*) ziert eine Halskette im Prägedruck. (Solche Gegenstände haben aber eigentlich nur für den ersten Roman auch inhaltliche Bedeutung. Das Serielle dieser Covers ist wohl eher als eine Form von Kultmarketing zu verstehen). Die modebewusste Frau verkörpert Elke Naters, eine gelernte Schneiderin, auch selbst. Ihre persönliche Kompetenz in Stylingfragen stellt sie nicht nur auf den Autorenfotos unter Beweis, sondern ebenso in Zeitschriftenartikeln, Interviews und seit 2001 in Form eines Tagebuchs. Vom *Zeitmagazin* befragt, gestand Elke Naters, ihre Sozialhilfe einmal zur Gänze in Schuhe der Marke Patrick Cox investiert zu haben (wie Gloria in *Königinnen*). *Glamour* zog die Autorin „als heimliche Mode-Expertin, über Favoriten, Fehlkäufe und Glücksgriffe im Schrank“ zu Rate. Für den *Stern* protokollierte sie mit detaillierten Produktbeschreibungen die Geschichte ihrer Schuhleidenschaft von Kindheit an. Zum Thema Accessoires schrieb sie im *Kultur Spiegel*. „Diese Dinge machen natürlich nicht die Welt aus. Und schon gar nicht den Menschen, der sie trägt. Aber ein jedes hat seinen Zweck und seine Geschichte, und mit den Geschichten trägt man eine Haltung ins Leben hinaus, die weit über den Gegenstand hinausreicht.“ Die von Naters für dieses Feature ausgewählten Gegenstände – Schmuck, Schuhe, Parfums, Sonnenbrillen, Adressbücher u. a. – sind auch abgebildet; unter dem Foto eines Buchs von Truman Capote steht die Bildunterschrift „Passendes Taschenfutter“ zu lesen – so wird das geheiligte Kulturgut Buch zum Accessoire des Accessoires umfunktioniert.[151]

Mit *G.L.A.M.* (2001)[152] publizierte Naters ein sehr persönliches, bebildertes Tagebuch, das enzyklopädisch angelegt ist. Ordnung stiftet darin nicht die Chronologie, sondern eine Reihe von Begriffen. *Wohnung, Haus, Geld, Mutter, Vater, Arbeit, Glück* oder *Unglück* sind gleich wichtig oder unwichtig wie *Bikini, Schönheit, Frisur, Kette, Jacke* oder *Mode*. Aus der Wahl der Begriffe und der dazugehörigen Statements ersteht das Bild einer Autorin, die sich in Lebenseinstellung und Artikulationsweise mit ihren weiblichen Romanfiguren in erstaunlichem Ausmaß deckt. Wenn man die Romane kennt, hält dieses Tagebuch wenige Überraschungen bereit. Elke Naters legitimiert damit zwar das authentische Lesen ihrer Romane, bedient den damit verbundenen voyeuristischen Aspekt aber nur bedingt, indem sie auf selbstentblößende Enthüllungen oder Intimitäten in Text oder Bild vollkommen verzichtet – im Unterschied zu ihren fiktiven Romanfiguren. Es handelt sich also um ein Tagebuch, in dem die Verfasserin die Contenance nicht wegwirft, sondern aufrechterhält. Die Pose der Selbstentblößung, die man von einem Tagebuch ja erwarten darf, dringt höchstens durch feine Nuancen: Im Unterschied zu den Ich-Erzählerinnen der Romane spricht die Tagebuchschreiberin Naters nicht in Form von Pointen, die ja immer auch emotionale Distanz vermitteln. Statt der Pointen begegnet man in *G.L.A.M.* so mancher alltagsphilosophischen Lebenseinsicht, zu der sich die Autorin ganz unironisch bekennt: „Wenn ein Tag schön war, wird der nächste es eher nicht so" (G.L.A.M., 29),"Man braucht nur sein ganzes Geld auszugeben, Krebs zu kriegen oder das Haus zu verlieren, um zu merken, dass man am Leben ist" (G.L.A.M., 34) oder „Ständig und am laufenden Band kann man seine Würde verlieren, das heißt doch, dass sie immer wieder zurückkommt. Nur aus dem Grund, damit man sie verlieren kann. Deshalb sollte man einen Dreck geben auf seine Würde und aufstehen und gehen" (G.L.A.M., 143).

Es gibt im Übrigen auch einen Eintrag, in dem Naters ihr eigenes Buchkonzept als eine Art Naturgesetz beschreibt: Tagebücher seien immer langweilig, weil das Böse und Unanständige darin nicht vorkomme. „Man kratzt sich mit den Fingernägeln den Zahnstein ab, macht sich Gedanken über den Pimmel seines Sohnes, denkt Schlechtes über sich selbst. So geht es doch den ganzen Tag. Nur, daß man das nie aufschreibt. Ein ungehöriges Tagebuch. Manche schreiben stattdessen Romane“ (G.L.A.M., 138). Liest man diesen Kommentar als indirekte Enthüllung, dann wäre der Roman also doch die bessere Quelle, um etwas über die Autorin zu erfahren.

## Anke Stelling / Robby Dannenberg

> Gisela sah wie ne echte Schlampe aus. Blondgefärbte Haare, wo das Schwarz schon durchguckt, bißchen viel Fett am Kinn und ne Brille, dazu ziemlich große Titten und breit unten, aber das war's nicht, weshalb sie wie ne Schlampe aussah. Sondern um die Augen rum sah sie einfach zu dumm aus, und immer hatte sie den Mund offen, als wollte sie sagen: Ich bin leider dämlich, aber ihr könnt mich trotzdem anfassen.
>
> Anke Stelling / Robby Dannenberg, *Gisela*

Elke Naters arrangiert in ihren Romanen meist zwei weibliche Ich-Perspektiven, die zueinander in Kontrast stehen. In ihrer Darstellung des städtischen Lebens der Mittdreißiger geht sie von dem sozialen Phänomen *Frauenfreundschaft* aus. Die Spanierin **Lucía Etxebarría** (*1966) dagegen betrachtet in ihrem Roman ***Von Liebe, Neugier, Prozac und Zweifeln*** (1997)[153] die *Familie* als Spiegel der Gesellschaft und wählt drei Schwestern als Repräsentantinnen weiblicher Rollenbilder. Ihr gesellschaftskritischer Ansatz ist mit Zitaten aus der Bibel und anderen literarhistorischen Quellen außerdem kulturgeschichtlich unterfüttert. Eine der Ich-Erzählerinnen wählt die Rolle der Ehefrau und Mutter und wird dabei schwer depressiv. Die zweite macht Topkarriere als Naturwissenschafterin und ist eine verkappte Lesbe. Die jüngste Schwester – die als zentrale Ich-Erzählerin am meisten Gewicht hat – ist ein chaotisches Riot-Girl, leidet aber immer noch unter der Trennung von ihrem letzten Freund, den sie nicht vergessen kann. Sie will ein selbstbestimmtes Leben führen, verweigert sowohl die Karriere als auch die Familiengründung und widersetzt sich so auf allen Linien den Erwartungen einer katholischen Bürgerfamilie. Die Unterschiedlichkeit der drei

Schwestern, die sich auch in offenen Konflikten manifestiert, löst sich gegen Ende der Geschichte in einem Verbund weiblichen Leidens auf. Jede der drei Frauen ist infolge traumatischer Jugenderlebnisse angeschlagen und scheitert letztendlich bei deren Bewältigung. Mit dieser Erkenntnis finden sie am Schluss zueinander. Alle drei, so das Resümee, seien „Töchter Evas" – was sich einerseits darauf bezieht, dass die Mutter der drei Schwestern im Roman Eva heißt, andererseits aber auch alle Frauen als Nachfolgerinnen der ersten biblischen Frau als Schwestern betrachtet werden können. Das Buch mit der postfeministischen Hauptfigur (die jüngste Schwester) endet also eigentlich mit einem fundamentalen Aufruf zu weiblicher Solidarität.

Das Mehrpersonen-Tagebuch *Mai 3D* verschachtelt wiederum ausschließlich männliche Ich-Erzählungen, wobei man in Kenntnis der Tatsache, dass eine der drei von einer Frau geschrieben wurde (Alexa Hennig von Lange), geneigt ist, ein gewisses Maß an Kritik am dargestellten Bild von Männlichkeit herauszulesen. Ob dieses kritische Potential oder eine weibliche Handschrift in einem Blindtest erkennbar wären, ist eine interessante Frage, die sich aber in Zusammenhang mit fast jeder Literatur stellt.

In einem anderen Fall würde ein solcher Blindtest mit hoher Wahrscheinlichkeit zu eindeutigen Ergebnissen führen: Der Gemeinschaftsroman ***Gisela*** (1999)[154] von **Robby Dannenberg** und **Anke Stelling** nämlich bündelt *männliche und weibliche* Blickweisen und Erlebnishorizonte zu einer milden Form von Geschlechterkampf.

Zwei weibliche und zwei männliche Ich-Erzähler raffen in abwechselnden Monologen ihre trostlosen Geschichten aus dem Wohnblock und flechten daraus eine fortschreitende Handlung mit wechselnden Perspektiven, in der sich ihre Lebenswege kreuzen. Die betont kunstlose Montage dieser Monologe lässt den Roman wie eine Dokumention aussehen, dieser realistische Anspruch wird jedoch von der Tendenz zur Reproduktion bestimmter Unterschicht-Klischees weitgehend überlagert. Wer von den beiden Autoren für welche Teile zuständig ist, erscheint aufgrund der klassischen Rollenverteilung ziemlich offensichtlich (auch wenn es keinerlei Kennzeichnung gibt): Die männlichen Darstellungen rangieren zwischen derber Frauenverachtung und simplem Egoismus; die Frauen geben sich als wehrlose Opfer. Die Beziehungsstrukturen laufen nach bekannten Mustern ab: Unsicherheit, Hilflosigkeit, Abhängigkeit, mangelndes Selbstwertgefühl und unerwiderte Gefühle auf weiblicher Seite prallen gegen Rücksichtslosigkeit, Gewalttätigkeit, sexuellen Eigennutz, Fühllosigkeit und Selbstüberschätzung der Männer.

Alle vier Personen stehen zueinander in Beziehung. Georg und Paul, beide Anfang zwanzig, sind Freunde mit gemeinsamer krimineller Vergangenheit (Ladendiebstahl, Einbruch im Supermarkt, Schlägereien), die sich gerade auseinander leben. Georg ist immer der Anführer, brutal, Frauen verachtend und dumpf ohne jeden Lichtblick, deklariert sich als Sozialschmarotzer: „Krieg noch ein Jahr Arbeitslosengeld, und wenn der Staat so dumm ist, dann von mir aus" (G, 88). Paul gibt sich um vieles sensibler und nachdenklicher, bei ihm sind die Männlichkeitsrituale eher Posen, die er annimmt, um in der Clique sein Gesicht zu wahren. Die Supermarktkassiererin Gisela war früher mit Georg zusammen und wird die Geliebte von Paul, obwohl sie mit einem anderen Mann verheiratet ist und einen kleinen Sohn hat. Ihr Mann schlägt sie, deshalb verlässt sie ihn für eine Weile, kehrt dann aber wieder zu ihm zurück. Sie verklärt ihre Liebschaft mit dem jüngeren Paul zu einer romantischen Affäre, die ihrem geschundenen Ego schmeichelt und übersieht dabei geflissentlich, dass er sie nicht übermäßig liebevoll behandelt. Dass jemand wie Paul sich für sie interessiert, kann sie eigentlich gar nicht fassen. Paul sieht die Sache ähnlich und wundert sich seinerseits, wieso er gerade bei der nicht besonders attraktiven Gisela hängen bleibt. Schließlich kommt auch noch Georgs Mutter, Frau Potzke, zu Wort – eine verlassene Frau mit einem ernsthaften Suchtproblem, mit der Paul im Suff ein One-Night-Stand passiert ist, den er gerne vergessen möchte. Sie bietet in diesem sonst jungen Ensemble von Figuren einen pessimistischen Ausblick auf die Zukunft in diesem Milieu, der das triste Gesamtbild abrundet.

Vor allem die Monologe von Gisela und Paul bilden einen zeitverzögerten Schlagabtausch zum Problem der Unvereinbarkeit von Mann und Frau. Im Hinblick auf Beziehungsthemen wie Heiraten, Liebe, Zärtlichkeit, Sex oder Kinder dominiert gegenseitiges Unverständnis. Geschlechtsspezifische Unterschiede zeigen sich nicht zuletzt in den Sprechweisen, die den Figuren in den Mund gelegt und ja tatsächlich von einem Autor und einer Autorin geprägt sind. Es fällt auf, dass die beiden Frauen in diesem Buch sich direkter, irgendwie unverstellter ausdrücken und weniger auf Selbstinszenierung bedacht sind als die jungen Männer. Allgemeine Schlüsse über geschlechtsspezifisches Rollenverhalten lassen sich daraus natürlich nicht ableiten.

# Feminismus oder Feminisierung?

> Hausfrauen tragen heute keine Kittelschürzen mehr. Sie tragen zehenfreie Pantoletten, flotte Caprihosen oder asymmetrische Röcke, sie tragen T-Shirts mit kessen Sprüchen. Junge, schicke Wesen, die ihre nicht minder jungen, schicken Spielgefährten umhätscheln wie Uschi Glas ihren Clan.
>
> Katja Kullmann, *Generation Ally*

Engagiertes Eintreten für die gesellschaftliche Gleichstellung von Frauen und Männern ist erstens peinlich und zweitens eine Angelegenheit von Müttern oder schlecht gestylten Studentinnen. Jüngere Frauen sind über diese Form des Geschlechterkampfes hinweg und machen stattdessen Karriere. So beschreibt die Journalistin **Katja Kullmann** (*1970) in ihrem Buch ***Generation Ally*** (2002)[155] benannt nach der Fernsehfigur *Ally McBeal* (als Beispiel einer beruflich erfolgreichen und selbstbewussten Singlefrau um die 30) die Lage. Die Autorin wirft einen Blick auf die Frauen ihrer Generation, die bereits ihr Journalistenkollege Florian Illies (*1971) unter dem aus der Werbung entlehnten Titel *Generation Golf* (2000) unter die Lupe genommen hatte. Illies und Kullmann stimmen nicht nur sachlich in vielem überein, sondern arbeiten auch nach derselben Methode, die man als eine Mischung aus Sachbuch und erweiterter Autobiografie in Wir-Form beschreiben kann. Sowohl *Generation Golf* als auch *Generation Ally* gehen von persönlichen Erinnerungen und Erfahrungen aus, die mit einer Reihe von Statistiken und Zitaten aus Popkultur, Medien und Werbung zum Porträt eines ganzen Kollektivs aufgerüstet werden. Dass es sich dabei nur um den kleinen sozialen Ausschnitt hoch qualifizierter, gut verdienender Mittelstandskinder handelt, wird nicht extra verhehlt, ist den Autoren aber kaum eine Überlegung wert. Die Bücher erregten allerdings auch nicht wegen ihrer scharfsichtigen Analysen Aufmerksamkeit, sondern aufgrund der pointierten und darin durchaus nicht unkritischen Selbstdarstellung.

Beide Autoren vermitteln keinen unreflektierten Umgang mit den Massenmedien, die Differenzierung medial transportierter Inhalte erfolgt vor allem aber nach der Willkür des Geschmacks und weniger nach systematischen Kriterien. So wählt Katja Kullmann eine äußerst populäre Serienheldin als Aufhänger für ihr Buch, ohne sie in irgendeiner Weise anzukratzen, und bestätigt eigene Wahrnehmungen mit Szenen aus Filmen oder anderen Bereichen der Fiktion; andererseits liegt ihr offenbar viel daran, die Frauendarstellungen der Massenmedien als unrealistischen Humbug zu entlarven. Bevorzugtes Angriffsziel sind die unzähligen Lifestyle-Magazine, die vor allem das weibliche Zielpublikum mit immer neuen Aufgüssen der ultimativen Sex-, Schönheits- und Lebenshilfe-Tipps anzulocken versuchen.

Hin und her gerissen ist Kullmann als selbsternanntes Sprachrohr einer Generation auch, was die derzeitige Rollenverteilung der Geschlechter und mögliche Gegenmaßnahmen betrifft. Sie beobachtet eklatante Gleichberechtigungs-Mängel in den Chefetagen der Berufswelt oder im privaten Alltag zusammenlebender Partner. Haushalt und Kinder, zum Beispiel, seien in den meisten Fällen immer noch Sache der Frauen, „der doppelbelasteten Samurais eines neuen Zeitalters" (GA, 166). Eine gleichmäßige Aufteilung dieser Pflichten unmissverständlich einzufordern, klingt jedoch schnell wie Emanzengeschrei und wird deshalb unterlassen. Selber Schuld, wird ironisch daraus gefolgert. „Nun müssen wir die Männer nicht hassen, wie Teile der Feministinnen es tun. (...) Die Jungs versuchen schadlos durchzukommen, sie machen es sich bequem, und sie haben ja Recht. Schön blöd, dass wir es nicht genauso machen" (GA; 165). Ihre Einschätzung des Status Quo deckt sich im Wesentlichen mit der Darstellung in vielen Romanen ihrer Generationsgenossinnen: kein Zweifel, es besteht Handlungsbedarf; klar ist auch, das verbissene Image der Feministinnen von früher ist überholt; nur – über diese Erkenntnis hinaus, herrscht allgemeine Ratlosigkeit.

In der Kurzbiografie auf dem Umschlag von *Generation Ally* deklariert sich Katja Kullmann als eine Frau, die noch nie ein „Frauenbuch" gelesen hat. Eine kleine Nebenbemerkung in ihrem eigenen Buch verrät, was sie unter einer *Frauenbuchleserin* versteht, nämlich eine, die Wert auf Gefühle legt. Gefühle werden zum Beispiel in den Romanen der Schriftstellerin Marlene Streeruwitz, die fast immer aus der Perspektive von Frauen schreibt, nicht vorrangig thematisiert, ununterbrochen aber, und weit jenseits der Grenze zum Kitsch, in der Fernsehserie *Ally McBeal*. Marlene Streeruwitz kommt in dem Buch nicht vor. Ally McBeal scheint die Autorin zu mögen. Was ist dann also ein *Frauenbuch*?

Katja Kullmann verbindet mit dem Ausdruck Frauenbuch – und damit steht sie nicht allein – offensichtlich ein bestimmtes pejoratives Klischee von Frauenliteratur: Bücher, in denen Frauen ohne jeden Anflug von Selbstironie und Distanz zu den eigenen Empfindungen, dafür mit authentischem Anspruch und starkem Sendungsbewusstsein über das Leben von Frauen schreiben, oft indem sie die böse, geschäftige Männerwelt anklagen und die gute, gefühlsbetonte Frauenhälfte verherrlichen.

„Frauenliteratur" war jedoch nicht immer ein Synonym für schlechte Literatur. Als der Begriff in den 70er Jahren entstand, ist er „emphatisch besetzt worden mit unglaublichen Ansprüchen, Sehnsüchten und Hoffnungen",[156] analysiert die feministische Literaturwissenschaftlerin Sigrid Weigel. Die negative Umdeutung dieses Begriffs habe etwa Anfang der 80er Jahre im Feuilleton begonnen, indem *die* „Frauenliteratur" mit der autobiografischen Bekenntnisliteratur gleichgesetzt und nach rein ästhetischen Kriterien abgeurteilt wurde. Sigrid Weigel vermutet, dass mit dieser neuerlichen „Ausgrenzung der Frauenliteratur aus der Literatur" das Hochkommen weit subversiverer Texte von Frauen gleich von vornherein abgewürgt werden sollte. Weigel weist aber auch darauf hin, dass an dieser Ausgrenzung auch Autorinnen und Frauenmedien beteiligt seien, indem sie sich von der minderwertigen Frauenliteratur ebenfalls distanzieren und eine „kritische Rezeption" dieser Werke verweigern.[157]

Viele Autorinnen, die sich kritisch mit gesellschaftlichen und kulturgeschichtlichen Konstruktionen von Weiblichkeit befassen und Frauen als Protagonistinnen wählen, würden sich gegen das Etikett „Frauenliteratur“ vermutlich auch dann wehren, wenn dieser Begriff nicht nur mit der so genannten *Bekenntnisliteratur* gleichgesetzt würde. Schließlich lesen Frauen auch Bücher von Männern und über Männer und betreffen Analysen der Geschlechterverhältnisse die Gesellschaft als Ganzes. Dennoch steht außer Zweifel, dass sich seit den 70er Jahren bestimmte Traditionslinien im Schreiben von Autorinnen herausgebildet haben, die allerdings vielfältiger und divergierender sind als das Bild der „Frauenliteratur“ im öffentlichen Bewusstsein. Inhaltliche (seltener ästhetische) Spuren und Ablagerungen solcher Programme weiblichen Schreibens tauchen auch in den Texten junger Autorinnen auf, die eine feministische Einstellung niemals an die große Glocke hängen würden.

Eine solche Konstante ist zum Beispiel die Bevorzugung der Gattung Roman gegenüber Lyrik und Drama. Der Grund für diese Vorliebe der weiblichen Autorschaft wird darin vermutet, dass der Roman „auf der einen Seite die beschreibende Breite subjektiver Selbsterfahrung und andererseits den Raum für weitläufige Phantasiewelten“ gewähre und so der „Gestaltungsintention heutiger Frauenliteratur besonders entgegenzukommen“[158] scheine. Traditionell spielt in der Literatur von Frauen ferner das *Ich* – als Perspektive und Gegenstand des Erzählens – eine große Rolle. „Weibliche Subjektivität“, schrieb Sigrid Weigel 1987 in *Die Stimme der Medusa*, sei überhaupt eines der „Glitzerwörter des Feminismus“ und meine vorerst „den Wunsch nach weiblicher Selbstthematisierung“.[159]

Mit der aufstrebenden Frauenbewegung im politisch aufgeheizten Klima der 60er Jahren verstärkte sich auch die Präsenz von Schriftstellerinnen, die im Konflikt mit den herrschenden Gesellschaftsstrukturen ihre Erfahrungen niederschrieben. Am Beginn der feministischen Literatur stand die Darstellung und Selbstbespiegelung des privaten Frauenalltags – Protokolle des Erwachens und der Bestimmungsversuche weiblicher Identität in einer männlich dominierten Umwelt. Dieser Zug zur „autobiografischen Wahrhaftigkeit“[160] in Frauentexten der 70er Jahre rechtfertigt sich mehr oder weniger glaubhaft durch die linke Parole, dass alles Private auch politisch sei, da sich darin gesellschaftliche Strukturen widerspiegelten und entblößten. (Vor allem, wenn der *richtige* Blickwinkel angelegt wurde). Auf dieser Schiene – von Verena Stefans *Häutungen* über Svende Merians *Der Tod des Märchenpinzen* bis zu den Büchern von Hera Lind – entwickelte sich die naive, aber teilweise höchst populäre Bekenntnisliteratur, die für den schlechten Ruf des *Frauenbuchs* verantwortlich ist.

Das Argument, dass alles, was existiert, auch irgendeine politische Relevanz haben muss, brachte Elke Naters in den 90er Jahren in einer neutralen Variante ein, indem sie die „soziologische" Bedeutung der alltagsfixierten jungen deutschen Popliteratur ins Treffen führte. Das würde bedeuten, dass Texte über die Freizeitgestaltung trendbewusster junger Menschen eben einen Ausschnitt aus der Gesellschaft beschreiben und etwas über den Zustand dieser Gesellschaft aussagen, auch wenn dabei keine größeren Zusammenhänge (Hintergründe, Ursachen usw.) dargestellt werden. Das stimmt natürlich irgendwie, führt aber auch zu einer gewissen Beliebigkeit in der Beuteilung. Politische Relevanz wäre demnach eine selbstverständliche Eigenschaft *jeder* halbwegs Realität abbildenden Literatur, selbst wenn sie keine *konkrete* Haltung zu gesellschaftspolitischen Fragen – sondern eher totales Desinteresse daran – vermittelt.

Die „Fetischisierung der Erfahrung"[161] als Weg zu weiblicher Selbstfindung beginnt gegen Ende der 70er Jahre wieder nachzulassen. Feministische Literatur von Frauen präsentiert sich nun vermehrt mit anspruchsvolleren literarischen Ansätzen und intellektuellem Hintergrund. Autobiografische Elemente mischen sich mit fiktiven Ansätzen zu komplexen kulturkritischen Textkonstruktionen und verlieren in dieser Form ihren rein authentischen und bekenntnishaften Charakter. Als theoretisches Fundament sind häufig die Schriften der französischen Philosophinnen im Umkreis des Poststrukturalismus auszumachen, die der männlichen Dominanz in Sprache, Denken und Geschlechtskonstituierung eine *écriture féminine* entgegensetzen. Im Logozentrismus der abendländischen Kultur, erscheint die Frau als das *Andere*, als „Metapher für all das, was als der abendländischen Logik entgegengesetzt gedacht wird",[162] von dem sich das Männliche abgrenzt und so sein männliches Subjekt definiert. Hier liegt auch eine Unterscheidungsmöglichkeit zu Texten der „Neuen Subjektivität", die in den Literaturgeschichten allgemein als wichtigste Strömung der

70er Jahre gilt: „Das Subjektsein des Mannes steht nicht grundsätzlich in Frage. Für die Frau jedoch gilt es zuallererst zu entdecken, dass ein weibliches Subjekt noch gar nicht existiert".[163]

Weitere Hindernisse für die weibliche Autorschaft werden in der Sprache selbst gesehen, die ebenfalls als männlich besetzt gilt und dementsprechende Vorstellungen von Geschlechterverhältnissen und Weiblichkeit konstituiert. „Prendre la Parole" lautete deshalb eine Losung der *écriture féminine*. Frauen sollten sich die Sprache erobern, eigene Ausdrucksmöglichkeiten finden, in der Erprobung einer *weiblichen Ästhetik* Auswege aus traditionellen Denk- und Sprechweisen entwickeln oder diese zumindest dekonstruierend darstellen. Eine Möglichkeit dafür wird etwa im Verhältnis von Sprache und Körper oder der Einbeziehung des Körpers in die Schrift gesehen. Dass allerdings dieser Ruf nach einer weiblichen Ästhetik von den Literaturproduzentinnen nicht wirklich oder zu wenig angenommen wurde, vermerkt die feministische Kritik zum Teil mit Bedauern.[164]

Dieses Zögern vieler Schriftstellerinnen, sich der Suche nach einer weiblichen Ästhetik zu widmen, hat vielleicht auch damit zu tun, dass in der Kunst sich von jeher die sozial geprägten Zuordnungen von weiblich und männlich aufhoben und überlagerten. Das Bild des Künstlers ist seit mindestens zwei Jahrhunderten von traditionell als weiblich geltenden Eigenschaften wie Sensibilität, Intuition, Eitelkeit, intrigantem Verhalten, Krankheit, Wahnsinn oder anderen Formen der Überschreitung zwischen Körper und Denken durchsetzt. Umgekehrt waren und sind auch subjektive Schreibweisen niemals nur eine Domäne der Frauen. Gerade in der Beat- und Popszene (die Frauen bis in die 90er Jahre nur als vereinzelte Randerscheinungen garnierten) wie überhaupt in jeder Literatur, die Wahrnehmungsvorgänge beschreibt, spielen subjektive Erzählkonstellationen eine große Rolle. Der Ich-Roman mit autobiografischen Zügen und einem Autor oder einer Autorin, der/die eine Übereinstimmung von Leben und Werk simuliert und mit dem eigenen Erscheinungsbild und Auftreten in der Öffentlichkeit den/die Ich-Erzähler/in gewissermaßen zum Leben erweckt, ist generell ein Kennzeichen der deutschen „Popliteratur" der 90er Jahre. Auch Benjamin von Stuckrad-Barre, Christian Kracht oder der Jungautor Benjamin Lebert verlegen sich auf Geschichten des privaten Lebens, das zum Beispiel mit der intensiven Diskussion von Stil- und Geschmacksfragen wieder eine Anbindung an den Bereich des öffentlich Relevanten erfahren kann.

Von den Forderungen nach einer weiblichen Ästhetik, die ein erhöhtes Maß an sprachlicher Reflexion voraussetzt, lassen sich die jüngeren Autorinnen kaum beirren, auch wenn sie durchaus Kritisches zum Verhältnis der Geschlechter zu sagen haben. Silvia Szymanski, zum Beispiel, hat „kein Problem damit, Worte zu finden. Auch wenn es Wörter aus der „Männersprache“ sind, sind das keine Bähwörter oder so. Wenn ich meine Gedanken dadurch ausdrücken kann, verändert sich das Wort, es kommt in einen anderen Zusammenhang und es werden andere Gefühle damit ausgedrückt. „Schwanz“ z.B. – natürlich ist Schwanz ein blödes Wort, aber alle Wörter sind ja blöde, also habe ich mich daran gewöhnt und kann es einfach benutzen. Alles andere wäre sehr bemüht“.[165] Julia Franck stößt sich vor allem an den missionarischen Aspekten des frauenspezifischen Schreibens: „Ich schreibe eben keine Frauenliteratur, wie ich sie selbst nicht leiden kann, die den Leser an der Hand nimmt und immer vermittelt“.[166]

## Barbie for President – Neue Frauenbilder

Die 50er Jahre brachten eine durchschlagende Erfindung auf dem Spielzeugsektor, die seitdem Generationen von Mädchen in den Bann zog: eine etwa 30 Zentimeter kleine Puppe, die wie eine erwachsene Frau aussah. Später kamen diverse Schwestern, Freundinnen und (wenige) Freunde hinzu, weiße und dunkelhäutige. Mittlerweile existiert ein umfassendes Barbie-Universum mit Wohnhäusern, Fuhrpark, Reitställen, Arztpraxen, Schönheitscenters, Shopping-Malls und unendlich vielen Stylingaccessoires – auch für die Besitzerinnen. Bücher und Magazine fördern den Verkauf der Artikel, indem sie der Puppe auch ein Innenleben geben. Barbies Lebensphilosophie und Geschmack soll sich auf diese Weise auf das wirkliche Mädchenleben übertragen, was den Bedarf nach Barbie-Artikeln wieder steigert usf. So formiert sich eine Spielwelt, die zwar vorwiegend von weiblichen Wesen bevölkert ist und doch bis heute frei von feministischem Gedankengut blieb. Ideologisch hat sich an diesem pastellfarbenen Barbieuniversum seit den 50ern nichts Wesentliches geändert: es spiegelt immer noch die glamourös-reaktionäre Vorstellung der Frau als Luxusgeschöpf wieder, die ihren berufstätigen Mann mit umwerfendem Aussehen und perfekter Eigenheimgestaltung beglückt und ihre sozialen Bedürfnisse im Kontakt mit Tieren und gleich gesinnten Freundinnen auslebt.[167] Das ist allerdings schon Anwenderphantasie. Denn von den Herstellern aus wird Barbie auf immer und ewig ihrem Märchenprinzen entgegenfiebern und dabei mit ihrer kleinen Schwester Shelly Kekse backen. Nachdem der Einzug in die Mädchenzimmer schon ab vier, fünf Jahren beginnt, ist jede Andeutung von Sex, selbst in der sanktionierten Form des Ehelebens, tabu.

Eine halbherzige Korrektur dieses Frauenbildes erfolgte durch den Verkauf von Barbies mit Berufen wie (Tier-)Ärztin, Lehrerin, Managerin, Popsängerin und sogar eine *Barbie for President* kam während eines Präsidentschaftswahlkampfes in den USA auf den Markt. Diese Anpassungsversuche einer Schönheitskönigin an den gesellschaftlichen Wandel entsprechen in etwa den Fotos von Zeitungs-Nacktmodellen, denen schon seit längerem in den Bildunterschriften gerne Facharztausbildungen, Rechtsanwaltspraxen oder einfach besonders hohe IQs angedichtet werden. Das Klischee des dummen Models wird einfach durch behauptete Klugheit ersetzt – die den Betrachter ja nicht weiter stört, solange sich am Anblick (und Verhalten) nichts ändert. Mit dieser Betonung von Intelligenz und Unabhängigkeit löst sich praktischerweise auch gleich der Vorwurf der sexuellen Instrumentalisierung in Luft auf.

Postfeminismus bedeutet unter anderem, dass mit dem Erreichen annähernder Gleichberechtigung das Thema Feminismus nicht nur aus der Öffentlichkeit, sondern auch aus dem Bewusstsein jüngerer Frauen verschwindet und „alte“ Repräsentationsformen von Weiblichkeit ohne Vorbehalt wieder aus der Mottenkiste gepackt werden. Das hängt damit zusammen, dass der feministische Druck, traditionelle Formen von Weiblichkeit zu verleugnen, da diese vor allem als männlich konstruiert angesehen wurden, nachlässt. Die Riot Girls gaben in den 90er Jahren ein Beispiel für die Rückeroberung weiblicher Attribute in einem radikalen feministischen Kontext. Positiv und negativ besetzte Mädchen- und Frauenklischees werden in Popsongs, Comics oder Fanzines, aber auch durch Styling und Gehabe der Protagonistinnen dieser Szene übertrieben zur Schau gestellt und umgedeutet. „Indem Girls sich Etiketten wie *virgin, bitch, chick, slut* oder *dyke* selbstbewußt auf den Leib drücken, treiben sie ihr irritierendes Spiel mit den Assoziationen, die diesen Begriffen im Zuge der (hetero-)sexistischen und frauenfeindlichen Geschichte angeheftet wurden."[168] Zwar wird in diesem Bild von Weiblichkeit die Verfügbarkeit durch eine unmissverständlich demonstrierte Selbstbestimmtheit ersetzt, die Gefahr einer Restauration traditioneller Rollenbilder in der Folge etwa einer Rezeption von Girl Power als reines Styling-Programm ist jedoch nicht ganz von der Hand zu weisen. Zu diesem Schluss kommen auch Anette Baldauf und Katharina Weingartner in der Einleitung zur ihrer Anthologie *Lips, Tits, Hits, Power? Popkultur und Feminismus*: „Girlie-Style überschwemmte nicht nur Kaufhäuser und plünderte Kreditkarten, sondern lud auch einen neuen Imperativ auf den strapazierten Schultern junger Frauen ab – zur Befriedigung des männlichen Blicks sollten Girls nicht nur zaundürr und adrett gestylt, sondern auch noch dazu *tough* und sexy sein. ‚Girl Power' konnte damit, quasi reibungsfrei, auch als Wiederholung eines sexistischen Diskurses funktionieren, der die Geschlechternormen in den traditionellen Terminologien festschrieb."[169]

Das Auftreten der Riot Girls, die mit ihrer Selbstinszenierung zwischen Diva und Schlampe, Schulmädchen und Schwertkämpferin selbstbestimmte sexuelle Provokation signalisieren, machte sich vor allem als körperbetonter Look selbständig (in der Schulmädchenvariante zum Beispiel mit verschmiertem Lippenstift, Schiebespange, kurzen Röckchen, knappen T-Shirts). Solche Modeerscheinungen registrieren ältere Feministinnen, die in der Betonung der klassischen Wirkungszonen des weiblichen Körpers vor allem die Spuren patriarchaler Deformation und Unterdrückung sehen, als besorgniserregende Anzeichen einer neuerlichen *Feminisierung*.[170] „There is no way you can wear skirts as short as they are showing for spring 88 and do anything serious", wird etwa die amerikanische Feminismusikone Betty Friedan zitiert.[171] Für Mädchen und jüngere Frauen der 90er Jahre hingegen dokumentieren ein kurzer Rock und ein bauchfreies T-Shirt nicht notwendigerweise einen Mangel an Denkfähigkeit, Bewegungsfreiheit und Emanzipation. Vielleicht bedeutet ihnen der Gebrauch von Nagellack und Lippenstift sogar weniger als den Feministinnen der 70er Jahre der Verzicht darauf. „Mit anderen Worten", bringt die britische Soziologin Angela McRobbie diesen Wandel auf den Punkt: „der alte politische Gegensatz, Weiblichkeit auf der einen und Feminismus auf der anderen Seite, hat als Mittel zur Beschreibung der Erfahrung junger Frauen ausgedient. Vielleicht wurde er ihm niemals gerecht."[172]

Die Art und Weise wie zum Beispiel Elke Naters ihre Frauenfiguren zeichnet und zu Freundinnengrüppchen arrangiert, erinnert in mancher Hinsicht an die Barbiewelt von Mattel, wo soziale Gleichstellung ohne Bewusstseinsänderung ins Sortiment aufgenommen wurde. Ob in *Königinnen*, *Lügen* oder *MauMau* – Frauen treten nur in ihrem privaten Umfeld auf – Zuhause, beim Einkaufen, im Freundeskreis, ganz selten in familiären Situationen (auch Barbie ist elternlos, hat aber eine Menge Freundinnen). Berufstätigkeit wird wohl dann und wann einer angedichtet, interessiert aber niemanden wirklich. Arbeit ist weder bedrohlich, noch erfüllend, sondern kommt schlicht nicht vor. Während sich die Generation ihrer Mütter noch aus dem Käfig des Privaten zu befreien trachtete, igeln sich die jungen Frauen in den Romanen von Elke Naters wieder freiwillig darin ein. Die Aufgeregtheit, mit der sie sich über ein Modeaccessoire, eine neue Frisur oder ein schiefes Lächeln hermachen, entblößt eine innere Leere, die ihnen aber nicht wirklich zu schaffen macht.

Das bedeutet allerdings nicht, dass das Image einer „Hausfrau" mit all seinen altmodischen ideologischen Implikationen wieder an Attraktivität gewinnt. Man hat aber allgemein – das betrifft nicht nur Elke Naters – auch nicht den Eindruck, dass nun bereits der Idealfall eingetreten ist und die Funktion „Hausfrau" verschwunden ist, weil Hausarbeit und Kinderpflege erfolgreich auf beide Partner aufgeteilt wurden – oder diese Rolle ohne persönliche Einbußen von einem der Partner für eine gewisse Zeit übernommen wird. Mutter sein, in Partnerschaft zusammenleben und dabei einen Haushalt zu führen, ist jedenfalls in der Praxis als Lebensepisode nicht ganz auszuschließen und beschleicht als verhaltener Wunsch auch so manches Partygirl – geschrieben wird darüber aber nicht gerne und am ehesten noch ironisch. „Meine Schwester. Sie ist die schönste Frau, die ich kenne. Groß, schlank, blond. Ihre natürliche Eleganz ist gepaart mit Charme. Ihr Ringen um ein Verhältnis zu ihrer Rolle als Frau und Mutter rührt mich. Ich bin froh, daß sich mir diese Aufgabe nicht stellt", (IvF, 163) schreibt die Ich-Erzählerin in Carmen von Samsons Roman *Eine Invasion von Frauen*. Tatsächlich bleibt die Frage, was eine moderne junge Frau, die zu Hause bleibt, denn nun eigentlich darstellt, eine Leerstelle, ein Tabu geradezu – über das sich nur die geschmähte „Frauenliteratur" à la Hera Lind oder Milena Moser freudig hermacht.

Frauen, die in den 60er Jahren dem Trend zur Selbstverwirklichung und zu politischem Engagement folgten, sind in der Literatur jüngerer Autorinnen am Ende des 20.Jahrhunderts vor allem eines: schlechte Mütter. In Tanja Dückers *Spielzone* taucht eine Öko-Mutter auf, die „sich immer aktiv für Kitas, Tiere, Kinder, Frauen und all so was eingesetzt hat und natürlich gegen Atomkraftwerke, Männer und Bürokratie war" (Sp, 127) – zu ihrer etwa 20jährigen Tochter verliert sie den Kontakt. In den ersten zwei Romanen von Zoë Jenny werden die Töchter in frühester Kindheit von den Müttern verlassen. In *Der Ruf des Muschelhorns* ist auch noch die Adoptivmutter kalt und selbstfixiert, wird das Verschwinden der leiblichen Mutter – wie auch in *Liebediener* von Julia Franck – gar nicht näher erklärt oder begründet. Dem Bild der total versagenden Mutter stehen hier Väter gegenüber, die sich immerhin einen Rest von Verantwortungsgefühl bewahrt haben. Das wird von Leserinnen offenbar auch registriert, denn zumindest Zoë Jenny berichtet über „ganz massive Abwehrreaktionen" von Müttern gegen ihre Bücher. Sie selbst sieht die Ursache der Familienmisere aber nicht im Feminismus, sondern in der Überlastung: „Es ist nur offensichtlich, dass heute viele Frauen einfach überfordert sind. Sie müssen alles machen. Sie können alles machen. Dieser Stress ist kein Wunder. Eine Frau muss heute Karriere machen und Familie haben – und es scheint, dass sich das nicht so umsetzen lässt".[173]

**Susanna Grann** (*1962) beschreibt in ihrem Roman ***Weit von hier*** (1999)[174] eine Kindheit in der Autonomenszene. Die Eltern schleppen ihre Tochter zu Demos und Versammlungen mit, einmal werden sie alle verhaftet, das Mädchen wird von Polizisten vergewaltigt. Diesen Vorfall behält sie für sich, aus Furcht davor, im politischen Kampf der Eltern instrumentalisiert zu werden: „Meine Mutter hätte es fertiggebracht zur Zeitung zu rennen."Ihrer" Zeitung. Hätte mich hinter sich hergezerrt: Meinem Kind haben sie das angetan. Auf den Tisch geschlagen, in die Runde geblickt, erblüht in zorniger Schönheit" (Wvh, 62).

Das wohlige Versinken in Make-up und Kleidern, Schönheitskonkurrenz und Sehnsucht nach romantischer Liebe, aber auch rohem Sex wird in vielen Büchern wie ein Akt der Befreiung von vergnügungsfeindlicher Intellektualität und feministischer Wachsamkeit zelebriert, selbst wenn manchmal kritische Untertöne mitschwingen. Hier gilt allerdings wieder: So unverfroren und selbstbewusst kann dieser betont antifeministische Kurs nur vor dem Hintergrund annähender Gleichberechtigung funktionieren. Finanzielle Unabhängigkeit der Frauen wird meist vorausgesetzt – Berufstätigkeit wiederum wirkt oft wie ein Alibi für das hemmungslose Ausleben „typisch weiblicher" Interessen.

Die Gefahr einer Stagnation oder womöglich sogar Rückläufigkeit bereits erworbener Rechte wird – eher aus Pflichtbewusstsein – gelegentlich sogar angedeutet. Sarah Khans Gogo-Girl Ruth – die Studentin in Liebesnöten, die zu vertieften Gedanken ein weniger gestörtes Verhältnis hat als andere Frauencharaktere – formuliert die Frage weiblicher Souveränität als vage Utopie: „Schön wäre es natürlich, wenn es ein drittes Thema gäbe, eines, das keinen Männernamen trägt. Diese Momente sind kostbar im Leben. So ein einziger Moment könnte dein Leben verändern" (GG, 85). Bei Ildiko von Kürthy geht die Ironie in eine andere Richtung, denn gelebte Unabhängigkeit erzeugt manchmal den (geheimen) Wunsch nach altmodischer Umkehrung. Allgemeine Lebensgrundsätze der emanzipierten Frau haben bei Kürthy schon den Nimbus kategorisch gültiger Moralvorschriften, deren Sinn und Ursprung man irgendwann vergessen hat. Die allein stehende Fotografin Cora Hübsch bekennt in *Mondscheintarif*, dass sie sich manchmal danach sehnt, „Haushaltsgeld zu bekommen, das Personal rumzukommandieren und ansonsten Blumenbouquets in einer Stadtvilla zu arrangieren und meinen Gatten am Abend mit zwei Kindern auf dem Arm und einer neuen Kreation von Chanel zu empfangen". Von solchen Träumereien pfeift sie sich mit einem koketten Anflug von Selbstzensur zurück: „Das darf man natürlich nicht laut sagen. Tu ich auch nicht". (Mt, 42)

Die Kehrseite einer strahlenden Diva wie Cora Hübsch ist die Frau mit Komplexen, die sich im Vergleich mit einem fiktiven Bild oder einer konkreten Person hässlich, dumm und uninteressant vorkommt. Pompös vorbereitete Inszenierungen verführerisch-cooler Weiblichkeit alternieren mit Darstellungen oder Berichten des Scheiterns daran. Dieses Scheitern wird durch Zeichen körperlicher Ungeschicklichkeit für alle sichtbar, wenn Aktionen wie Stolpern, Stottern oder Umstoßen von Dingen sich zu regelrechten Slapstick-Szenen auswachsen. Häufig, nicht immer nur als Hauptfiguren, tauchen aber auch Frauen mit Essstörungen auf. In dieser Form hält sich ein traditionelles weibliches Motiv der Kulturgeschichte, nämlich die Krankheit als Ausdruck von Protest und psychischer Schädigung durch die Umwelt.

In einem Punkt weichen die Ich-Erzählerinnen entschieden von ihren männlichen Pendants in den Romanen von Christian Kracht oder Benjamin von Stuckrad-Barre ab. Unsicherheit in Bezug auf das Bild, das andere von ihnen haben, macht weiblichen Figuren immer noch häufig zu schaffen. Mangelndes Selbstwertgefühl kann als Pose und Stoff für Pointen humorvoll inszeniert werden oder geradezu masochistische, selbstzerstörerische Züge annehmen. Bei Elke Naters werden Unsicherheiten in Form von Gehässigkeit gegen andere Frauen ausgelebt, ist das permanente Taxieren von Aussehen und Verhalten der Konkurrentinnen fast ein natürlicher Bewusstseinszustand.

In Karen Duves Erzählungen *Keine Ahnung* und *89/90* führen Unentschlossenheit und Zukunftsangst zu Inaktivität, Selbsthass und Drogensucht. Bei Lena Kuglers Studentin Jula steht die körperliche Unsicherheit auch in Zusammenhang mit ihrer jüdischen Herkunft, auf die sie abwertend von Kolleginnen hingewiesen wird. Nicht übermäßig hilfreich verhält sich auch ihr Vater, der sie über ihre pubertäre Unansehnlichkeit mit einem Witz hinwegtrösten will, aber das Gegenteil bewirkt: „Weißt du Julalein, dir wird es trotzdem gehen wie den meisten jüdischen Mädchen. Denn was wird ein Junge seinem Mädchen schenken? Wenn er sie wirklich mag, ein Parfum, und wenn sie jüdisch ist, einen Rasierer." (WvZ, 14) Unter schweren Minderwertigkeitsgefühlen leidet auch die jugendliche Babysitterin Agnes Sobierajski aus dem gleichnamigen Roman von Silvia Szymanski, die den Launen ihres Liebhabers Mustafa völlig ausgeliefert ist. Den Satz „Ich wünschte, ich wäre nie geboren worden", denkt sie hundertmal am Tag „wie ein Manta" vor sich hin (AS, 57, 170). Unterlegenheit ist für Agnes Sobierajski aber keine freiwillige sexuelle Phantasie mit Lust steigernder Wirkung, wie es bei einer der etwas souveräneren Ich-Erzählerinnen in Szymanskis Erzählband *Kein Sex mit Mike* der Fall ist: „Ich bin ein Stück Schmutz in der Ecke, ein Stück Staub, das aufgewirbelt wird. Er hat so einen großen Schwanz. Er macht mich ehrgeizig und gierig. Ich möchte unten liegen, unter allem. Ich will, daß er mich dem Erdboden gleichmacht." (Fg, 166) Die Kassiererin Gisela im gleichnamigen Roman von Robby Dannenberg und Anke Stelling verkörpert den Typus des naiven Mädchens, das aufgrund seiner Komplexe eine leichte Beute ist. Sie wird für sexuelle Zwecke benutzt, aber als Individuum nicht ernst genommen und ist auch noch dankbar dafür, dass sie überhaupt bemerkt wird.

## Gender-Blending[175]

Popkultur, die ja unseren Alltag prägt, zeichnet sich durch gegenläufige Tendenzen in der Repräsentation von Geschlechtsidentitäten aus. Traditionelle Zuschreibungen von Geschlechtsmerkmalen, die bis zum Sexismus gehen können, bestehen neben einem durchaus innovativen Identifikationsangebot in Bezug auf die Neutralisierung oder Vermischung von Geschlechtern (Androgynität, Transsexualität, Crossdressing usw.).[176] Claus Leggewie betrachtet, allgemeiner, die Ambiguität der Generation X als eines ihrer Kennzeichen: Sie sei „rarer, reicher, östlicher, multikultureller, weiblicher, gottloser und stärker nach links orientiert" – aber von all dem auch das Gegenteil. So wie sich diese Generation zum Beispiel „verweibliche", würde sie auch androgyner und männlicher.[177] Der Androgynismus im Alltag, der als ein Zeichen der Gleichberechtigung gilt, verschleiere in Wirklichkeit nur die Gültigkeit patriarchaler Strukturen, denn zum Beispiel die so genannte Unisex-Mode sei ja an Maskulinität orientiert – argumentiert dagegen die feministische Kritik.[178]

Der Rock hat sich, beharrlicher Attacken der Modedesigner zum Trotz, als Alltagsbekleidung für Männer noch nicht durchgesetzt. Das ist zwar vielleicht auch nicht wichtig, sagt aber etwas über den Zustand der Gesellschaft aus. Während Frauen ohne Probleme in Männerrollen steigen, ist dies umgekehrt nicht im selben Ausmaß denkbar. Die meisten Männer *und* die meisten Frauen würden andere Männer in Röcken verachten. Der Austausch geschlechtsspezifischer Merkmale verlief bisher nie für beide Seiten gleichmäßig, doch gibt es immer wieder Anzeichen neuer Verschiebungen.

Auch die Literatur jüngerer Autorinnen und Autoren reflektiert dieses gleichzeitige Auftreten von stereotypen Rollenvorstellungen *neben* Formen der Vermischung, oft finden solche Brüche auch innerhalb einzelner Figuren statt. Bisexualität, zum Beispiel, zählt in der Literatur fast zu den Standardeigenschaften junger Frauen. Lesbische Erfahrungen werden (wie auch die obligatorischen Masturbationsszenen) fast häufiger beschrieben als Sex mit Männern, was aber noch nichts über den wahren Stellenwert aussagt. Schriftstellerinnen wie Silvia Szymanski, Lucía Etxebarría oder Julia Franck nehmen sich ein Beispiel an Henry Miller oder Charles Bukowski und schreiben Geschichten, in denen Frauen nicht bloß Objekte der männlichen Gier sind, sondern ihre eigenen körperlichen Bedürfnisse unmissverständlich artikulieren und zielstrebig befriedigen. Die coole Schwimmmeisterin in Julia Francks *Strandbad*,[179] zum Beispiel, möchte eigentlich ihre Ruhe haben, nur hin und wieder überkommt sie das Bedürfnis nach „menschlich, warm und gesellig" dann muss einer der Badegäste herhalten: „Ich gehe geradewegs auf ihn zu, beuge mich hinunter und frage ihn, ob ich ihn anrufen könne" (Sb, 38f.). Androgynität prägt also nicht nur das Erscheinungsbild mancher Frauen, sondern ebenso ihr Verhalten – und das nicht nur im Hinblick auf die Übernahme ursprünglich männlicher Erfolgsprinzipien. Auch die weiblichen Beatniks und Loser, die z. B. in den Erzählungen von Karen Duve vorkommen, haben ihre Vorbilder in literarischen Männerfiguren und scheitern nach eher männlichem Modell: Verwahrlosung, Karriereverweigerung, Flucht ins komplementäre Nachtleben, Verfall durch Alkoholismus oder andere Drogen.

Sibylle Berg, Elke Naters oder Alexa Hennig von Lange werfen andererseits mitleidig-kritische Blicke auf Callboys, die sich nicht mehr prostituieren möchten, auf Männer mit Essstörungen oder Anzeichen von Hysterie. Die ausschließlich männlichen Teilnehmer einer Gesprächsrunde, die als Buch unter dem Titel *Tristesse Royale* Furore machte, zelebrieren in exklusiver Umgebung den Kaffeeklatsch. Der Werbeauftritt der Schriftsteller Kracht und Stuckrad-Barre für Peek & Cloppenburg lässt den männlichen Autor als Modeikone erstehen. Ihre Romanfiguren leben für ihren Stil und grenzen sich akribisch von dem ab, was sie für schlechten Geschmack halten. Christian Krachts snobistischer Ich-Erzähler aus *Faserland* ist so scharf auf eine Barbour-Jacke, dass er dafür sogar einen Freund beklaut. Stuckrad-Barre wiederum lässt seinen Helden in *Soloalbum*, nachdem dieser von seiner Freundin verlassen wird, wie eine Frau reagieren: er macht Diät, absolviert ein sportliches Trainingsprogramm und zieht sich aus dem Revier zurück, indem er sogar in eine andere Stadt übersiedelt. Der Jüngling Benjamin Lebert, Verfasser der pubertären Autobiografie *Crazy*, schwärmt von seiner Mutter und berichtet glaubwürdig von seiner immensen Unsicherheit im Umgang mit Mädchen.

## „Töchter Evas" – Feministische Ansätze in der Literatur junger Autorinnen

Lucía Etxebarría beschrieb in ihrem Roman *Von Liebe, Neugier, Prozac und Zweifeln* die Leidensgeschichten dreier Schwestern und geht dabei von einem klassischen feministischen Denkmuster aus: Frauen werden unter den Bedingungen der patriarchalen Gesellschaft von frühester Jugend an deformiert und geschädigt. Die Folgen sind Krankheit (Sucht, Depressionen), Identitätsstörungen, Beziehungsunfähigkeit, ein negativ geprägtes Verhältnis zur Sexualität. Dabei kontrastiert sie unterschiedliche Frauengenerationen mit teilweise kontroversiellen Ansichten – von der bürgerlichen Mutter über die fanatische Frauenrechtlerin bis zur Techno-Schlampe. In wechselnden Ich-Erzählungen äußern diese ihre gegenseitigen Ressentiments, am Ende überwiegt aber doch ein Gefühl weiblicher Verbundenheit und Schicksalsgenossenschaft.

Gewalt von Männern gegen Frauen und Sexualität als grundlegendste Form dieser Gewalt oder Machtausübung sind zentrale Themen der feministischen Literatur – man denke etwa an die Texte von Elfriede Jelinek, wo praktisch jeder geschlechtliche Akt zwischen Mann und Frau mit schauriger Erniedrigung der lustlos beteiligten Frau gleichbedeutend ist. So radikal negative Darstellungen von (Hetero)Sexualität finden sich vielleicht noch in den ähnlich pessimistischen Romanen von Sibylle Berg, sonst in der Literatur jüngerer Autorinnen aber ausgesprochen selten. Aus weiblicher Perspektive lustvoll geschilderte Sexszenen haben zur positiven Rezeption in der Literaturkritik nicht wenig beigetragen, ein entspannteres Verhältnis zur Sexualität mag vielleicht auch den realen Verhältnissen entsprechen. Wenn bei Etxebarría gleich drei Schwestern mit sexuellem Missbrauch als Ursache psychischer Defekte aufwarten können, wird diese Negativbewertung von Sexualität durch die Figur der freakigen Cristina wieder relativiert, die offenherzig von ihrem promiskuitiven Sexualleben erzählt und Aussagen wie „Ich brauche einen Schwanz zwischen meinen Beinen" völlig normal findet. Ungebrochen zum Opfer männlicher Machtgelüste stilisiert werden die Frauen in *Gisela* von Stelling/Dannenberg und *Weit von hier* von Susanna Grann. Das Mädchen aus der Autonomen-Szene, zum Beispiel, muss mit den Eltern, denen Deutschland zu heiß wird, nach Spanien auswandern. Kurz nachdem sie dort einen deutschen Verehrer abweist, wird sie von einem Auto beinahe totgefahren. Der abgewiesene Verehrer finanziert ihre Wiederherstellung, die einem medizinischen Experiment gleichkommt: Er lässt sich nach seinen Vorstellungen eine fast vollständig neue Frau modellieren, macht sie dadurch von sich abhängig und verbannt sie in sein Haus. Er kontrolliert jeden ihrer Schritte und zwingt sie, abgesehen von brutalem Sex, zur Untätigkeit.

Identitätsstörungen, die sich in Form von Sprachlosigkeit ausdrücken oder dadurch verursacht werden, sind ein weiteres wichtiges Thema in der Literatur von Frauen seit den 70er Jahren, die im Ansatz ja davon ausgeht, dass Frauen erst eine eigene Sprache finden müssen. Inhaltlich thematisiert Zoë Jenny diesen Konflikt mit der Figur Eliza in *Der Ruf des Muschelhorns*. Das stumme Mädchen wird von ihrem Adoptivvater, der noch dazu Logopäde von Beruf ist, zum Sprechen gebracht und gleichzeitig sexuell missbraucht. Die Blumenverkäuferin Vera in **Kathrin Dorns** (*1963) Roman ***Lügen und Schweigen*** (2000)[180] ist nicht stumm, leidet aber unter einer Sprech- oder Ausdruckshemmung, die sich als Menstruationsausfall auch in ihren Körper einschreibt. Unmittelbar ausgelöst werden diese Vorgänge durch den Tod des Vaters, der sich mit seiner Tochter nie richtig befasst hatte. Am Totenbett flüstert er ihr noch ein paar Worte zu, aber weil sie kurz darauf in Ohnmacht fällt, fehlt ihr die Erinnerung daran. Mit professioneller Unterstützung ihres Freundes Vincent, einem Psychologiestudenten, gelingt es ihr, die letzten Worte des Vaters aus den Tiefen ihrer Psyche hervorzuholen: „Halt die Klappe, Vera!" Mit der Erinnerung kehrt, als Zeichen für die Lösung des Konflikts, auch die Monatsblutung zurück.

In den drei letzten Beispielen – Grann, Jenny, Dorn – werden Ansätze der feministischen Theorie nicht direkt formuliert oder indirekt mit dem Austesten einer spezifisch weiblichen Erzählsprache verbunden, sondern als anerkannte Tatsachen – zum Teil beinahe klischeehaft – in die Handlung eingesetzt.

Der Topos der Frau, die sich über eine Krankheit ausdrückt, hat in der Literatur jüngerer Autorinnen mit den Darstellungen unterschiedlicher Formen von Essstörungen eine Standardauslegung bekommen. Karen Duve, zum Beispiel, dichtet ihrer weiblichen Hauptfigur im *Regenroman*[181] eine schwere Bulimie, also Fress-Brechsucht, an. Martina Ulbricht ist eine attraktive junge Frau, die gerne Lebenshilfebücher und Frauenzeitschriften liest und mit einem erfolglosen, aber ausgesprochen eitlen Schriftsteller verheiratet ist. Weil ihr Mann ihren richtigen Namen Roswitha unerträglich findet, nennt sie sich einfach Martina. Ein überdeutliches Symptom von Identitätsschwäche und dem (zumindest anfänglichen) Willen, sich von einem Mann formen zu lassen, ist also auch in dieser Geschichte enthalten. Als mögliche Ursache ihrer Krankheit werden ein unangenehmer Vater und insgesamt wenig erfreuliche Familienverhältnisse angeboten; die Essstörung ist Ausdruck ihrer Fremdheit und Unsicherheit – wenn sie etwas *zum Kotzen* findet, kotzt Martina Ulbricht tatsächlich. Die Fressattacke, das Verschlingen von Nahrungsmitteln, empfindet sie wie das Verschwinden von „Sternen, Kometen und Lichtstrahlen in einem Schwarzen Loch", ohne, dass der Hunger in diesen Momenten jemals nachließe (Rr, 68).

Der *Regenroman* ist außerdem von einer geschlechtsorientierten Natursymbolik getragen, die sich an esoterische Vorstellungen von weiblicher Identität und Selbstverwirklichung anlehnt. Die Frauen repräsentieren Natur- und Erdverbundenheit und finden sich, zum Beispiel, in der Moorlandschaft leicht zurecht, während die Männer sich dort entweder nicht hineinwagen oder in den schlammigen Löchern sofort zu Versinken drohen. Während Martina Ulbricht anfangs von ihrem Mann dominiert wird, wächst parallel zu einem Anschwellen natürlicher Vorgänge um sie herum (endloser Regen, ins Haus eindringendes Wasser, eine Invasion schleimiger Nacktschnecken) ihr Selbstvertrauen, während der eitle Schriftsteller immer mehr verfällt und – von der Natur geradezu aus- und aufgesaugt – als jammerndes Nichts endet. Den Tod findet er in einem Schlammloch: „Leon sank zurück in den Schoß seiner wahren Mutter" (Rr, 297).

# *Ich* und die Medien: Pop und Lifestyle, Film und Fernsehen hinterlassen ihre Spuren

Früher dachte ich, die Musik erzählte von einem Leben, das nicht hier ist, aber das es irgendwo gibt, und ich wollte dorthin, wo die Musik herkommt.

Silvia Szymanski, *Chemische Reinigung*

## Handlung und Inhalt

In aller Offenheit bedient sich vor allem die *Popliteratur* aus dem großen Pool der Erzählweisen, Ästhetiken und Vorstellungsmuster, die in der Unterhaltungskultur gebräuchlich sind. Als eine „Literatur der zweiten Worte, die im Material einer Sprache des immer schon Gesagten arbeitet",[182] beschrieb sie der Literaturwissenschaftler Moritz Baßler. Sie huldigt der Gegenwart, der Technik und der Mode und demonstriert ihren Konnex zur Wirklichkeit zum Beispiel durch die Nennung von Markennamen überdeutlich.

Wenn ein derart expliziter Umgang mit den Signalen der Gegenwärtigkeit herrscht, dann spielt sich das Geschehen oft auch in diversen Medien- und Popbranchen ab; die Figuren leben in inniger Verbundenheit mit ihrem Unterhaltungskosmos aus Musik, Fernsehen und Konsumgegenständen und sprechen auch begeistert darüber. Diese Verbundenheit kann beruflich oder privat begründet sein oder sich im Stadium des Übergangs von einer Sphäre zur anderen befinden.

Silvia Szymanski träumt von einer Karriere als Sängerin (*Chemische Reinigung*), Gogo Girl Ruth bewegt sich ohne konkrete Zukunftspläne ebenfalls in der deutschen Musikszene (*Gogo Girl*); von den drei Tagebuchschreibern in *Mai 3D* schlagen sich zwei als Models und einer als DJ durch. Es gibt Redakteurinnen von Frauenzeitschriften (*Ein paar Leute suchen das Glück und lachen sich tot, Mein Lieb, mein Lieb, mein Leben*),[183] Schauspielerinnen (*Abgedreht, Amerika*), FotografInnen (*89/90, Mondscheintarif*) und SchriftstellerInnen (*Regenroman, Chemische Reinigung, Gogo Girl*).

In der Mehrzahl bekommt man es jedoch nicht mit den strahlenden Helden der Erfolgsgesellschaft zu tun, sondern mit *normalen* Leuten, von denen sich manche ein aufregendes Leben erträumen und andere sich mit einem begrenzten realen Aktionsraum zufrieden geben. Sie tendieren zur Rolle der Konsumenten und Rezipienten mit unterschiedlich ausgeprägten Abhängigkeitssyndromen, man denke etwa an die Einkaufskünstlerinnen bei Elke Naters (*Königinnen*). Alexa Hennig von Lange dichtete einer ihrer männlichen Hauptfiguren eine Turnschuhsucht an (*Ich bin's*); Agnes Sobierajski betäubt ihren Liebeskummer mit dem Hören von Musik (*Agnes Sobierajski*) und Galvagnis herzkranke Bettina verschlingt, unersättlich, ein Buch nach dem anderen (*Melancholia*).

Aber auch, wenn Ich-ErzählerInnen sich nicht als Popfans deklarieren, sich nicht mit Absicht und System zum Zeitgeist bekennen, geschweige denn erfolgreich in *Trendberufen* tätig sind, können die Bezüge zu den Lebensbedingungen in der Medien- und Konsumgesellschaft sehr deutlich ausfallen. Man stößt aber nicht nur auf begeisterte Zustimmung zu den Erscheinungen der Pop- und Medienkultur, sondern auch auf Kritik, die sich nicht zuletzt an der manipulativen Kraft medialer Strukturen entzündet.

Sibylle Berg persifliert die zunehmend menschenverachtenden Tendenzen von Fernsehshows in Visionen zügelloser Gewalt und legt ihren Erzählerinnen laufend spitzfindige Kommentare zu diesem Thema in den Mund: „Als die Geständnisse, lesbisch zu sein oder den Hund zu betrügen, keine Quote mehr brachten, gingen die Sender dazu über, Menschen auftreten zu lassen, die sich vor der Kamera umbrachten, ihre Kinder fickten oder Morde gestanden" (A, 184). „Jeder meint, ihm stünde ein tolles Leben zu, so eines, wie er es im Fernsehen sieht, wo Vollidioten berühmt werden, weil andere Vollidioten es zulassen" (Sex, 36). Ähnlich kämpferische Töne, die von der Minirockabneigung mancher Feministinnen gar nicht so weit entfernt sind, erheben sich auch im Hinblick auf die weibliche Schönheitskonkurrenz: „Die Blicke aller Menschen peitschen auf dem ungeschützten Frauenleib rum. Die Frau fühlt sich billig, unwürdig, fett und häßlich" (EpL, 33). Die USA, das Mekka der Kapitalisten, galten schon immer als der Ursprungsort jener Fiktionen, die die Menschen verderben und mit falschen Bedürfnissen (Schönheit, Reichtum, Ruhm) ausstatten. In *Amerika* belehrt Berg ihre verblendeten Figuren, die ihre Hoffnungen auf ein besseres Leben dorthin richten, mit sarkastischem Moralismus eines Besseren.

Auch andere Autorinnen zeigen das Fernsehen mit Vorliebe von seiner absurdesten, abstoßendsten oder aber langweiligsten Seite. Es kann aber auch die Situation eintreten, dass die große weite Welt vorwiegend in Form von medial aufbereiteten Schreckensmeldungen über eine Protagonistin hereinbricht. Für Agnes Sobierajski sind die Kriegsnachrichten in Fernsehen, Radio und Zeitung Vorboten der wüsten Verfolgungsjagd, in die sie von ihrem Liebhaber Mustafa hineingezogen wird. Darüber hinaus benutzt sie das Fernsehen dazu, anstrengende Kinder beim Babysitten zu zähmen; für sie selbst bietet jedoch der Job – mit fast täglich neuen, unverbindlichen Einblicken in das Leben anderer Familien – Unterhaltung als eine Art Reality-TV.

Karen Duve spielt in *89/90* auf die Folgen der ständigen *Panikmache durch den Boulevard-Journalismus* an. Die Ich-Erzählerin ist, wie auch die meisten anderen Frauenfiguren bei Duve, von Ängsten dominiert und viele dieser Ängste, die sie benennt, sind als Standardthemen des reißerischen Journalismus und der billigen Fiction bekannt: Haie, Flugzeugabstürze, Aids, unvollständige Narkose bei Operationen, Erfolglosigkeit (89/90, 30). Einen ähnlichen Fall erwähnt auch Silvia Szymanski in *Chemische Reinigung*: „Melanie hatte Angst, lesbisch zu sein. Es waren zwei große Berichte über Lesbischsein im Spiegel und im Stern erschienen. Sie ließ sich unheimlich leicht durch so etwas beeinflussen; es war krank, und sie litt sehr darunter" (ChR, 62). Horoskope und Heiratschancen, vielleicht noch beides miteinander verknüpft, sind wiederum Dauerbrenner jener trivialen Frauenunterhaltung, auf die sich Autorinnen immer häufiger beziehen und zwar mit einer unentschiedenen Haltung, die zwischen Abscheu und Faszination schwankt: „Selbst Hellseher meinen, dass es wahrscheinlicher ist, daß einer Frau um die Dreißig eine Bombe auf den Kopf fällt als ein Mann" (VLN, 57) doziert also auch das spanische Szene-Girl Cristina in *Von Liebe, Neugier, Prozac und Zweifeln*. Die Szene, in der sie den Inhalt ihrer Handtasche im Autobus auf den leeren Sitz neben sich leert, um nach etwas zu suchen, könnte aus dem Modefeature eines Magazins oder aber der amerikanischen Fernsehserie *Sex and the City* stammen. „Tampax, ein Buch, die Kleenex, ein Slip für alle Fälle, der Lippenstift und so ein Zeug fliegt heraus samt einer Schachtel Kondome und alles einem schwächlichen, schüchtern aussehenden Jungen mit Brille, klebrigen Haaren und gestreiftem Hemd vor die Füße" (VLN, 106). Das Paradoxe am Verhältnis von Literatur und Fernsehen zeigt sich unter anderem darin, dass die Serie dieses Klischee vom schüchternen Jungen, der dem Vamp seiner schwitzigen Träume leibhaftig begegnet, vermutlich sogar weniger plump bedienen würde.

Die Fiktion spielt im Umgang mit realen Problemen bekanntlich keine unwesentliche Rolle. In Kathrin Dorns *Lügen und Schweigen* erzählt die weibliche Hauptfigur einer Freundin die Geschichte vom Tod ihres Vaters und behauptet, dies wäre ein Film, den sie gesehen hätte. Bei Naters läuft es eher umgekehrt. In ihrem Roman *Lügen*[184] sehen zwei junge Frauen einen alten Film mit Lana Turner (noch dazu mit dem Titel *Imitation of Life*) im Fernsehen an. Der Film handelt von Müttern und Töchtern und in einer Szene, in der sich eine der Filmtöchter bei der Beerdingung trauernd über den Sarg ihrer toten Mutter wirft, beginnt eine der beiden Frauen wie ein Schlosshund zu heulen. Den Ausbruch begründet sie damit, dass auch ihre Mutter kürzlich gestorben ist, was die Freundin schon längst erfahren hat. Nur können sie jetzt erst darüber sprechen. Ein nüchterner Schlusskommentar zu dieser Angelegenheit bleibt, wie immer bei Naters, nicht aus: „Sie trocknet sich das Gesicht ab und sagt, das ist besser, über andere zu heulen, als über das eigene Unglück. Wenn man über etwas heult, was es gar nicht wirklich gibt, wie über die Menschen und ihr Unglück in einem Film, gibt es einem das Gefühl, als würde es das eigene Unglück auch nicht wirklich geben, wenn der Film vorbei ist, und Tränen hat man dann auch keine mehr" (L, 187f.). Die Ich-Erzählerin äußert sich im Verlauf des Romans noch zu anderen Merkwürdigkeiten, die Menschen im alltäglichen Umgang mit Medien entwickeln, etwa dem Widerspruch, dass es ein stetig ansteigendes Informationsangebot gibt, das nur wenige tatsächlich nützen. Die Ich-Erzählerin erwähnt ihre Gewohnheit, eine Freitagszeitung zu besorgen, weil ihr das ein Gefühl gäbe, „etwas für die politische Bildung getan zu haben" (L, 49), wirklich *lesen* würde sie aber immer nur das farbige Magazin. Diese und ähnliche Selbstbeobachtungen sind keineswegs als ein Eingeständnis eines Mangels oder Handlungsbedarfs mißzuverstehen. Wenn ihr eine persönlich wichtige Lebenseinsicht als Werbeslogan für ein Haarshampoo aus dem Fernseher entgegendröhnt, erschrickt die Ich-Erzählerin höchstens einen Moment lang über ihre eigene Angepasstheit. „Das Leben ist banal. Mein Leben ist banal. Ich bin banal. Das gibt mir noch eine Weile zu denken, obwohl mir gar nicht danach ist" (L, 180).

Es liegt nahe, dass man diese Neigung zur Selbstbeobachtung, die auch eine Überprüfung der Medienkompetenz einschließen kann, in Büchern mit Tagebuchcharakter besonders häufig findet. Selten kommt dabei ein richtig grimmiger Pessimismus, wie ihn die Charaktere von Sibylle Berg vermitteln, zum Vorschein, vor allem dann nicht, wenn dem weiten Feld der Popkultur viel Raum gegeben wird. Das Erkennen von Hintergründen, von Künstlichkeit, von industriellen Produktionszusammenhängen und ihrer Profitgier wird durch die Bereitschaft sich Geschichten oder Äußerlichkeiten wie Mode hinzugeben, nicht notgedrungen behindert – nur wird der Darstellung solcher Erkenntnisse wenig Bedeutung zugestanden. Von solcher Ambiguität zeugt zum Beispiel die Ironie der folgenden Passage aus Sarah Khans *Gogo Girl*: „Wir gehen zu einer Tankstelle, und mich plättet mal wieder die überzeugende Videoclipästhetik dieses Ortes. Ich bin im Fernsehen! Huhu! Junge Menschen kaufen nachts ein, Autoscheinwerfer, benzinverhangene Blicke, atmungsaktiv in Polyester" (GG, 19).

Die Münchnerin **Christine Wunnicke** (Jg. 1966) legte mit ***Jetlag*** (2000)[185] einen Roman vor, der von einem britischen Popsänger der 60er Jahre handelt und trotzdem mit dem Genre *Popliteratur* absolut nichts zu tun hat. Die Autorin erzählt die Geschichte des fiktiven Glamrockstars Cuddy Savoy, der sein Sänger-Ich während eines Hotelbrands abstreift und 27 Jahre lang in zwei Persönlichkeitshälften weiterlebt, mit konventioneller (nicht trivialer!) Zielstrebigkeit und vollkommen frei von übertriebenen Pop-Signalen. Im Mittelpunkt dieses psychedelischen Alptraums könnte ebenso gut ein Versicherungsagent stehen – das Milieu greift in diesem Fall nicht auf die Form über.

## Ästhetik der Vermarktung

Die „junge" Literatur der 90er Jahre wurde populär, weil sie ihre Nähe zur Unterhaltungsindustrie nicht nur inhaltlich und thematisch, sondern auch in ästhetischen Gesamtkonzepten bewies. Verlage promoten die Bücher der jungen Autoren mithilfe von Marketingstrategien, die einerseits über das Produkt Buch hinausgehen und die Autoren (nicht nur die weiblichen) auch als Imageträger für jugendliche und an Literatur zum Teil überhaupt nicht interessierte Zielgruppen attraktiv machen. Die Bücher sehen bunt, poppig und cool aus, die Autorinnen und Autoren nicht minder. Für Lesefaule werden ausgewählte Texte auch als Hörbuch auf CD präsentiert und darauf finden wiederum auch Sounds Platz, von denen in den Büchern die Rede ist oder die, im Falle von Live-Aufnahmen, bei Auftritten verwendet werden. Bei diesen Lesungen der slam-erprobten Autoren steht nicht mehr, wie es bis dahin im Literaturbetrieb meistens üblich war, der/die Schreibende und die Macht seiner/ihrer Worte im Mittelpunkt, sondern ebenso das Outfit und andere Performance-Elemente wie eben Musik, aber auch Co-Akteure und was darüber hinaus zu einer gelungenen Show beitragen kann.

Aufgrund solcher Signale der Gegenwärtigkeit und des Unterhaltungswillens finden junge Autoren und ihre Produkte Zugang zu den angesagten Lifestylemagazinen und Talkshows (die sich der Literatur sonst rigoros verschließen, weil sie schwache Quoten bringt), werden ihre Romane schneller und häufiger als üblich zu Kinofilmen weiterverarbeitet.

Die neuen Autoren sind multifunktional, nur treten sie nicht mehr als moralisches, sondern als ästhetisches Gewissen auf. Sie nehmen, nicht unähnlich ihren politisch aktiven Kollegen aus früheren Zeiten, am öffentlichen Leben teil, indem sie ihre Lebensphilosophie in den Medien verbreiten.

Ein wesentlicher Faktor für den Erfolg ist auch das Festhalten an Genre, Stil und Figurentypen, mit denen ein Autor oder eine Autorin bekannt wurde. Überraschungen werden vom Massenpublikum, das sich nicht ständig neu orientieren möchte, wenig goutiert. (Fernsehschauspieler, die von dieser Trägheit des Publikums ebenfalls betroffen sind, hört man häufig darüber klagen). Die Bücher lassen sich oft schon anhand der Covers ihren Autoren zuordnen, die verschiedenen Geschichten wechseln selten den Schauplatz und das Milieu, die Haltung der Ich-Erzähler ist meist so austauschbar wie deren Sprache und Stil. Romane von Elke Naters, Sibylle Berg oder Alexa Hennig von Lange wirken wie variierte Fortsetzungen im Rahmen des bestimmten Personals und Milieus der Autorinnen, so gering sind die Verschiebungen von einem ihrer Bücher zum nächsten. Das serielle Erzählen stellt in der kulturhistorischen Tradition die industrielle Produktion gegen den Geist des Originalkunstwerks. Ein solcher Ansatz wird von den erwähnten Schriftstellerinnen nicht offen propagiert, aber auch nicht ganz ausgeschlossen, wenn sie jeden ihrer Romane zwar als einen für sich deklarieren, atmosphärisch dabei aber an die jeweils vorhergehenden anschließen.

Aber nicht nur der Charakter des Seriellen fördert die Lesbarkeit. Die meisten der erfolgreichen jungen Autoren sind keine Innovationsjunkies, was literarische Techniken anbelangt: Sie verkörpern das Neue innerhalb gewisser konservativer Grenzen. Im Mainstream-Segment der Popliteratur wird nämlich die für Popkultur typische Multi- oder Intermedialität, also eine wechselseitige Abhängigkeit von sprachlichen, visuellen und klanglichen Vorgängen, nicht wirklich radikal umgesetzt. Eine solche Radikalität, wie sie im Bereich der experimentellen Literatur on- und off-line nicht ungewöhnlich ist, richtet sich häufig gegen die Routine des Denkens und der Wahrnehmung und kann genau aus diesem Grund den Unterhaltungswert und folglich die Verkaufbarkeit drastisch einschränken.

Abgesehen von bunten Covers enthalten die wenigsten Bücher überhaupt Bilder, sondern nur geschriebenen Text wie man es von Literatur eben gewohnt ist. (Naters' *G.L.A.M.* oder Kürthys *Mondscheintarif* sind in dieser Hinsicht Ausnahmen.) Die Romane erschienen auf Papier gedruckt und nicht etwa auf Cd-Rom oder im Internet, also nicht in jenen Medien, die Schrift, Bild und Ton gleichermaßen zu speichern in der Lage sind. Und als zum Beispiel eine Autorin wie Elke Naters mit ihrem Lebensgefährten und Schriftstellerkollegen Sven Lager ein Internetprojekt startete, dominierte hier ebenso die Sprache: *www.ampool.de* (nach zweijähriger Laufzeit im Juni 2001 beendet) ist ein riesenhaftes Tratschdepot, das auf schriftlicher Mitteilung und hie und da eingestreuten Bildern basiert. Die erweiterten Möglichkeiten des neuen Mediums partout *nicht* berücksichtigen zu wollen, wird von den Projektbetreibern als Teil ihres technisch bescheidenen Konzepts ausgegeben: „Die Idee war ein journalistisches Arbeiten mit den Mitteln der Kunst, ein Austausch untereinander und der Neugier auf ein neues Medium nachzugehen. Die Seite hatte einen schlichten Aufbau und ignorierte bewusst viele technische Möglichkeiten des Internets. Eine durchgehende Seite war das Wesentliche, Vielschichtigkeit und Bezüge sollten im Text stattfinden und Bild, und nicht mit Hilfe von Hyperlinks."[186]

## Erzählstrategien

Moritz Baßler kommt in seinem Buch über die *neuen Archivisten* zu dem Schluss, dass sich diese „zwar an der zeitgenössischen Medien- und Markenkultur und vor allem an der Popmusik orientieren, aber eben nicht an jener marktförmigen Erzählliteratur, die dies auch immer schon getan hat". Das bedeutet, sie verzichten bewusst auf „Spannungsbögen und andere starke Erzählmuster".[187]

Natürlich gibt es auch Autorinnen, die sich an „marktförmige" Genres wie den Thriller (Duves *Regenroman*), den Politthriller (Julie Zeh) oder den historischen Roman (Christine Wunnicke) anlehnen und dabei den entsprechenden narrativen Mustern folgen. Tatsächlich aber verweigern auch zahlreiche Autor*innen* (die in der maskulin gefärbten Popliteratur-Theorie ja nicht vorkommen) im Hinblick auf die Erzählstrategien bestimmte Konventionen der Unterhaltungsliteratur *ohne* vorsätzlich auf den Unterhaltungswillen zu verzichten. Die Tagebuch-Konzeption wäre das anschaulichste Beispiel dafür. Die Inspiration geht in diesem Fall nicht von der stringent genormten Hollywooddramaturgie oder dem trivialen Bestsellerroman aus, sondern von jenen Segmenten der Unterhaltungsindustrie, in der erzählerische Elemente als Fragmente auftauchen, etwa an Schnittstellen zwischen literarischen Gattungen, zwischen Musik, Bild und Text, zwischen Kunst und Industrie (z.B. Werbung). Popsongs sowie die dazugehörigen Musikvideos können narrative Elemente enthalten und arbeiten doch zugleich mit lyrischen oder visuellen Techniken der Verdichtung wie Metaphern und Symbolen. Die Erzählmaschine Fernsehen ersetzt in ihren genuinsten Sendeformaten auch frühere Formen des Spektakels und Dramas – nicht nur der Epik. Wenn also eine Rückkehr des Erzählens in die Literatur von der Unterhaltungsindustrie mit angeregt wird, so hängt sich diesem Transfer zugleich auch ein beträchtlicher Anteil an nicht-narrativen Elementen an.

Inka Parei und Sibylle Berg bieten Anklänge an Trash-Genres mit starken Erzählmustern, hindern diese aber daran, sich so zu entfalten wie üblicherweise vorgesehen. Parei schrieb mit *Die Schattenboxerin* einen literarischen Comic, in dem ein kampftechnisch ausgebildetes Supergirl in der Wüstenei des heutigen Berlins hin und wieder für Ordnung sorgen muss. Selbst Vollwaise, unterstützt die Heldin einen ominösen jungen Mann bei der Suche nach seinem Vater im ehemaligen Osten. Die Figuren tragen Namen von plakativer Symbolik, die auch ihre Funktion in der Geschichte illustrieren (Hell, Dunkel, März), sind dabei aber weitaus differenzierter dargestellt, als es in Comics üblich ist.

Auf andere Weise gebrochen ist der Einsatz von Genres wie *Soap Opera*, *Pornografie* oder *Melodram* bei Sibylle Berg, die (darauf wurde bereits eingegangen) das Happy End kategorisch ausschließt und nahezu jeden Handlungsstrang in Richtung Horror umleitet.

„Junge Literatur" der 90er Jahre ist dominiert von Erzählungen, die nicht in erster Linie auf Handlung ausgerichtet, sondern eher gesprächsorientiert sind. Ihre Spannung beziehen sie daher nicht unbedingt aus einem ausgefeilten Plot, bauen dafür aber umso mehr auf sprachliche Pointen, pointiertes Kommentieren und selbstbezogenes Protokollieren. Und dieses Sprechen ist wiederum durchsetzt von Erinnerungen und Spuren aus nicht-literarischen Quellen der Fiktion.

Die in diesem Buch beschriebenen ErzählerInnen reagieren auf die Marginalisierung der Literatur durch die Medienkonkurrenz nicht, indem sie versuchen, Erzählweisen anderer Medien mit literarischen Mitteln zu imitieren, sondern indem sie sich auf eine naiv-literarische Ich-Schreibhaltung zurückziehen, durch diese eingeengte Perspektive in den Alltag unserer Gegenwart blicken und festhalten, was dort zu sehen ist. Anpassungen an Darstellungsweisen anderer Unterhaltungs- und Kunstformen wie Film, Musik, Fernsehen, Zeitschriften, Werbeästhetik usw. bleiben trotzdem nicht restlos ausgeschlossen.

Eine solche Anpassung ist etwa die Fragmentstruktur, die als Modell der Wirklichkeitsbeschreibung immer noch nicht ausgedient hat. Fragmentierte Romantexte setzen sich aus Episoden, Features, Glossen, Kolumnen, Dokumentation, enzyklopädischer Information, Auflistungen, Dichtung, Tagebuchnotizen, Dialogen, Monologen u. a. zusammen; die jeweiligen Elemente sind einem oder mehreren Erzählern als „Urheber" zugeordnet oder auch als Zitat aus dem kollektiven Speicher der Erinnerung zu erkennen.

Die Grundform des filmischen Erzählens schlechthin ist die Technik der Montage, das Zusammenfügen heterogener Elemente. Als literarisches Verfahren kann die Montage mit Perspektivenwechseln (mehrere Erzähler), raschen Bild- und Szenenfolgen, additiver Reihung von Bildern, Auflösung von Linearität und Sukzession, Spiel mit Raum und Zeit verbunden sein.[188] Damit derart zusammen gewürfelte Elemente in der Wahrnehmung des Zuschauers bzw. Lesers eine schlüssige Geschichte ergeben, sollte die fragmentarische Gesamtstruktur mit einer Kontinuität innerhalb der einzelnen Szenen korrespondieren.[189] (Auch ein Ich-Erzähler kann diese Kontinuität herstellen.) Als eine filmische Schreibweise wird auch die Technik des von James Joyce berühmt gemachten *stream of consciousness* interpretiert: „Das traumähnliche Fließen des Bewusstseinsstromes verbindet nämlich eine Erfahrung der Realität mit der spezifischen Rezeptionsweise im Kino, so dass ihre literarische Wiedergabe als ‚filmische Schreibweise' eben die Mimesis dieser doppelten Erfahrung ist".[190]

Anpassungsformen an das „filmische Erzählen" kann man zum Beispiel in Inka Pareis *Schattenboxerin* entdecken, einem Roman, der nicht durch Nennung realer Markenamen, Personen oder Lokalitäten auf seine Verankerung in der Gegenwart einer realen deutschen Großstadt verweist. Parei legt unterschiedliche Zeitebenen ineinander, lässt Szenen oft abrupt und ohne jede Ankündigung oder Orientierungshilfe wechseln; es gibt eine Ich-Erzählerin, die jedoch sehr distanziert, ja untypisch objektiv geradezu, berichtet und auf impulsive Mitteilung von Gefühlsregungen und anderen Intimitäten verzichtet; der Dialog mit dem Leser ist hier weniger amikal angelegt als in vielen anderen neueren Romanen; die Ich-Erzählerin beschreibt mit auffallender Akribie, was sie hört und sieht, begründet dies aber auch mit der Notwendigkeit sich selbst infolge eines traumatischen Erlebnisses neu zu erschaffen. Und sich gegen gewalttätige Angriffe künftig wehren zu können, erlernt sie eine asiatische Kampfsportart, die ihr eine neue Art der Wahrnehmung abverlangt; die Ich-Erzählerin beschreibt sogar sich selbst aus einer distanzierten Außenperspektive, so als wüsste sie nicht über ihre eigenen Handlungen Bescheid: „Ich tippe März auf die Schulter, deute in Richtung der Uniformierten, und mache mit der flachen Hand die Bewegung mit der man Aufgewirbeltes wieder nach unten drückt: keine Panik" (DS, 91). Als „filmisch" könnte man auch die Intensität bezeichnen, mit der ihre Erzählung der Abstraktion von Literatur entgegen arbeitet – vor allem was die Sinneswahrnehmungen betrifft: die Darstellung der Umwelt ist nicht nur extrem detailliert, sondern oft auch *synästhetisch* : die Beschreibungen enthalten manchmal Bild- *und* Toninformationen („orangefarbene, quietschende Straßenbahn"; DS, 22); akustische Hintergrundakzente, wie lauter werdendes Babygeschrei in einer besonders heiklen Situation (S, 139ff.), dienen der Spannungserzeugung.

Während Pareis Ich-Erzählerin nicht direkt zu jemandem zu sprechen scheint, die Mittelbarkeit des Erzählens also in Richtung Transparenz zurückgenommen wird, fällt an vielen anderen Romanen und Geschichten ein dialogorientierter Erzählgestus auf, der sich aus Soap Operas, Sitcoms und anderen Comedy Shows des Fernsehens ableitet. Zum einen werden Dialoge manchmal fast protokollarisch in den Erzähltext integriert, zum anderen ist auch die berichtende Erzählung der Ich-Erzählerinnen in einem informellen Gesprächsgestus gehalten. Typisch sind jene geschliffenen, pointierten und schlagfertigen Repliken, wie man sie im wirklichen Leben selten zum richtigen Zeitpunkt hervorbringt – was auch zum Thema werden kann. Karen Duve: „‚Lady', sagte er, ‚Lady, was willst du trinken?' Ich sagte: ‚Sekt mit Eiswürfeln', denn für Eiswürfel muß er in die Küche gehen. Dann bin ich ihn los. ‚Und nenn' mich nicht Lady. Soweit sind wir noch nicht, daß wir uns Hundenamen geben.'"[191] – Bemerkungen wie „Früher, als ich 15 war, da hatte ich eine Waschneurose. Das muß ich mal kurz beschreiben" (Re, 153) oder Gesprächspartikel wie „Nee, echt" und „Nee, danke" sorgen für die Aufrechterhaltung der Dialogsituation. – Bei Sibylle Berg und Silvia Szymanski finden auch Unterhaltungen mit personalisierten Gegenständen oder abstrakten Begriffe statt. „Hej, Schicksal! Ich hab nicht den gemeint! Ich mein nicht jeden, und du weißt es! Was soll jetzt die Verarsche hier!" (AS, 26), flucht Agnes Sobierajski, als sie von einem Museumswärter angemacht wird. – An die literarische Gattung des Dramas erinnern manche Dialoge in *Amerika*: „Danke, Gott, sagte Raul, als er vor der Tür stand, bereit zum Hinaustritt in eine neues Leben. Danke". Darauf antwortet Gott: „Ist schon recht" (A, 29). *Das Leben* ist noch um einiges gesprächiger und versucht dem hadernden Raul circa eine halbe Seite lang zu erklären, warum es nicht dazu da ist, um Antworten zu geben: „Sucht euch einen Gott, dafür sind sie entwickelt, fragt ihn, er wird euch antworten, wenn ihr fest genug an ihn glaubt. Aber verschont mich mit eurem Gezeter und Gejammer, seid froh, dass ich da bin und haltet die Fresse" (A, 33).

Der Vermerk „wie im Film", „wie in einer blöden Fernsehserie", „wie in der Werbung" erfüllt nicht selten die Funktion eines Warnsignals, das einen Zonenwechsel anzeigt: nach diesem Signal nämlich schwelgen

Ich-Erzählerinnen oft in kitschigen Szenarien, um der Wirklichkeit zu entfliehen oder einfach um sich die Zeit zu vertreiben. Mädchenträume implodieren, Vernunft und Nüchternheit weichen einem romantischen Impuls, der vielleicht noch durch leichte Anflüge von Ironie oder andere Hinweise, die den Zweifel an der Ernsthaftigkeit fördern, fast entschuldigend relativiert wird, weil er dem Image der jungen Frau in den 90er Jahren nicht so richtig entspricht. – Sarah Khan: „Vielleicht wird Volker über mich herfallen. Er wird aus Versehen stolpern, und ich werde ihn auffangen, und wir sehen uns tief in die Augen und haben eine Portion Sex" (GG, 31). So prompt in der nächsten Zeile wie in dieser Passage erfolgt die Ernüchterung nicht immer; dass dabei ein Klischee das andere ablöst kommt hingegen häufiger vor: „Dann wird sich schnell herausstellen, daß alles ein Versehen gewesen ist, er wird mir schweigend die Blusenknöpfe annähen, ich seine Knutschflecken mit Franzbranntwein abreiben und tschüs". – Carmen von Samson: „Beim Klingeln zu wissen, wer anruft. Schon beim Ausmachen des Termins zu überlegen, was ich anziehen werde. Die Nummer des Friseurs heraussuchen. Das Blut, das plötzlich durch die Adern zu rauschen scheint. Vorfreude. Das wünsch ich mir" (IvF, 102). – Julia Franck: „Er könnte einen Eiswürfel zwischen die Lippen nehmen, wie man das so aus Filmen kennt, tut es aber nicht, sondern stellt das Glas aufs Fensterbrett, sieht an mir hinunter, auf meine nackten Beine, und fragt: ‚Hast du unter dem Kleid etwas an?'".[192] – Elke Naters: „Ich stelle mir vor, wenn ich jetzt im Film wäre (...) Auf einmal würde ich spüren, wie mich jemand ganz sanft in den Nacken küßt. Ich würde aufspringen und ER würde dastehen. Die Arme voll mit den schönsten Blumen, die man sich vorstellen kann und auf den Lippen ein schiefes Grinsen, und er hätte vorne links eine Zahnlücke" (K, 40). – Bettina Balàka: „ Max wird anrufen, eines Tages, aus dem himmelblauäugigen Nichts heraus wird er anrufen und sagen *treffen wird uns*, wiewohl es ihm nicht leid tut, mich damals stehengelassen zu haben mit den amerikanischen Film-Worten *mach mir jetzt bitte keine Szene*, als ich nackt und wie aus dem Schlaf gerissen an der Wohnungstür stand, die er als Ausgangstür zu benutzen gedachte" (LA, 49).

Noch weniger Romantik bieten die sexuellen Phantasien mit der Comic-Heldin Vampirella bei Alexa Hennig von Lange: „Ich meine das

Ding ist einfach besser als jeder Porno. Vampirellas Titten angucken schockt einfach absolut. Da kann ich mir 100 Fotos von Schwänzen angucken, aber nichts turnt mich so an wie Vampirella" (Re, 137). Dafür wird die Ursache der Identifikation mit der emanzipierten Comic-Figur – Minderwertigkeitsgefühle und Sehnsucht nach einem unerreichbaren Idealzustand – umso deutlicher artikuliert: „Langsam verliere ich echt meinen Stolz. Madame Vampirella würde nie Croissants kaufen gehen. Die sagt einfach: ‚Baby, wenn de was willst, nimm es dir'" (Re, 217). – Beim Autorenteam Dannenberg und Stelling sinniert die naive Gisela, der ihre chauvinistische Umwelt schlecht bekommt, über nette Männer nach, für die sie nur leider in der Wirklichkeit keine Beispiele finden kann: „Manchmal sieht man in den Serien Männer, die echte Männer sind und trotzdem rücksichtsvoll und friedlich zu ihren Frauen und ihren Kindern. George Clooney zum Beispiel, der sieht super aus und kann auch wütend werden, aber nur, wenn ihn was wirklich stört, und sonst hat er Humor und ein großes Herz" (G, 43). Den männlichen Figuren in diesem Buch hilft das „Filmgefühl" über Bedrohungen und befremdliche Augenblicke hinweg und wird natürlich auch auf die Frauen projiziert. Paul unterstellt Gisela, sie hält „unsere Treffen und das Ficken und so für nen Film, in dem sie die Hauptrolle spielt und wie alle Frauen eigentlich am liebsten Filmstar sein wollen, benimmt sie sich wie ne Sexgöttin und ne Mutter und ne von Todesgefahr bedrohte heimliche Geliebte" (G, 21). Als ihn eine andere Frau eines Nachts mit einem Messer am Arm verletzt, fühlt er sich „wie der Star im Action-Hit des Sommers" und den Schmerz empfindet er als „Filmschmerz" (G, 102). Aber nicht, dass dieser Paul ein Kinofreak oder Fernsehjunkie wäre: „Ich guck ja eigentlich ungern Filme, weil sich da jeder sein Leben rausholt, was er nicht hat, und er hat's nicht, weil er seine Zeit und seine ganze Energie fürs Gucken von diesen Scheißfilmen vergeudet" (G, 155). Diese Einstellung hindert ihn trotzdem nicht daran, ein haarsträubendes Gerücht ernsthaft zu glauben, das ihm sein boshafter Freund Georg auftischt: seine Ex-Freundin Gisela habe ihr Kind aus dem Fenster geworfen. In der Rollenprosa von Dannenberg/Stelling, die man sich gut in einer Theateradaption vorstellen könnte, häufen sich solche Assoziationen der Ich-ErzählerInnen so eklatant, dass sich das Buch an manchen Stellen fast wie ein

Lehrstück zum Thema „negative Auswirkungen von Sex und Gewalt in den Medien“ liest.

## Wirklichkeit als Fiktion

Der Erfolg vieler Bücher jüngerer Autorinnen und Autoren der 90er Jahre verdankt sich unter anderem der Annahme, sie sage etwas über die heutige Wirklichkeit aus. Wenn man die Vorstellung von einer realistischen Literatur auf das Berichten *über Wahrnehmung und Erfahrung von Realität* verlagert, ist dies auch der Fall. Die erfolgreiche „junge Literatur“ der 90er Jahre sammelt keine wirklichkeitsgetreuen Dokumente von existentiellen Bedrohungen, sozialen Abgründen, tödlicher Normalität. Aber sie erzählt zum Beispiel von individuellen Reflexen der Stilisierung und Ästhetisierung im Alltag, die von medial verbreiteten Mustern geprägt sind. Ihre Ansätze sind vielleicht insofern als *realistisch* zu bezeichnen, als sie dokumentieren, wie Menschen tagtäglich mit den Produkten der Massenmedien und der Industrie leben und dass Fiktion auch wirklich sein kann bzw. umgekehrt die Wirklichkeit auch die Fiktion nicht ausschließt.

Dabei zeigt sich außerdem, dass solche Überblendungen keineswegs die Fähigkeit beeinträchtigen müssen, zwischen Wirklichkeit und Fiktion zu unterscheiden, wenn es darauf ankommt. Das bestätigen auch Erkenntnisse der Medienwirkungsforschung: So ergab eine Studie zu *Unterhaltungen über Literatur im Alltag und im Fernsehen* unter anderem, dass, erstens, Gespräche über Medienereignisse ein wesentlicher Bestandteil alltäglicher Unterhaltungen sind, und dass, zweitens, auch der Kunstcharakter solcher Ereignisse reflektiert wird:[193] „Je ausführlicher die Rede über ein mediales Produkt ist, desto eher wird auch die Art seines Gemachtseins thematisiert“ – und nicht nur das: „Dies trifft für ästhetische Erzeugnisse der unterschiedlichsten Art zu. Man kann den Terminus ‚ästhetisches Erzeugnis‘ geradezu dadurch definieren, daß es sich hierbei um Produkte handelt, von denen immer auch so gesprochen wird, daß ihre Machart zur Sprache kommt“.[194]

Diese Fähigkeit, ein ästhetisches Produkt als solches zu erkennen, scheint vor allem aber ein Resultat des analytischen Denkvermögens zu sein. Emotional macht der Mensch hingegen kaum einen Unterschied zwischen Wirklichkeit und Fiktion, sonst würden Film, Fernsehen, Popmusik oder auch Romane nicht Tränen der Rührung oder andere Gefühlsreaktionen hervorrufen. Dass Bilder in dieser Hinsicht effektiver sind, als Texte, ist eine bekannte Tatsache, die man täglich an sich selber überprüfen kann.[195] Die konstruktivistische Medientheorie plädiert dafür, das Verhältnis von *Realität* und *Medienrealität* nicht „nach dem Muster wahrer oder falscher Abbildung“ zu definieren, geht sie doch davon aus, dass der Begriff von Wirklichkeit nicht ontologisch zu bestimmten ist, sondern im Kontext pragmatischer Operationen immer erst gebildet wird.[196]

Wirklichkeit und Fiktion mischen sich ganz besonders in der Erinnerung: Karen Duve beschreibt zum Beispiel ein Deja-vu-Erlebnis, bei dem die Primärerfahrung auf eine nicht näher bestimmte Filmsequenz zurückgeht: „Ich fragte mich, warum mir der Anblick so vertraut war, und dann fiel mir ein, daß ich eine ganz ähnliche Szene einmal in einem Film gesehen hatte“ (DI, 58).

In der Literatur enthaltene Gespräche über Filme, Fernsehen, Musik und Mode oder Stellungnahmen von Ich-Erzählern zu solchen Themen geben Beispiele dafür, wie sich Erfahrungswelten mit fiktiven Welten vermischen, wie diese einander bedingen und wie all das im Medium der Buchliteratur festgehalten wird.

Film- und Fernsehfiktionen bilden oft einen unhinterfragten Vergleichshorizont, eine Art universelle Sprache, die ein gewisses Maß an Autorität ausstrahlt und von der angenommen wird, dass sich damit bestimmte Kernassoziationen vermitteln lassen. Anspielungen und Zitate ermöglichen eine Abkürzung des Erzählens, indem sie an meist bildhaft eingebrannte Erfahrungen und Emotionen anknüpfen und so eine Szene augenblicklich mit Atmosphäre füllen können. Es handelt sich also um punktuelle intertextuelle Prozesse, bei denen die Quelle – der Prätext – meist genau identifiziert ist, die aber nicht als bewusste Strategie in Richtung einer „Konzeption einer subjektlosen Produktivität des Textes“[197] oder einer Dezentralisierung des Subjekts zu deuten sind.

Solche Effekte nutzen auch Autorinnen, die sich eher dem Bücherkosmos als der elektronisch übertragenen Fiktion anvertrauen und sich daher selten ohne Bedenken auf letztere beziehen. Bettina Galvagni, deren Vergleichsmaterial sonst überwiegend der Literaturgeschichte entnommen ist, umgeht mit einem Filmhinweis die Beschreibung einer Frisur („die Haare wie Romy Schneider in *Les choses de la vie*", M, 16). Lena Kuglers Hauptfigur in *Wie viele Züge* erinnert ein sich lichtender russischer Haarschopf an die obskuren Gestalten der *Raumschiff-Enterprise*-Serie (WvZ, 18). Kathrin Dorn genehmigt ihrer jungen Floristin auf der Reise zum sterbenden Vater als Zuglektüre einen Comic mit der unsterblichen *Mickey Mouse*: „Die bunten Bilder waren das einzige, was ihr Bewußtsein erreichte" (LuS, 13).

Dass sich in den Anspielungen auf Filmszenen, Filmschauspieler oder Popmusiker sehr häufig die Sehnsucht nach den Annehmlichkeiten einer künstlichen Welt vermittelt, wurde bereits angesprochen. Sibylle Berg lässt eine alte Frau, die im Altersheim, vor sich hin träumen: „Ich bin mit Philippe Noiret Fahrrad gefahren. Sommer, durch ein Feld, mit dem typischen Sommer-durch-ein-Feld-Geruch" (EpL, 35). – Der Vergleich mit einer Filmfigur hilft Szymanskis *Agnes Sobierajski* Verhaltensweisen zu akzeptieren, die sie an sich selbst merkwürdig findet, wie ihre Schwäche für ausländische Akzente: „Ali Mustafa. Nie Peter oder Klaus. Ich war mir peinlich und suspekt. Wie Jamie Lee Curtis in ‚Ein Fisch namens Wanda', man braucht nur mit Akzent zu mir zu sprechen, und schon ... Wie unsre Mütter in den Fifties, als die Italiener kamen" (AS, 189).– Carmen von Samsons Ich-Erzählerin leiht sich die elegante Schlagfertigkeit einer Diva aus den 40er Jahren und zitiert explizit eine berühmte Szene aus *To have and have not*, in der Laureen Bacall Humphrey Bogart erklärt wie man pfeift: „Du weißt doch, wie man sich ein Buch kauft? Man geht in einen Laden, vorzugsweise einen, der Bücher anbietet, und läßt sich das gewünscht Werk aus dem Regal holen. Dann bezahlt man und geht. Lesen muß man allerdings selber" (IvF, 115).

Der Vergleich mit einem Film kann andererseits auch dazu beitragen, die reale Normalität mit dem Charisma der stilisierten, fiktiven Normalität aufzuladen: Noch einmal Szymanski: „Das Wohnheim war wie in den sentimentalen Filmen mit Spencer Tracy, wo rauhe Jungen

Scheiße bauen und sich beweinen, und Pfarrer Tracy tröstet und versucht, es wieder auszubügeln".[198]

Bei Julia Franck löst der Anblick einer Frau beim abendlichen Bad romantische Phantasien in deren kleiner Tochter aus: „Meine Mutter schüttelt den Kopf, nimmt die Haare zusammen und steckt sie hoch. Sie beugt sich zu mir und öffnet den Hahn am Badeofen. Das Wasser strömt auf die gelben Ränder in der Wanne. Dampf steigt auf, die Hitze riecht salzig. Meine Mutter zieht ihr Nicki aus, und ich sage ihr, daß sie wie Morgan aussieht, die durch den Nebel von Avalon schreitet".[199]

Silvia Szymanski, die Romanfigur, erinnert sich daran, wie sie als Kind „vergeblich versuchte, das Fernsehn anzuhalten, um Fury rauszunehmen, egal, wenn der Apparat dabei kaputtginge" (ChR, 125). Der Wunsch, in fiktive Welten einzusteigen oder diese in die reale Welt zu holen, bleibt auch so manchem Erwachsenen erhalten. Woody Allen hat solchen Träumen mit *Purple Rose of Cairo* ein filmisches Denkmal gesetzt. Im Bereich der Cybertechnik – ein aktuelleres Beispiel – wird permanent an der Aufhebung der Grenze zwischen Wirklichkeit und Phantasie gearbeitet.

Fiktion kann Vergnügen bereiten, aber auch das Leiden an einem Alltag verstärken, der sich absolut nicht als „ästhetisches Ereignis" gebärden will und den Vergleichen mit imaginären Locations, Dekorationen, Charakteren, Handlungen und Gefühlen niemals standhalten kann. Es ist aber auch so, dass intensiv erlebte Wirklichkeit jede Fiktion in den Schatten stellt. Die stärkste Leistung einer Literatur, die sich mit der Ästhetisierung und Fiktionalisierung des Alltags befasst, liegt sicher nicht einfach nur in der Reproduktion von Film-, Fernseh- und Popgefühlen – wie auch gute Literatur nicht automatisch aus der kategorischen Vermeidung von Medienbezügen entsteht.

Wie sonst auch liegt die Qualität vermutlich darin, die Versatzstücke so zu montieren, dass daraus eine Literatur mit eigener Intensität entsteht.

# Anmerkungen:

## Boom, Pop und Frauen „Junge Literatur in den 90er Jahren“

1 Volker Hage: „Ganz schön abgedreht“. In: Der Spiegel, 22.3.1999. Volker Hage: „Die Enkel kommen“. In: Der Spiegel, 11.10.1999.

2 Ebenda („Ganz schön abgedreht“).

3 Tanja Rauch: „Das Fräuleinwunder“. In: Emma, Sept./Okt. 1999, S. 104-109.

4 Ebenda, S. 107 u. 109.

5 Ursula März: „Hell und Dunkel in Berlin. Noch ein Fräuleinwunder: Inka Pareis wohlkalkuliertes Debüt ‚Die Schattenboxerin‘“. In: Frankfurter Rundschau, 24.11.1999.

6 Michael Schweizer: „Ich möchte silbern sein. Kein Fräuleinwunder: Tanja Dückers beherrscht die gute alte Kunst der Kurzgeschichte“. In: Berliner Zeitung, 7./8.7.2001.

7 Dorothea Dieckmann: „Wenn Literatur zum Geschwätz verkommt“. In: Die Zeit, 22.11.2001.

8 Richard Herzinger: „Jung, schick und heiter.“ In: Die Zeit, 25.3.1999.

9 Marianne Wellershof: „Die neue Vorschusspanik.“ In: Der Spiegel, 4.12.2000.

10 Ebenda.

11 Der Titel des Textes ist noch dazu „Melancholia“ und wirkt wie ein Kommentar auf den Gesichtsausdruck der Autorin – oder umgekehrt.

12 Jan Koneffke: „Der Traum von der Nationalliteratur: Martin Walser und das neue deutsche Fräuleinwunder.“ In: Wespennest 115/1999, S, 64.

13 Im Interview mit Georg Biron (Die Zeit, 28.9.1984) bekennt Jelinek eine sadomasochistische Obsession, die in all ihren Texten vorkäme: „Das ist mein bisher ungelöstes Problem. Wenn ich die Kunst nicht hätte, als Ventil, würde ich mich wahrscheinlich in Dinge verstricken, die sehr zerstörerisch wären“ (ebenda). Im Gespräch mit André Müller (Die Zeit, 22.6.1990) erwähnt sie, dass die in ihrem Roman *Die Klavierspielerin* beschriebene vaginale Selbstverstümmelung keine Erfindung, sondern persönliche Erfahrung sei. In diesem Gespräch betont sie ihre mangelnde Abgebrühtheit im Umgang mit Medien („Schrecklich! Ich habe mich von Journalisten so oft ausziehen lassen“). Auf Müllers Frage, ob er sie zu ungewollten Sätzen verleite. antwortet Jelinek: „Ich komme mir vor wie auf dem Eislaufplatz. Ich schlittere ununterbrochen.“

14 Barbara Garde: „Karen Duve – Von der Taxifahrerin zur jungen Wilden der deutschen Literatur“. Deutsche Welle Radio, „Junge deutsche Autor(inn)en“, gesendet am 30.1.2001.

15 Sibylle Berg und Benjamin von Stuckrad-Barre im Gespräch mit Roger Willemsen. In: max 9/2000.p

16 Vgl. Maxim Biller: „Feige das Land, schlapp die Literatur". In: Die Zeit 16/2000. Harald Jähner: „95 Prozent Papierleichen. Sind Deutschlands Literaten Schlappschwänze? Eine Tagung über die Kraft der Literatur". In: Berliner Zeitung, 4.4.2000.

17 „Wir tragen Größe 46". Benjamin von Stuckrad-Barre und Christian Kracht im Gespräch mit Anne Philippi und Rainer Schmidt. In: Die Zeit 37/1999.

18 Ebenda.

19 Claus Leggewie: Die 89er. Portrait einer Generation. Hamburg: Hoffmann und Campe 1995.

20 „Die Party ist vorbei". Elke Naters und Sven Lager im Interview mit Ludger Blanke. In: Jungle World 33/2001, 8.8.2001.

21 Ebenda.

22 Ebenda.

23 „Die Dreißigjährigen. Das Gespräch." Mit Martin Amanshauser, Bettina Balàka, Jürgen Benvenuti, Thomas Glavinic, Klaus Händl, Daniel Kehlmann, Ernst Molden. Moderiert von Helmut Gollner. In: Literatur und Kritik 345/346 (2000), S. 47.

24 Stella Bettermann: „Suppengrün hinter den Ohren." In: Focus, 22.4.2000 (Interview).

25 Vgl. Anm. 15.

26 Vgl. Anm. 23, S. 29.

27 Tristesse Royale. Das popkulturelle Quintett mit Joachim Bessing, Christian Kracht, Eckhart Nickel, Alexander v. Schönburg und Benjamin v. Stuckrad-Barre. Berlin: Ullstein 1999 (= Ullstein-Buch 31226), S. 76 u. 78.

28 www.literaturboerse.com – Über die Architektur moderner Produktionsprinzipien im literarischen Feld. Abschlusssymposion 2.-3.11.2001. Konzept: Hannes Luxbacher, Andreas R. Peternell, Werner Schandor.

29 Vgl. Anm. 23, S. 30.

30 Vgl. Anm. 27, S. 79.

31 Vgl. Anm. 23, S. 34 u. 37.

32 Ebenda, S. 34.

33 Vgl. zum Beispiel Iris Radisch: „Mach den Kasten an und schau. Junge Männer unterwegs: Die neue deutsche Popliteratur reist auf der Oberfläche der Welt." In: Die Zeit 42/1999. Und Richard Herzinger, Anm. 8.

34 Ebenda (Radisch)

35 Vgl. Anm. 33 (Herzinger).

36 Wolf Schimmang: „Ein Häuschen im Grünen". In: Neue Westfälische, 6.5.1999 (zu Duves *Regenroman*).

37 Beate Berger: „Chor der Diven". In: Vogue 22/2000, S. 136. – West-östliche Diven. Hg. U. Ostermeyer, S. Zeitz. München: Deutscher Taschenbuch Verlag 2000.

38 Vgl. Anm. 3, S. 108.

39 Joachim Lottmann: „Diese Locken! Alexa Hennig von Lange – die Antwort der Literatur auf die Spice Girls". In: Die Zeit, 5.2.1998.

40 Hajo Steinert: „Cobain statt Jagger". In: Die Zeit, 17.10.1997.

41 Michael Braun: „Einübung ins Verstummen oder In der Einsamkeitsfalle". In: Basler Zeitung, 12.1.2000.

42 Elke Heidenreich in einer Buchbesprechung für WDR 2, „Medientip", gesendet am 6.3.1998.

43 Vgl. Anm. 14.

44 Jamal Tuschick: „Lieblingsthema Lebensart. Prima Performance: Sibylle Berg und Wiglaf Droste als furioses Duo im Literaturbüro". In: Frankfurter Rundschau, 30.4.1999.

45 Hajo Steinert: „Beklemmendes und Unappetitliches, virtuos geschrieben". In: Tages-Anzeiger, 14.12.1999.

46 Zitiert nach Hergen Kicker: „Schlichtheit ist schön". In: Berliner Morgenpost, 2.8.2000.

47 Simone Rafael: „Reich-Ranickis Hoffnung". In: Welt am Sonntag, 27.8.2000.

48 Hergen Kicker: „Schlichtheit ist schön". In: Berliner Morgenpost, 2.8.2000.

49 Elmar Krekeler: „Die Bergpredigt". In: Die Welt, 25.2.2000 (Sibylle Berg). Eva Behrendt: „Silvia Szymanski reinigt chemisch in der Provinz". In: Die Welt, 5.9.1998. Gabriela Walde: „Im Kiez lockt der wilde Nachbar". In: Die Welt, 25.6.1999 – Vgl. auch Hergen Kicker: „Die Fledermaus". In: Berliner Morgenpost, 30.5.2001 (Tanja Dückers). Christine Claussen: „Die erfolgreichen Augen der jungen Zoë". In: Stern 4/1999, 21.1.1999.

50 Annette Lehmann: „Warten aufs Chris-Kind". In: WAZ/Cocktail, 14.11.1997. Stella Bettermann, Anm. 24.

51 „Das Schlimmste ist, wenn die Seele einer Gesellschaft abstirbt". Zoë Jenny im Interview mit Michael Klein. In: Lesart 1/1998, S. 35.

52 Carl-Johan Vallgren: „Wo ist Berlin?" In: Kultur Spiegel, 6/1999.

53 Elmar Krekeler: „Am Wunderbaum". In: Die Welt, 31.7.1999. Thomas Wirtz: „Das Einbohren der Finger ins Nervengeflecht". In: FAZ, 12.10.1999. Ulrike Knöfel: „Frau Rambo aus Berlin". In: Der Spiegel, 11.10.1999. Ijoma Mangold: „Der Feind sitzt beim Sektfrühstück". In: Berliner Zeitung, 25./26.9.1999.

54 Gerrit Bartels: „Buch der Königinnen". In: Die Tageszeitung, 2.12.1998.

55 Martin Krumbholz: „Das glückliche Leben". In: NZZ, 2.3.1999.

56 Diedrich Diederichsen: „Pop – deskriptiv, normativ, emphatisch." In: Pop Technik Poesie. Die nächste Generation. Hg. M. Hartges, M. Lüdke, D. Schmidt. Reinbek: Rowohlt 1996 ( = Rowohlt Literaturmagazin 37), S. 39f.

57 Andreas Neumeister, Marcel Hartges: „Tecstasy". In: Poetry! Slam! Texte der Pop-Fraktion. Hg. A. Neumeister, M. Hartges. Reinbek: Rowohlt 1996 (= rororo 1990), S. 14.

58 Zitiert nach: Johannes Ullmaier: Von Acid nach Adlon und zurück. Eine Reise durch die deutschsprachige Popliteratur. Mainz: Ventil 2001, S. 147.

59 Alan Kaufman: „Die Poeten des Neuen Jahrhunderts". In: Slam! Poetry. Heftige Dichtung aus Amerika. Druckhaus Galrev: Berlin 1993, S. 87.

60 Heiner Link: „Vorwort: Trash!" In: Trash-Piloten. Texte für die 90er. Hg. H. Link. Leipzig: Reclam 1997, S. 16.

61 Ebenda, S. 15.

62 Vgl. Anm. 58, S. 83f.

63 Vgl. ebenda. S.13ff.

64 Moritz Baßler: Der deutsche Pop-Roman. Die neuen Archivisten. München: Beck 2002 (= Beck'sche Reihe 1474).
65 Ebenda, S.168 und 184.
66 „Provinzsex". Silvia Szymanski im Interview. In: Schnüss. Das Bonner Stadtmagazin, Oktober 1999, S. 34.
67 „Ein schnelles. kurzes Leben". Alexa Hennig von Lange im Interview. In: Kultur-Spiegel 8/1999, S. 46.
68 Vgl. Anm. 20.
69 Vgl. Anm. 17.

## Erzählperspektive: Ich

70 Vgl. Ralf Schnell: Medienästhetik. Zu Geschichte und Theorie audiovisueller Wahrnehmungsformen. Stuttgart, Weimar: Metzler 2000, S. 150ff.
71 Vgl. Joachim Paech: Literatur und Film. Stuttgart, Weimar: Metzler 1997, S.25ff.
72 Ebenda, S. IX.
73 Vgl. Joan Kristin Bleicher: Fernsehen als Mythos: Poetik eines narrativen Erkenntnissystems. Opladen, Wiesbaden: Westdeutscher Verlag 1999.
74 Ebenda, S. 30.
75 Vgl. ebenda, S. 240f.
76 Moritz Baßler: Der deutsche Pop-Roman. Die neuen Archivisten. München: Beck 2002 (= Beck'sche Reihe 1474), S. 94.
77 Vgl. Franz K. Stanzel: Theorie des Erzählens. 5. Aufl. Vandenhoeck & Ruprecht: Göttingen 1991 (UTB 904), S.17f.
78 Vgl. ebenda, S. 117f.
79 Vgl. ebenda.
80 Florian Illies: Generation Golf. Eine Inspektion. Frankfurt/M. 2001 (= Fischer Taschenbuch 15065), S. 196. Vgl. auch S. 60.
81 Vgl. ebenda, S. 197.
82 Vgl. ebenda.
83 „Schreiben ohne Qualen". Streitgespräch zwischen Bodo Kirchhoff und Hera Lind. In: Literaturen 10, Oktober 2002, S. 23.

## Coming of Age
## Ich-Erzählerinnen zwischen Blues und Entwicklungsroman

84 Vgl. Franz K. Stanzel: Theorie des Erzählens. 5. Aufl. Vandenhoeck & Ruprecht: Göttingen 1991 (UTB 904), S. 193ff.

85 Inka Parei: Die Schattenboxerin. Roman. Frankfurt/M. 1999, S. 26.

86 Karen Duve: „Der Indianer". In: K.D.: Keine Ahnung. Erzählungen. Frankfurt/M.: Suhrkamp 1999 (= st 3035), S. 54.

87 Claus Leggewie: Die 89er. Portrait einer Generation. Hamburg: Hoffmann und Campe 1995, S. 31.

88 Karen Duve: „Keine Ahnung". In: K. D.: Keine Ahnung. Erzählungen. Frankfurt/M.: Suhrkamp 1999 (= st 3035), S. 21.

89 Vgl. Barbara Sichtermann, zitiert nach Ralf Schnell: Medienästhetik: zu Geschichte und Theorie audiovisueller Wahrnehmungsformen. Stuttgart, Weimar: Metzler 2000, S. 157.

90 Vgl. z. B. Carolyn Cassady: Off the Road. My years with Cassady, Kerouac and Ginsberg. New York: Penguin 1990. Adele Mailer: Die letzte Party. Mein Leben mit Norman Mailer. München, Zürich: Piper 1998.

91 Joyce Johnson: Warten auf Jack Kerouac. Ein Leben in der Beat Generation. München: Antje Kunstmann 1997, S. 9.

92 Nick Hornby: High Fidelity. London: Penguin 2000, S. 152 (Erstausgabe 1995).

93 Barbara Garde: „Karen Duve – Von der Taxifahrerin zur jungen Wilden der deutschen Literatur". Deutsche Welle Radio, „Junge deutsche Autor(inn)en", gesendet am 30.1.2001.

94 Anm. 88, S. 7-29.

95 Karen Duve: „89/90". In: K. D.: Keine Ahnung. Frankfurt/M.: Suhrkamp 1999, S. 30-52.

96 Silvia Szymanski: Chemische Reinigung. Leipzig: Reclam 1998.

97 Silvia Szymanski: Kein Sex mit Mike. Erotische Geschichten. Hamburg: Hoffmann und Campe 1999. Zitiert wird aus der Geschichte „Festgefahren", S. 158-167.

98 Alexa Hennig von Lange: Relax. Hamburg: Rogner & Bernhard bei Zweitausendeins 1998 (Erstausgabe 1997).

99 Benjamin von Stuckrad Barre: „Alexa Hennig von Lange". In: B. v. St.-B.: Remix. Köln: Kiepenheuer und Witsch 1999, S. 126.

100 Annette Lehmann: „Warten aufs Chris-Kind". In: WAZ/Cocktail, 14.11.1997.

101 Alexa Hennig von Lange: Ich bin's. Hamburg: Rogner & Bernhard bei Zweitausendeins 2000.

102 Alexa Hennig von Lange, Till Müller-Klug, Daniel Haaksmann: Mai 3D. Tagebuchroman. München: Quadriga 2000.

103 Sarah Khan: Gogo Girl. Roman. Reinbek: Rowohlt 1999.

104 Vgl. Ulf Poschardt: Cool. Hamburg: Rogner & Bernhard 2000, S. 114f.

105 Ebenda, S. 115.

106 Ingo Ahrend: „Wir kommen doch alle aus Odessa. Ost-West-Identitätsreisen. Die Debütromane ‚Wie viele Züge' von Lena Kugler und ‚Wunderzeit' von Catalin Dorian Florescu". In: Freitag 13, 23.3.2001.

107 Lena Kugler: Wie viele Züge. Frankfurt/M.: Fischer Taschenbuch Verlag 2001.

108 Aus einem Podiumsgespräch zwischen Ruth Klüger und Lena Kugler im Anschluss an eine Lesung von Lena Kugler im Literarischen Zentrum Göttingen, 6.6.2001, nachzulesen unter http://www.lit-zentrum-goe.de/presse_main.lasso?id=33592.

109 Zoë Jenny: Das Blütenstaubzimmer. Frankfurt/M.: btb/Goldmann 1999 (Erstausgabe 1997).

110 „Das Schlimmste ist, wenn die Seele einer Gesellschaft abstirbt". Zoë Jenny im Gespräch mit Michael Klein. In: Lesart, 1/1998, S. 34.

111 „Der Zweitling als Befreiungsschlag". Zoë Jenny im Gespräch mit Lisa Ibscher. In: Brückenbauer, 11.1.2000.

112 Vgl. „Ich baue mein eigenes Gedächtnis". Zoë Jenny im Gespräch mit Christoph Amend und Stephan Lebert. In: Tagesspiegel (Weltspiegel), 23.1.2000.

113 „Meine Generation ist stumm". Zoë Jenny im Gespräch mit Brigitte Kols und Martin Scholz. In: Frankfurter Rundschau, 6.3.2000.

114 Vgl. Anm. 112.

115 Vgl. Anm. 110, S. 36.

116 Vgl. Anm. 112 und Anm. 113.

117 Zoë Jenny: Der Ruf des Muschelhorns. Frankfurt/M.: Frankfurter Verlagsanstalt 2000.

118 Jagoda Marinić: „Ich wünschte, er hätte nie geredet davon, daß man nur eine lieben kann" In: J. M.: Eigentlich eine Heiratsantrag. Geschichten. Frankfurt/M.: Suhrkamp 2001, S. 44f.

119 Isa Hoffinger: „Nur nicht innen". In: Süddeutsche Zeitung, 11.11.1999

120 Julia Franck: Liebediener. München: Deutscher Taschenbuch Verlag 2001 (Erstausgabe 1999).

121 Dorothea Dieckmann: „Herzgeräusche, unregelmäßig". In: Neue Zürcher Zeitung, 16.10.1999.

122 „Ohne Illusionen". Julia Franck im Gespräch mit Hella Kemper. In: Neue Westfälische (Magazin), 18.11.2000.

123 Vgl. Anm. 119.

124 Simone Rafael: „Reich-Ranickis Hoffnung". In: Welt am Sonntag, 27.8.2000.

## Tagebuch, Briefroman
## Vergessene Genres leben wieder auf

125 Alois Hahn: „Identität und Selbstthematisierung". In: Selbstthematisierung und Selbstzeugnis: Bekenntnis und Geständnis. Hg. A. Hahn, V. Kapp. Frankfurt/M.: Suhrkamp 1987, S. 13.

126 Vgl. Volker Kapp: „Von der Autobiographie zum Tagebuch (Rousseau - Constant)". In: Selbstthematisierung und Selbstzeugnis, vgl. Anm. 125, S. 297-310.

127 Vgl. ebenda, S. 305.

128 Martina Wagner-Egelhaaf: Autobiographie. Stuttgart, Weimar: Metzler 2000, S. 78

129 Ebenda, S. 10. Ein „gänzlich ungebrochenes Ich-Bewußtsein (in Verbindung mit einem ebenso unproblematischen Wirklichkeitsverständnis)" ortet Wagner-Egelhaaf heute höchstens noch in der „populären Autobiographik" und nennt als Beispiel die Autobiografie von Franz Beckenbauer. (Vgl. ebenda).

130 Alexa Hennig von Lange: „Nicolette“. In: Tote Jungs. Comics und Texte. Hg. B. Helbling. Hamburg: Rogner und Bernhard 1999.

131 Aus dem Vorwort von Brigitte Helbling. In: Tote Jungs, vgl. Anm. 130, S. 8.

132 Rainald Goetz: *Abfall für alle. Roman eines Jahres.* Frankfurt/M.: Suhrkamp 1999.

133 Else Buschheuer: www.else-buschheuer.de. Das New York Tagebuch. Köln: Kiepenheuer & Witsch 2002.

134 Carmen von Samson: Eine Invasion von Frauen. Frankfurt/M.: Fischer Taschenbuch 2000 (= Collection S. Fischer 99).

135 Bettina Galvagni: Melancholia. Salzburg, Wien: Residenz 1997.

136 Helen Fielding: Bridget Jones's Diary. London: Picador 1996.

137 Diese Werbung findet sich zum Beispiel in Ildiko von Kürthys Roman *Mondscheintarif.*

138 Ildikó von Kürthy: Mondscheintarif. Reinbek: Rowohlt 2001 (Erstausgabe 1999).

139 N.N.: „Wenn das Telefon nicht klingelt“. In: Der Spiegel, 33/1999.

140 Bettina Balàka: Der langangehaltene Atem. Graz, Wien: Droschl 2000.

# Alltag in den Städten
# Ich-Ensembles im Episodenroman

141 Sibylle Berg: Ein paar Leute suchen das Glück und lachen sich tot. Leipzig: Reclam 1997.

142 Sibylle Berg: Sex II. Leipzig: Reclam 1998.

143 Britta Lippold: „wunderbar destruktiv“. In: Kultur!news, April 1997.

144 Sibylle Berg: Amerika. Hamburg: Hofmann und Campe 1999.

145 Tanja Dückers: Spielzone. Berlin: Aufbau 1999.

146 Antje Rávic Strubel: Unter Schnee. München: Deutscher Taschenbuch Verlag 2001.

147 Antje R. Strubel: Offene Blende. München: Deutscher Taschenbuch Verlag 2001.

148 Elke Naters: Königinnen. Köln: Kiepenheuer & Witsch 1998. Und: Lügen. Köln: Kiepenheuer & Witsch 1999.

149 „Frage der Woche: Reicht Sozialhilfe für Designerschuhe, Elke Naters?“ In: Zeitmagazin, 17.9.1998.

150 Elke Naters: Mau Mau. Köln: Kiepenheuer & Witsch 2002.

151 „Frage der Woche“, vgl. Anm. 149. „Füße weg von weißen Strumpfhosen“. In: Glamour, April 2001. „Der Absatz läuft“. In: Stern, 22. 2. 2001. „Das Geheimnis der Accessoires: Die wichtigen Dinge des Lebens. In: Kultur Spiegel, 10/1999.

152 Elke Naters: G.L.A.M. Köln: Kiepenheuer & Witsch 2001.

153 Lucía Etxebarría: Von Liebe, Neugier, Prozac und Zweifeln. München: List Taschenbuch Verlag 2000 (Deutsche Erstausgabe 1998).

154 Robby Dannenberg, Anke Stelling: Gisela. Zürich: Ammann 1999

## Feminismus oder Feminisierung

155 Katja Kullmann: Generation Ally. Warum es heute so kompliziert ist, eine Frau zu sein. Frankfurt/M.: Eichborn 2002.

156 Sigrid Weigel: „Konstellationen, kleine Momentaufnahmen, aber niemals eine Kontinuität". Ein Gespräch über Literaturwissenschaft und Literaturgeschichtsschreibung von Frauen". In: Bildersturm im Elfenbeinturm. Ansätze feministischer Literaturkritik. Hg. K. Fischer, E. Kilian, J. Schönberg. Tübingen: Attempo 1992, S. 119.

157 Vgl. ebenda und Sigrid Weigel: Die Stimme der Medusa. Schreibweisen in der Gegenwartsliteratur von Frauen. Dühnen, Hiddingsel: tende 1987, S. 110f.

158 Vgl. Margret Eifler: Postmoderne Feminisierung. In: Frauen-Fragen in der deutschsprachigen Literatur seit 1945. Hg. M. Knapp, G. Labroisse. Amsterdam, Atlanta: Rodopi 1989, S. 21.

159 Weigel, Anm. 157, S. 94.

160 Ricarda Schmidt: Arbeit an weiblicher Subjektivität. Erzählende Prosa der siebziger und achtziger Jahre. In: Deutsche Literatur von Frauen. Hg. Gisela Brinker-Gabler. München: Beck 1988. Bd 2, S. 460.

161 Ebenda, S. 466.

162 Vgl. Weigel (Anm. 157), S. 197.

163 Vgl. Schmidt (Anm. 160), S. 460.

164 So stellt zum Beispiel Margret Eifler fest: „Die literarische Kunstform der Frau steckt heute noch viel zu sehr in der Anpassung, im Kulinarischen der Gefälligkeit. Es fehlt die Radikalität der Selbständigkeit, der Mut zur Differenz, der Ernst zur Konsequenz". Eifler, (Anm. 158), S. 21. Sigrid Weigel bemerkt, dass die Forderung von Hélène Cixous, *mit dem Körper zu schreiben*, um „die herrschende Syntax zu unterminieren" noch weitgehend unerfüllt sei. Weigel (Anm. 157), S.112. Vgl. auch Jutta Kolkenbrock-Netz und Marianne Schuller: Frau im Spiegel. Zum Verhältnis von autobiographischer Schreibweise und feministischer Praxis. In: Entwürfe von Frauen in der Literatur des 20. Jahrhunderts. Hg. Irmela von der Lühe. Berlin: Argument-Verlag 1982, S. 154-174.

165 „Provinzsex". Silvia Szymanski im Gespräch mit Melanie Weidemüller. In: Schnüss. Das Bonner Stadtmagazin, Oktober 1999.

166 Simone Rafael: „Reich-Ranickis Hoffnung". In: Welt am Sonntag, 27.8.2000.

167 Vgl. dazu auch Gitta Mühlen Achs: Frauenbilder: Konstruktionen des anderen Geschlechts. In: Geschlecht und Medien. Hg. G. Mühlen Achs, B. Schorb. München: KoPäd Verlag 1995, S. 13-37

168 Annette Baldauf, Katharina Weingartner (Hg.): Lips, Tits, Hits, Power? Popkultur und Feminismus. Wien, Bozen: folio 1998, S. 18f.

169 Ebenda, S. 19f.

170 Vgl. Eifler (Anm. 158), S. 3ff.

171 Zitiert nach Eifler (Anm. 158), S. 6.

172 Angela McRobbie: „Shut up and dance. Jugendkultur und Weiblichkeit im Wandel". In: Kursbuch JugendKultur. Stile, Szenen und Identitäten vor der Jahrtausendwende. SPoKK (Hg.). Mannheim: Bollheim 1997, S.194.

173 „Meine Generation ist stumm". Brigitte Kols und Martin Scholz im Gespräch mit Zoë Jenny. In: Frankfurter Rundschau, 6.3.2000.
174 Susanna Grann: Weit von hier. Zürich, München: Pendo 1999.
175 Vgl. Ute Bechdolf: Nur scharfe Girlies und knackige Boys? Traditionelle und innovative Geschlechterbilder in Musikvideos. In: Testcard. Beiträge zur Popgeschichte #8 (Themenschwerpunkt Gender – Geschlechterverhältnisse im Pop) (2000) S. 30-37. Der Begriff „Gender-Blending" ist diesem Aufsatz entnommen.
176 Vgl. ebenda.
177 Claus Leggewie: Die 89er. Portrait einer Generation. Hamburg: Hoffmann und Campe 1995, S. 39f.
178 Vgl. Eifler (Anm. 158), S. 3.
179 Julia Franck: „Strandbad". In: J. F.: Bauchlandung. Geschichten zum Anfassen. Köln: DuMont 2000, S. 37-49.
180 Katrin Dorn: Lügen und Schweigen. Berlin: Aufbau 2000.
181 Karen Duve: Regenroman. Frankfurt/M.: Eichborn 1999.

## Ich und die Medien: Pop und Lifestyle, Film und Fernsehen hinterlassen ihre Spuren

182 Moritz Baßler: Der deutsche Poproman. Die neuen Archivisten. München: Beck 2002, S. 184.
183 Simone Meier: Mein Lieb, mein Lieb, mein Leben. Hamburg: Hoffmann und Campe 2000.
184 Elke Naters: Lügen. Köln: Kiepenheuer & Witsch 1999.
185 Christine Wunnicke: Jetlag. München: Knaus 2000.
186 www.ampool.de, ausgedruckt am 27.8.2001.
187 Vgl. Anm. 182, S. 185.
188 Vgl. Joachim Paech: Literatur und Film. Stuttgart, Weimar: Metzler 1997; Ralf Schnell: Medienästhetik: zu Geschichte und Theorie audiovisueller Wahrnehmungsformen. Stuttgart, Weimar: Metzler 2000.
189 Ebenda, S. 144.
190 Ebenda, S. 141.
191 Karen Duve: „Obst und Gemüse". In: K. D.: Keine Ahnung. Frankfurt/M.: Suhrkamp 1999, S. 81.
192 Julia Franck: „Bäuchlings". In: J. F.: Bauchlandung. Geschichten zum Anfassen. Köln: DuMont 2000, S. 12.
193 Vgl. Angela Keppler: „Unterhaltungen über Literatur im Alltag und im Fernsehen". In: J. Griem (Hg.). Bildschirmfiktionen: Interferenzen zwischen Literatur und neuen Medien. Tübingen: Narr 1998, S. 183-203.

194 Ebenda, S. 187.

195 Vgl. Siegfried J. Schmidt: „Die Wirklichkeit des Beobachters". In: K. Mertens, S. J. Schmidt, S. Weischenberg (Hg.): Die Wirklichkeit der Medien. Eine Einführung in die Kommunikationswissenschaft. Opladen: Westdeutscher Verlag 1994, S. 15.

196 Vgl. Ebenda, S. 18.

197 Ulrich Broich, Manfred Pfister (Hg.): Intertextualität: Formen, Funktionen, anglistische Fallstudien. Tübingen: Niemeyer 1985, S. 8.

198 Silvia Szymanski: „Die Nacht der lebenden Leichen". In: S. S.: Kein Sex mit Mike. Hamburg: Hoffmann und Campe 1999, S.73.

199 Julia Franck: „Der Hausfreund". In: J. F.: Bauchlandung. Köln: DuMont 2000, S. 84.

# Namenregister


Ahrend, Ingo 70
Austen, Jane 94

Balàka, Bettina 18, 96f, 151
Baldauf, Anette 127
Bancroft, Anne 54
Bartels, Gerrit 30
Barth, Nadine 10, 140
Baßler, Moritz 37f., 44, 139, 146
Benvenuti, Jürgen 20
Berg, Sibylle 15, 17, 22, 25ff., 37, 99ff., 105, 107, 109, 134f., 140, 143, 145, 147, 150, 155
Bernhard, Thomas 39, 112f.
Bessing, Joachim 16f.
Biller, Maxim 16, 36
Boldt, Jens 96
Braun, Michael 25
Brinkmann, Rolf Dieter 34ff.
Brussig, Thomas 37
Bukowski, Charles 63, 133
Buschheuer, Else 87f., 93

Cassady, Carolyn 55
Cassady, Neal 55

Dannenberg, Robby 115ff., 132, 135, 152
Dieckmann, Dorothea 11f., 80
Dorn, Katrin 29f., 136, 142, 155
Dückers, Tanja 10, 28f., 105ff., 129
Duve, Karen 10, 14ff., 25f., 51ff., 57ff., 61, 63, 69, 73, 81, 131, 136f., 140f., 147, 150, 154

Ellis, Brett Easton 22
Ernst, Thomas 35ff.
Etxebarría, Lucía 115f., 133ff., 142

Fielding, Helen 22, 94
Franck, Julia 10, 25ff., 29, 69, 78ff., 125, 129, 133, 151, 156
Friedan, Betty 127

Galvagni, Bettina 13, 25, 69, 77, 91f, 93, 140, 155
Glavinic, Thomas 21
Goetz, Rainald 16, 36, 87
Grann, Susanna 10, 130, 135f.

Haaksmann, Daniel 65, 85
Haas, Wolf 37
Hage, Volker 9f., 13f., 22f.
Handke, Peter 12, 36
Hartges, Marcel 33
Hauptmann, Gaby 10

Heidenreich, Elke 25
Hein, Christa 10
Hennig von Lange, Alexa 17, 19, 24, 28ff., 35ff., 54, 57, 63ff., 69, 85f., 116, 134, 140, 145, 151
Hermann, Judith 10, 29
Herzinger, Richard 10, 12, 22
Hilbig, Wolfgang 12
Hoffman, Dustin 54
Hoppe, Felicitas 10
Hornby, Nick 22, 46, 56
Hübsch, Hadayatullah 33

Illies, Florian 48, 119f.

Jelinek, Elfriede 12, 15f., 36, 135
Jenny, Zoë 10, 13, 24ff., 28, 54, 69, 72ff., 77f., 80, 129, 136
Jirgl, Reinhard 12
Johnson, Joyce 55

Kaufmann, Alan 34
Kehlmann, Daniel 21
Khan, Sarah 57, 66ff., 69, 81, 130, 140, 143, 151
Kicker, Hergen 27
Kirchhoff, Bodo 49
Koneffke, Jan 14
Kracht, Christian 16ff., 37, 124, 131, 134
Kronauer, Brigitte 12
Kugler, Lena 69ff., 75, 131, 155
Kullmann, Katja 119ff.
Kürthy, Ildikó von 22, 93ff., 130, 140, 146

Lager, Sven 146
Langer, Tanja 10
Lebert, Benjamin 124, 134
Leggewie, Claus 18, 22, 52, 132
Lind, Hera 10, 49, 123, 129
Link, Heiner 34
Lottmann, Joachim 24
Lüdke, Martin 33

Mand, Andreas 37
Marinić, Jagoda 77
März, Ursula 11
McRobbie, Angela, 128
Meinecke, Thomas 16, 37
Merian, Svende 123
Meyer, Eva 85
Miller, Henry 133
Mora, Terézia 10
Moser, Milena 129
Müller-Klug, Till 65, 85
Mulot, Sibylle 10

Naters, Elke 17f., 29f., 37, 39, 66, 109ff., 115, 123, 128, 131, 134, 140, 142, 145f., 151
Neumeister, Andreas 33
Nickel, Eckhart 17, 21

Parei, Inka 29, 51, 147, 149f.
Peters, Christoph 14f.
Poschardt, Ulf 68
Radisch, Iris 21

Rauch, Tanja 10, 23
Rosselini, Isabella 41

Salinger, J. D. 54
Samson, Carmen von 89f., 93, 129, 151, 155
Schmidt, Delf 33
Schweizer, Michael 11
Sebald, W.G. 12
Shaw, George Bernard 75
Spyri, Johanna 75
Stefan, Verena 123
Steinert, Hajo 24
Stelling, Anke 115ff., 132, 135, 152
Streeruwitz, Marlene 121
Strubel, Antje Rávic 107ff.
Stuckrad-Barre, Benjamin von 17, 19f., 22, 35, 37, 39, 64,124, 131, 134
Szymanski, Silvia 27, 38, 54, 57, 60ff., 63, 69, 81, 125, 132, 133, 140f., 150, 155f.

Ullmaier, Johannes 36f.

Vanderbeke, Birgit 10
Vesper, Bernward 37

Walde, Gabriela 29
Webb, Charles 55
Wedekind, Frank 97
Weigel, Sigrid 121f.
Weingartner, Katharina 127
Welsh, Irvine 63
Wunnicke, Christine 145, 147

Zeh, Julie 147

Dieses Buch entstand im Rahmen eines zweijährigen Forschungsprojektes, das vom österreichischen *Fonds zur Förderung der wissenschaftlichen Forschung* finanziert wurde. Das Projekt endete im November 2002 – aus diesem Grund wurden Publikationen der Autorinnen, die später erschienen, nicht mehr berücksichtigt.